U0964306

❤

我有个恋爱想和你谈谈

大鱼

有爱的青春陪伴者

我不能恋爱的女朋友

My Girlfriend

WEI XIAOBAO
喂小饱 著

贵州出版集团
贵州人民出版社

图书在版编目（CIP）数据

我不能恋爱的女朋友 / 喂小饱著. -- 贵阳 : 贵州人民出版社, 2017.7（2019.10重印）

ISBN 978-7-221-14210-8

Ⅰ. ①我… Ⅱ. ①喂… Ⅲ. ①长篇小说－中国－当代 Ⅳ. ①I247.5

中国版本图书馆CIP数据核字(2017)第156449号

我不能恋爱的女朋友

喂小饱 著

出版统筹：陈继光
选题策划：大鱼文化
责任编辑：潘 媛
特约编辑：廖 妍
装帧设计：Insect
内页设计：蔡 璨
封面绘制：扎小扎
出版发行：贵州人民出版社（贵阳市观山湖区会展东路SOHO办公区A座 邮编：550081）
印 刷：长沙鸿发印务实业有限公司（长沙黄花工业园三号 邮编410137）
开 本：880×1230毫米 1/32
字 数：250千字
印 张：8.5
版 次：2017年9月第1版
2019年10月第2版
印 次：2017年9月第1次印刷
2019年10月第2次印刷
书 号：ISBN 978-7-221-14210-8
定 价：36.80元

My
Girlfriend

目录

My
Girlfriend

目录

楔子

北京连日高温燥热，周末的下午，商场里人声喧嚣。

试衣间门口，店员将最靠前的一对男女放行，然后用弹力带隔开了他们身后长长的队伍。

“里边满员了，请耐心等待。”店员机械地告知。

大家望着那对男女的背影，左转，消失在视野中。

进入隔间后，男人一手搂过女人，蛮横地开始疯狂亲吻，另一只手啪嗒将门落锁。

女人手中几件新衣滑落，散了一地，她攀住男人脖子，热烈地回应着。

与此同时，一个挺着大肚的孕妇来到更衣室入口，立即被店员拦了下来。

“这位客人，请您排队——”

店员话没说完，孕妇已经拉开隔离带，闯了进去。

空气里有危险的味道。

孕妇步子迈得又急又大，宽松棉裙和着空气簌簌作响，虽没开口说话，却能从她如炬的眼中窥出愤怒。

她猛地站住，环视着面前一排长长的试衣间。孕妇从包里掏出手机，拨打，手机来电炸响。

试衣间内，男人慌忙松开只穿内衣的女人，看着手机。

他咽了下口水，低声道：“我老婆……”

女人轻蔑一哼，随手整理好内衣的肩带，往墙上一靠，一脸的无所谓。

“别说话。”男人叮嘱着，刚准备接通，手机却已经挂掉。

外边，孕妇收起手机——她已锁定目标。

她朝前走去，在一个试衣间门口停下，开始砸门。

“滚出来！”

试衣间内，听到老婆的声音，男人已是面如死灰。一旁女人也吓得够呛，两人躲在里边，大气都不敢出。

“王八蛋，趁我怀孕在外边找女人！”孕妇的嗓门陡然提高，两侧的门陆续打开，一颗颗脑袋探出——试衣服的客人们好奇地朝这里观望着。

孕妇开始砰砰砸门。

“贱货，敢做不敢当啊，赶紧滚出来！”

里边的女人怒了，想要出去，却被男人死死困在怀里。

孕妇的火气越来越大，胸口在剧烈地起伏，好像一旦里边的人出来，会立刻被她徒手撕成碎片。

“哎呀，流血了！”这时，一位女客人指着孕妇，惊叫。

孕妇低头，吃力地想要向下探视，只见血水顺着小腿从裙内淌了下来，她恨恨看向试衣间，喊道：“不出来是吧？”

血滴落到地板上，像一朵神秘莫测的花。

孕妇一手指天，大声说：“里边的臭女人，我诅咒你一辈子都得不到幸福，跟你恋爱的人最后都会离开你！”

话音刚落，便听到外边雷声炸响！

隔着商场的落地窗，但见天色遽然暗沉，云层翻滚，紧接着就是一道闪电划过！

轰隆的雷声中，在场的人都惊呆了。

试衣间内，女人再也无法忍受，甩了男人一巴掌，将门打开，从里边冲了出来。

男人也狼狈跟出，三个人面面相觑，大战爆发在即。

孕妇瞪着两人，恨意刚刚在眼中汇聚，又突然意识到了什么——这两人是从隔壁的试衣间出来的，这么一来的话……自己正面对的这个试衣间里又是什么人？

在场的人都意识到了这个问题，目光齐刷刷地看向孕妇面前紧闭的试衣间。

里边传出细细的声响，门从里边打开了。

一个头发卷卷的短发少女走了出来，两眼忽闪忽闪看着在场的人。

孕妇决定用简短的时间和语言来向女孩道歉，但是女孩没给她机会。

下一秒，女孩就栽倒在地，四仰八叉地睡了过去。

第一章

告诉你一个秘密！

她见识过各种各样的男朋友，却始终没见过真正的爱情。而她也从最初为爱彻夜痛哭的青涩少女，变成了身经百劫皮糙肉厚的女战士，不知道这是岁月的馈赠，还是命运的残忍。

1

演播室的灯次第亮起，这儿的世界注重每一处细节。

摄像师已经架好机位，导播间工作人员准备就绪，挂着工作证的实习生跑前跑后，最后一遍核对脚本内容、错字这类的低级失误，主任是绝不允许出现的。

走廊尽头，探出一只锃亮的皮鞋，紧接着是一双稍稍露出脚踝的大长腿——年轻的男人穿着剪裁得体的西装，信步走来。

节目片头即将播放结束，迟信几乎是踏着尾声站定，前一秒还面无表情的他，瞬间给出了恰到好处的职业性微笑。

“电视机前的观众朋友们，大家好，欢迎收看今天的《民生播报》。家住西城区的王先生啊，最近遇到了一件烦心事儿——”

迟信忽然打住了，透过他一旁的玻璃，可以看到演播室内的全貌。只见男主播佟亮坐在台前，正声情并茂播讲着新闻——没错儿，刚才的声音是佟亮的，迟信只是站在演播室外对口型。

迟信看着主播台的方向，眼中隐隐闪过一丝失落。

刚大学毕业那会儿，他觉得自己起点不算低，第一份工作就是到处跑新闻的外景主持。他还记得跟台里签正式合同的那个上午，主任拍着他的肩膀说，好好干，未来的大主播。

这句话让他产生了不竭的动力。此后，无论是家庭矛盾调解中被中年妇女抓花脸挠破脖子，在高速上背对撞扁的车体和一大摊血水进行现场报道，还是冒着暴雨上香山参与救援，再难熬奔波的时候，他都当成是自己成为正式主播前的历练。

六年后，他还是跑外景的主持。

除了资历老一些，他并没有可圈点的地方。资历老的另一种说法就是年纪大，尤其是在电视台这种随时需要新鲜血液的地方，事业再无起色，只能等着被边缘化。

最近一次边缘化的体验是什么时候呢？迟信想起来了，就在昨天。例会结束后，主任对新来的几个年轻人说，好好干，未来的大主播们。主任说得很中肯，多年来一点没变，这让迟信有些晃神。主任说完后，目光甚至没在他身上作片刻停留，起身就走出了会议室。

“迟信，愣着干吗呢你？”

突如其来的声音把他从胡思乱想中一把揪出。

是主任。

迟信赶忙打起精神，说道：“十点的时候有个旅法画家专访，已经约好了。”

“那个让别人去吧。”主任从身后拿出一个自拍杆，上面架着手机，“一会儿你来做佟亮的网络直播专场。”

“为什么？”

“因为你俩熟。”主任回他。

这话简直无可挑剔，自己跟佟亮太熟了：师出同门，自己比佟亮高一届，后来还是自己把对方介绍进台里实习，一起风风雨雨跑新闻的岁月，佟亮一口一个师哥地叫着，可如今……

迟信没再迟疑，接过自拍杆，笑道："放心吧，主任。"

半小时后。

驾校内，一排等待练车的学员站在路旁，头顶太阳把人晒得心烦意乱。

丁小柔站在其中，盯着手机直播上帅气的佟亮，又送出一波虚拟礼物。

有人留言：主播很帅，就是提问题的人有点弱智，差评。

丁小柔跟上：楼上 +1。

"丁小柔！"

教练的嗓音霍然传来，她猝不及防一个哆嗦，赶忙举手："这儿呢，这儿呢！"

丁小柔小跑着来到一辆破旧的车前，打开车门坐了进去。教练眼皮都没抬，抬手开门就要下车。

"教练，您不陪我练啊？"丁小柔问。

"今天练倒库，按规定你自己来。"听得出教练在努力压着火气。说完人已下车，车门嘭地关上。

对教练，丁小柔还真有点内疚。她在网上看到大家对这位教练的评价很好，就预约了，开始教练特别温和，她再怎么出错都不带皱眉头的。可任何事都架不住对方一个"笨"字，反反复复之后，教练彻底崩溃了，甚至怀疑丁小柔是竞争对手雇来折磨自己的——"方向盘上拴根骨头，狗都能把车开走你信不信？"

丁小柔独自坐在车内，安慰自己要冷静，不就是倒库嘛，都练过那么多回了，有什么难的呀。

她发动车子，战战兢兢在前面转了个圈，开始倒车入库。

后视镜里，她看到教练两手抱在胸前看着，心里又开始紧张了。随着电子装置发出的一声警报，丁小柔的心都凉了——她轧线了。

接着又连续三次触发警报。

这下教练彻底怒了，把随身的记录本往地上一摔，边朝这边走边吼：“说多少遍了！要你眼观六路，你看我干吗？”

后来丁小柔也没想明白自己当时为什么要这样做，她脑子里有个声音在狂叫“啊啊啊，快离开这里好嘛，简直太丢人了”，然后她轰起油门，车子噌地就蹿了出去！

教练反应过来时，车子已经开出去老远。

横冲直撞中，丁小柔一边挥手一边大叫：“让开，让开！”

场地上众人纷纷躲避，这突如其来的惊吓让整个驾校沉闷的气氛瞬间飙到了高潮。

丁小柔脑中一片空白，所有开车步骤都被抛到了九霄云外，反倒是这些年的一幕幕开始在眼前重现。

她不止一次听人说，人之将死，眼前会像过电影一般，重现一生中重要的时刻。

她觉得自己这次大概真的要挂了，心里不免有点不舍和悲伤：应该穿上那双最贵的高跟鞋上路的。

银行卡密码还没告诉杜丽丽，虽然几乎没有存款。

舅舅的生日礼物也没准备好。

……

越想越烦，丁小柔想，还是挂了吧，活着有什么好。

车子已经摇摇晃晃开进了停车场，劲头更猛了。

再一次，熟悉的感觉瞬间席卷全身，身后人群的嘈杂和教练声嘶力竭的叫喊声渐渐模糊飘远，好像来自另一个缥缈的时空……

丁小柔脖子后仰，瘫在驾驶座上睡了过去！

在最后清醒的那个瞬间，她眼前出现的是王特那张脸。

随后“嘭”的一声巨响——车子追尾了。

2

早上 7：00，丁小柔准时醒来。

这是个看上去十足少女的房间，墙头挂着一串照片，全部是丁小柔不同季节在同一棵银杏树下的照片。

她挣扎着坐起身，脖子还在痛着，尽管戴了颈椎牵引器，扭动时依然有如针扎，像是一队蚂蚁在神经上搬运东西。

她摁了摁肚子，那里在咕咕响着，于是赶忙下了床，趿着拖鞋往卧室外冲。

来到洗手间门口，就听到里边传出邓丽君甜蜜的歌声。

她拍拍门："舅舅，您还要蹲多久？"

里边传出杜丽明温柔的声音："刚开始。"

"您能不能抓点儿紧？我这快不行了。"丁小柔皱眉。

"不行呢。"杜丽明的回答依旧温柔。

丁小柔只得转身，看着斜对面的主卧，那里面住着这个家里的女王。女王的地盘不是随便能进的，女王的独立卫生间更不是随便用的。况且女王有起床气，几十年如一日的大，丁小柔想想还是算了，看能不能憋回去。

咕咕声再次作响，丁小柔腹内犹如翻江倒海，管不了那么多了，她决定硬闯。

于是走上前，她狂敲门。

屋内传来脚步声，不用想，就知道女王清早的第一把火被点燃了。

不用说，第一句话肯定是——"想死啊！"

果然，门开了，杜丽丽穿着长款丝绸睡衣，脸上敷着面膜，一声大吼："想死啊！"

与此同时，厕所里的杜丽明打了个哆嗦。

丁小柔一把抱住杜丽丽，调动起所有感情，用带着哭腔的声音说："妈，我做了个噩梦，以为再也见不到你了！"

杜丽丽原本涌出喉咙的责骂，一下都消停了，她最怕女儿这样，也最怕安慰女儿：“你梦见什么了？”

丁小柔松开母亲，边朝着卫生间移动，边假装抽泣：“说来话长……我上个厕所慢慢跟您说！”

丁小柔一头钻进去，顺带把门锁上。

杜丽丽在外边气得直跳脚：“死丫头，再骗我试试！”

十五分钟后，三口人在餐桌前聚齐。

杜丽丽双手抱在胸前，眼中余怒未消。

丁小柔大口往嘴里塞着油条，假装没看见。

杜丽明倒了杯牛奶，丁小柔伸手刚要接过来，准备说声“谢谢舅舅”，就听到杜丽丽开口了：“不给她喝！”

丁小柔瞬间把手指缩回去，杜丽明的杯子在空中划了道优雅的弧线，又绕回自己嘴边，把牛奶喝了。

“为什么要学车？”杜丽丽问。

“我梦见自己在学车。妈，您听过一句话吗？”丁小柔边说边想着该怎么对付女王。

杜丽丽瞥了她一眼。

“梦里梦到的人，醒来后就要去见。”丁小柔说的一本正经，还带点儿深情。见杜丽丽没明白，她又接着说，“同样，梦里梦到的事，醒来后就要去做。”

杜丽丽的火彻底引着了，腾地站起身：“难怪昨儿我梦见你了。梦里梦到讨厌的人，醒来后我得打她！”

丁小柔赶紧往舅舅身后躲。

杜丽明自然是向着丁小柔的，于是劝：“姐，慢慢说。”

杜丽丽瞪了他一眼。

杜丽明又一哆嗦，他把丁小柔往外推了推：“这么热的天儿，别往我身上靠。”

杜丽丽恨铁不成钢地一拍桌子：“要我说你什么好呢！”

一听这话，其余两人头都大了，这是杜丽丽的经典开场白，一旦说出这句话，后边会有连绵不断的长篇大论等着。

“你自己的情况根本不允许学车，你难道不清楚吗？你知道开车对你来说有多危险吗？你有没有考虑过大人的感受……”杜丽丽越说越激动。

丁小柔悄悄看了眼手机时间。

“上班要迟到了！”丁小柔拿起包就往外跑，随着关门声，把母亲的声音隔在了耳后。

心里不是没有话要说，而是不能说，她不敢告诉母亲，自己失恋了。实际上母亲根本不知道她恋爱的事情。她更不敢告诉母亲，失恋后自己悟出了人生苦短，要及时放飞自己，才跑去学车。

总体来说，丁小柔是个积极向上的人，她不想让坏情绪影响自己太久，所以从上周五分手以来，短短一个周末的时间，她就让自己从失恋的阴影中走了出来。

丁小柔觉得今天自己特别引人注目，不论是挤地铁，还是在路上，总有人多看自己两眼。最开始，她还想着是不是出车祸后自己变漂亮了，但一想到脖子上的牵引器，整个人就变得沮丧起来。

打小她就爱漂亮，喜欢电视上那些身形高挑的模特和她们身上的衣服，自己经常在洗澡后裹上浴巾，在床上上演一场自己的时装秀，每回裹着飘逸的浴巾走到床头，一转身回眸的时候，她就觉得自己特别仙儿，有种母仪天下的感觉。后来读书了，她就偷偷买时尚杂志看，所以当得知大学里有服装设计专业时，她感觉找到了人生的方向。而母亲也少有地选择了支持她，说等她大学毕业了，可以继承家里的产业。

所谓的产业，就是位于通州某条不繁华街道的毛线店，统共不到二十平方米，杜丽丽姐弟联手经营了十几年。周边的门头不停改头换面，“丽丽毛线店”竟然一直经营到现在，这是杜丽丽最引以为豪的事情。

进了大学，丁小柔才知道，好些学服装设计的同学，家里是开工厂的，她还在找地方实习的时候，人家已经自己设计打版投入生产了。

丁小柔现在的职业是橱窗陈列师，简单点说，就是通过对店面服装和道具的陈列以及色彩搭配，来展示品牌最新主打，并且刺激顾客消费欲望的一种职业。公司总部在繁华的国贸商圈，老总在十七楼租下了视野和环境相当好的办公区。丁小柔随着衣着光鲜的上班族们走进了大厦，也许一小时前大家刚离开狭小并不宽敞的出租屋，吃着街边六块一个的煎饼果子，但是此刻，每个人都精神抖擞，努力迎接新的一天，这就是理想的力量。

因为行动不便，丁小柔走得有些慢，她眼看着走在前面的一拨人进了电梯，只得加快步子。

“等等！”丁小柔知道，如果不赶上这趟电梯，意味着自己将要迟到。

电梯里是一张张年轻又不耐烦的脸。

她眼中一喜，发现站在轿厢最前面的男生是公司同事。丁小柔如同见到救星，一边朝对方挥手，一边托着脖子小跑。

男同事明明看到了丁小柔，却目视别处，又拿余光瞄着，演技不是一般的拙劣。满满一电梯的人，没一个伸出援手摁下打开按钮，在距离只有几米远的时候，电梯门缓缓关上了。里面的人或低头，或毫不避讳地露出了看别人出丑的快意笑容。

“喂！喂！”

丁小柔的手还在半空中挥着，电梯已经徐徐上升。

同事们大都到齐了，丁小柔走进公司，跟沿途的几个人打招呼。她像传销公司被成功洗脑的人一样，双手握拳，脚跟跺地，连续三声：“加油！加油！加油！”

这是她的口头禅，给别人能量的同时，也鼓励自己。

但是没人回应她，大家都忙着应付手头的工作，丁小柔也不在乎这些，她习惯了不被人重视的人生。就连角落里自己那个工作工位，都显得可有可无，因为大多数时间，她需要去各个门店打理橱窗。

丁小柔在工位上坐下来，她心里清楚，自己选择这个时间来上班，是不想跟王特遇上。在此之前，他们每天会在八点二十准时在公司外碰头，一起去吃肯德基八元早餐或者在 7-11 买个金枪鱼饭团。茫然的回想中，丁小柔的胳膊肘被扎了一下，她看过去，小仙人球立在那儿，是他专门买来送她防电脑辐射的。

手机响了。

丁小柔刚接通，里边就传来一个女人的声音："您好，请问是丁小柔小姐吗？"

"对，是我。"

"是这样的，我是保险公司的，关于撞车的事 4S 店已经定损，驾校和您需要各支付一半的费用。"

"我正开会呢，晚点联系。"丁小柔说完挂断，一手扶额，感觉头都大了。她烦躁地把目光投向前方，又触电一般收回，她有意压低了脖子，将自己埋身在工位中，那样子有点好笑，像脑袋藏进沙中的鸵鸟。

她看见了前男友王特。

上周四，她在一家店面工作，王特发来信息，说晚上一起吃饭。丁小柔当时就想着，这一天终于到了，王特要跟自己求婚了，而那个跟随自己这么多年的诅咒也终于要破除了……

丁小柔的猜测不是凭空而来的，这之前她听人说起，王特专门向女同事请教钻戒的牌子。随后，她就在王特的电脑上看到"怎样求婚最浪漫"的搜索记录。

约好时间后，丁小柔六神无主，她给飒飒打电话简单说了事情经过，开始抱怨自己当天穿的衣服太随便，这种场合一定要美美的才行，毕竟她已经一眼万年，连两人今后的孩子叫什么，在哪儿买学区房，孩子长大结了婚不孝顺怎么办都想到了。飒飒叮嘱她不要乱，越是这时候越要装得不在乎，男人才会觉得捡到宝了。丁小柔觉得有道理，在店里悄悄换了新款裙子，吊牌藏好，又到楼下彩妆专柜请人化了妆，这才心满意足去赴约。

到达餐厅时，王特已经等在那儿了，一桌的食物，都是她爱吃的。

丁小柔坐下，用不同于以往的温柔问："怎么今天要跟我一起吃饭呢？

有什么事吗？”

王特笑笑：“先吃吧，我们吃完再说。”

丁小柔告诉自己，这种场合，吃饭就不要那么拼命了。可是筷子一上手，她还是忍不住吃起来，还不忘给自己找借口：以后就是一家人了，不吃多浪费呀。

王特显得心不在焉，丁小柔心里乐：你先想想一会儿怎么表白吧。

吃到后来，还是王特忍不住说：“小柔，先别吃了。我有事儿跟你说。”

“我愿意。”丁小柔说。

“啊？”

丁小柔意识到自己把心里想的说了出来，赶忙解释着：“我是说……你说吧。”

王特喉头一动，将身子坐直一些，看着丁小柔。

“小柔，我想我们不能再继续这种关系了。”

她在脑子里拼命分析这句话是什么意思。她甚至在想，这会不会是对方求婚前的恶作剧，比如王特会接着说：“我想跟你开始一种新的关系，做你的未婚夫。”

“我们分手吧。”王特说。

丁小柔脸上的期待还没来得及退去，但是她明白了，也不抱任何幻想了，她看着王特的表情，对方绝对是认真的。

“我喜欢上了 Lucy。”她直愣愣地听他说着，“相处的这些日子，你对我很好，给了我很多美好的记忆，我想，我也为你做了一些力所能及的事情。我考虑了很多，还是觉得 Lucy 更适合我，我认真考虑了很久，才有了这个决定，所以立刻告诉了你，是不想耽误你更多时间……”

王特好像还说了很多话，丁小柔一直没打断他，也没听进去。她只觉得心里某个地方，轰轰隆隆一点点开始坍塌，将那些曾经的美好封存埋没，尘埃滚滚的废墟上，再也看不出曾有过一座关于爱情的梦幻城池。

那天，丁小柔表现良好，礼貌地跟对方道别，笑着说再见，然后执意付了账单。对于分手时，哀求哭闹，她是做不来的，只想着横竖是被放弃的那个人，就尽量保持体面。体面是个好东西，这也是她从母亲杜丽丽身上学到的。她用行动告诉王特，自己绝不会纠缠，她选择踩着一地的心碎，头也不回地离开。

现在，王特朝她的工位走了过来，丁小柔在心里想了好多种可能：这王八蛋身患绝症了，又或者他被甩了回来求复合。

不管是哪一种，都让丁小柔感到解恨。

王特在她身边停下来。

他递上一张请柬："小柔，我要结婚了。"

丁小柔抬手，"啪"地给了王特一巴掌。

以上只是丁小柔的幻觉，她还在盯着那张红色的请柬出神。

"小柔？"王特叫她。

丁小柔回过神，并没有伸手去接。

王特有些为难："Lucy 说了，你要是不肯收，她会亲自送过来。"

丁小柔飞快地把请柬扯了过来，她扭头看看周围，一直在暗中观察的同事们都装模作样埋头工作起来。

王特如释重负。

丁小柔觉得王特就像个心智不成熟的孩子，得有比他更成熟的人管着，才能生活得更好，显然，丁小柔不是最佳人选。有那么一瞬间，丁小柔觉得王特的选择没错，Lucy 比自己更适合。

她两指捏着请柬，感受到表面的颗粒感，像此刻自己的心一样粗粝麻木，行将凋零。

她抬头，努力地微笑："祝福你们啊！"

3

"祝福个屁！"

飒飒把请柬扔进了垃圾桶。

医院里人来人往，没人注意到这个年轻女医生的愤怒。

“怎么不抽他呀？要换成我，非抽得他妈都不认识他。”飒飒一股脑儿说着，对于自己最好的闺密丁小柔，多年来她一直是恨铁不成钢。

“反正他都把你甩了，干吗还给他脸，直接跟他大闹一场。我告诉你，一段感情的最佳收场就是两败俱伤。”飒飒越说越来气，一把拉上丁小柔，“走，姐妹儿陪你找他算账去！”

丁小柔被拉着走了几步，轻轻挣脱开，说：“我做不来。”

“哎呀，一回生二回熟，多练练心就狠了，就跟我刚做手术那会儿，根本下不去手。”飒飒又要拉她。

“你忘了，他未婚妻 Lucy 是我领导。”

飒飒一怔，还是不肯放弃：“领导怎么了，领导就能仗势欺人抢别人男朋友了？大不了咱这工作不要了！”

“别闹了，飒飒。”丁小柔的声音很轻，“我这种情况，好不容易找到个工作，真辞了又能去哪儿呢。”

在这之前，丁小柔已经接连丢了三份工作，原因都是她在工作时间会突然睡过去。

飒飒不再坚持，也有点泄气了。他们刚认识那会儿，还是高中，两人都青涩，但性格已显出端倪。一个是快意恩仇，敞开天窗说亮话；一个是忍让别人，关起门来委屈折磨自个儿。

丁小柔低垂着头，睫毛上都挂满了失落。

“你打算一直忍下去？看着他们成天秀恩爱？”飒飒问。

“等上季度的奖金发下来，我再做打算，有点钱总是好的，不至于太心慌。”丁小柔宽慰地一笑，“对了，你还记得王特是我第多少个男朋友吗？”

这问题难不倒飒飒，她竖起三根手指：“第三十个，怎么了？”说完，她突然捂住了嘴巴，瞪着眼睛和丁小柔面面相觑。

“那个诅咒又应验了？”

丁小柔点了点头。

十年前，在更衣间内，那个孕妇以手指天，诅咒了丁小柔。虽然那只是一个失误，孕妇要诅咒的另有其人，但从那天起，丁小柔的人生发生了实实在在的变化。

开始，她只是患上了猝睡症。简单点说，就是会不分时间、地点、场合突然睡过去，持续时间并不长，大都在十分钟以内。丁小柔说整个过程自己毫无印象，睁开眼从地上爬起来该干吗干吗。刚开始出现这个症状时，母亲杜丽丽特别担心，但是医院检查报告上写得明明白白：这姑娘的身体状况好着呢。于是，杜丽丽又有点期待，她曾听人说，有的人之前就是普通人，得了一场大病后，再醒来就无师自通，会算命看姻缘预知未来。所以有次丁小柔猝睡醒来后，杜丽丽问她："咱家店生意今年会好吗？"

丁小柔摇头。

"我能找个有钱的对象吗？"

丁小柔摇头。

舅舅杜丽明问："我今年能找到女朋友吗？"

丁小柔还是摇头。

杜丽丽心凉了半截："你是说好不了？找不到？"

丁小柔说："我是说我不知道。"

"行吧，闺女这病白得了。"杜丽丽想安慰一下女儿，"其实还跟以前一样，就是你以后不能学车了，危险。"

除了学车，生活中还会伴随其他的危险和尴尬。

比如有时候在餐厅吃饭，正跟飒飒说得开心，下一秒就整张脸拍在了油乎乎的饭菜上一动不动；比如洗着澡唱着歌，突然就四仰八叉躺在了地板上；比如学游泳，游着游着就咕噜咕噜沉了下去；再比如第一年高考，语文考试她突然文思泉涌，刚动笔又瞬间脸贴试卷睡了过去……

如果说，光是猝睡症，还不足以让一个年轻女孩觉得人生暗淡日月无光，可怕的事情在后边。

大一那年，丁小柔恋爱了。对方是同班同学，追了丁小柔很长一段时间。丁小柔是这样一种人，有时自己都会怀疑爱的不是某一个人，爱的是爱情本身。她愿意给予，勇于付出，也许天生就是这样的人，明明自己也知道，如果爱的有所保留会让自己少受些伤害。半年后，男朋友1号提出分手，理由是天天一起上课，抬头不见低头见的，没了感觉。那段日子，丁小柔以泪洗面,整个人恍恍惚惚,瘦了很多,周末回家把杜丽丽吓了一跳，于是不声不响每月都多往女儿的银行卡上打三百块钱，让她多吃点好的。

男友2号是个文艺青年，单眼皮，外形像韩国人，第一次见面，丁小柔老觉得对方会冷不丁蹦出一句“斯密达”。两人谈恋爱还不到一个月，男友2号就提出分手，跟一个韩国女留学生走了。

……

男友7号，是个健身教练，那时候丁小柔已经大学毕业，两人在健身房认识的。两个月后，他也提出了分手，理由是健身房里有钱女人多。

……

男友15号，人很帅，皮肤比丁小柔都好，人也不错，对丁小柔很照顾。就是有一点，丁小柔感觉跟他在一起不太像是谈恋爱，确切点说，更像是一对兄妹。后来，对方还是说了心里话，经过跟她的相处，他发现自己更喜欢的是男孩子。丁小柔没有生气、愤怒，两人友好地分手。几年后，男友15号从国外传来一张照片，他跟男友领证了，在异国的天空下开心地笑着。

随着男友数量的增多，丁小柔越来越体会到这更像是一场实验，她努力想证明当年那个诅咒是假的，而现实发生的一切又总是给她一击。在她被命运打得鼻青脸肿辨不清前路时，突然乐了：她见识过各种各样的男朋友，却始终没见过真正的爱情。而她也从最初为爱彻夜痛哭的青涩少女，变成了身经百劫皮糙肉厚的女战士，不知道这是岁月的馈赠，还是命运的残忍。

飒飒伸过手，轻轻拉着丁小柔：“你别多想，就是赶巧了。再说男人有什么好，我整天做包皮手术，对那些肉体都免疫了！”

“你别身在福中不知福。”丁小柔转个身，用脑袋一下一下轻轻磕着窗玻璃，“不就是老失恋嘛，习惯就好了……”

飒飒赶忙把她拉开：“本来我还给你报了个线下小组聚会，都是些有恋爱障碍的人，现在看你这状态我看还是别去了，你再等我会儿，下了班一起吃饭。”

“聚会什么时候开始？”

“就今天晚上。”

丁小柔说：“那我得去。”

“为什么啊？”飒飒问她。

“看看有没有比我更倒霉的。”丁小柔问，“对了，那小组叫什么呀？”

飒飒想了想说：“我不能恋爱的原因。”

聚会设在一家书吧的二楼。

从东南角的楼梯而上，整个二楼的环境一览无余。原木装饰，角落里摆着土植的绿萝，藤条自高处垂下，让人舒服。

一只英国短毛猫在地板上滚来滚去，无所事事。

正中的位置上，围坐着五个人，气氛看上去有些低沉，像有一团隐形的乌云环绕在众人头顶。一旁的小黑板上，用彩色粉笔写着“我不能恋爱的原因小组聚会”。

丁小柔就坐在这五个人中，心想，原来聚会不都是欢天喜地的，也有这种蔫头耷脑的，跟巫师集会招魂现场似的。

一个打扮性感、身材火辣的年轻女人先站了起来，她扎着丸子头，丁小柔一见她就有种莫名的亲切感。

性感姐姐说：“大家都闷着不说话也没意思，那我就先说好了。我不能恋爱的原因？是因为男人都喜新厌旧。”

跟批斗大会一样，性感姐姐的话激发了每个人的倾诉欲望。

一个小职员模样的女孩举了举手，神色有几分羞怯：“我是单亲家庭长大的，没什么安全感，一恋爱我就恐慌。”

戴眼镜的中年男人接着说：“我是怕了，上一段婚姻对我的伤害很大，我都做好一个人过完这辈子的打算了。”

大学生模样的男孩说：“我吧，就是人穷还想找个漂亮的。我知道你们肯定鄙视我，觉得我应该从自身实际出发，可是我不坑蒙拐骗，真心想找个漂亮的妹子有错儿吗？再说，我这也是为下一代基因优化考虑啊。”

大家正你一言我一语说着，楼梯上响起了脚步声。

一个转身，迟信走了上来。他上身穿着浅灰T恤，下身一条卡其色军装裤，脚上一双“踢不烂”经典黄靴，帅气又洒脱的打扮，让人如沐春风。

丁小柔原本没太在意身后的动静，就听到那个女职员嘴里激动地说道：“帅哥……”女人对美色的渴求一点不输男人，她跟着大家的目光看了过去。

这一看不要紧，丁小柔差点就从椅子上摔下来。

她这会儿特别想躲起来，能直接隐身最好不过，但短短几秒钟的时间过后，她重新冷静下来：干吗要躲，完全没必要，因为他都不认识我。

丁小柔明知道是自己的错觉，但迟信朝这边走来时，她仿佛置身在烈日下，空气里有夏日的风声，远处依稀的蝉鸣，青草以及塑胶跑道混合在一起的味道，这种极短又强烈的感受让她恍如隔世。

迟信在空缺处坐下，显得很是从容，他跟在座的人打招呼：“对不起啊各位，单位加班，我刚赶过来。”

他边说，目光边在所有人脸上扫过，丁小柔更加肯定，对方完全不认识自己。

果然，像迟信这种长得好看的人，总是会得到旁人更多的宽容，大家都很客气地回应，告诉他没关系。

“接下来该谁了？”中年男人问。

大学生指了指一旁的迟信：“该这位帅哥了。”

“我？”迟信问，“需要我做什么吗？”

性感姐姐指了指黑板上的字。

丁小柔小心打量着他，这么些年过去，那双好看的眼睛里，一定藏了很多她不知道的故事。

迟信开口了：“我不能恋爱的原因，是因为心里还有爱的人。”

哦，是这样。丁小柔心里发出如此平静的感叹，像在炙热的南国得知北方飘雪的消息。心情没有起伏，波澜不兴。这感觉有些像是买了一本书，久久未看，却偶然间在别处得知了书中某个节点桥段，并没有太过意外，也仅仅是一声慨叹“哦，原来是这样”。

迟信说完后，大家的目光不约而同锁定了丁小柔，她赶忙摆手：“你们搞错了，他说的那个人不是我！”

大家一脸蒙圈，性感姐姐首先明白过来，笑道：“我们的意思是该你聊聊不能恋爱的原因了！”

丁小柔这才发现自己理解错了，随口说：“我是因为遭到了一个诅咒。”说完她就后怕了，自己怎么可以这么随便就把这事儿说出口？要知道这可是自己保守了多年的秘密。

大学生“扑哧”笑了：“诅咒？姐姐，你逗我们玩呢吧？”

大家眼神里透出的信息，就是压根儿不信。丁小柔偷看一旁的迟信，他没任何的反应，眉头微微皱着，心思好像根本不在这里。丁小柔又何尝不是这样，来这里未必是想疗伤，只是用来打发夜晚无聊又难熬的时间，至于疗伤，只能是自己救自己。

丁小柔知道是自己多虑了，就算说出来，也会被人当成一个玩笑，于是笑道：“就是逗你们的，从我来这里到现在，聚会的气氛都很低迷，我们来这儿的目的是为什么？不是为了摆脱坏情绪吗？所以啊，请在座的各位都开心起来吧！”

丁小柔的话立刻得到了性感姐姐的响应，她激动地起身，对丁小柔比了个赞：“说得好，我们要开心起来！我宣布，小组聚会进入到第二个环节！吐槽前任！我来把游戏规则告诉大家！”

性感姐姐仰头，把一瓶啤酒喝掉，然后将空瓶子横放在桌子上。

“一会儿，瓶口对着谁，谁就必须说前任的坏话！不说就踢出组织！”性感姐姐接着说，“既然是我组织的这次聚会，那就我先来！”

在大家的掌声鼓励中，性感姐姐讲了自己的感情：“我前男友追我那会儿，老说自己喜欢矜持的女生，后来把老娘追到手了，啪啪啪的时候又嫌我没激情，说他好像在奸尸一样，王八蛋！”

丁小柔被这个女孩的大胆言辞吓了一跳，但随即又喜欢上了对方的那份真实。

性感姐姐手中发力，瓶子像表针一样转动起来，又越来越慢，在众人的叫喊声里慢慢变得迟缓，最后不偏不倚，对准了丁小柔。

当众吐槽前任，这种事儿自己从来没做过。见丁小柔犯难，性感姐姐丢给她一个鼓励的眼神。

好吧，豁出去了。丁小柔勉定心神：“前男友跟我的顶头上司好了，我竟然不知道。现在他俩要结婚了，居然给我发了请柬！我恨不得踢碎他的蛋蛋，再捏爆她的硅胶乳房！一对贱人！”

最后一个字说完，丁小柔全身微微颤动，她有点不敢相信以上那些话出自自己口。她突然有些理解飒飒了，做人要快意恩仇才好，人生苦短，不吐不快，犯不着因为别人的残忍而委屈自己，爱谁谁。

“好！”中年大叔带头叫好，大家跟着鼓掌。

丁小柔忽然觉得神清气爽，委屈了自己太久，发泄一下总不是罪过。

酒瓶旋转，大家继续。

丁小柔轻轻退了出来，她看到迟信独自坐在角落的一张桌前，抱着那只英国短毛猫，在跟它玩。橙黄色暧昧的灯光下，映衬出他五官美好的线条，那张脸上带着微微的疲惫，如同刚从一场浩劫中涉险而出，眼角眉梢都还带着余震的气息。

丁小柔不知怎么就走过去了，在对方桌旁站住。

“怎么不跟大家一起玩？”她问。

迟信并不看她，继续逗猫，声音慵懒："我正跟一只猪说话呢。"

丁小柔笑："这明明是一只猫。"

迟信抬头，看着她，眼神里透着明显的不耐烦："我刚才跟猫说话呢。"

丁小柔又羞又恼："你怎么骂人呢？你说谁是猪啊？"

迟信还是之前懒洋洋的节奏，不紧不慢："前男友脚踏两只船，你都后知后觉，不是猪是什么。"

"你！"丁小柔想要回击，却思路大乱，毫无章法。

她觉得自己是在自取其辱，好端端犯什么贱，跑来跟这个男人搭什么话？原来一个人毁掉自己在对方心里的美好印象如此简单，只需要三两句刻薄的嘲讽就可以做到。

就在丁小柔下不来台的时候，一只手搭上了她的肩膀。

性感姐姐对这两人间剑拔弩张的气氛浑然不觉："你干吗呢，跟我一起玩儿去！"

丁小柔气哼哼地走了，迟信没事一样继续跟猫互动。

那只酒瓶还在缓缓转着，终于在大家的注视下停下来，对准了女职员。

女职员话到嘴边，又说不出来了。

"说！说！说！"大家起哄。

女职员害羞捂脸："讲前任坏话，怎么好意思啊……"

丁小柔指了指大学生："你就把他当成自己前男友。"

"对，"大学生很配合，"你就把我当成他，别不好意思。"

女职员看着大学生，两人对视着，周围也安静下来。

女职员突然大喝一声，起身冲上前，骑在男生的身上就开始扯对方头发，一边哭一边喊："你知不知道我有多难过……呜呜呜……"

……

聚会结束后，每个人似乎都轻松了一些。

书吧门口是一小片花园，曲径通幽，再往前走几步就是喧嚣的大街。

丁小柔跟性感姐姐成了朋友，性感姐姐学着她的样子说："加油！

加油！加油！”

女职员一脸愧疚，不停地跟大学生道歉：“对不起啊，很疼吧？”

男生够大度，一边用纸巾擦着流血的嘴角，一边安慰她：“没事儿，我还害你得重新做指甲呢。”

女职员被他逗乐，两个人都笑了。

丁小柔跟大家不同路，目送每个人离开后，自己也准备往回走。人生中，每个相聚的场合，她都尽量坚持到最后，比如高中毕业照后，她独自把一排椅子搬下台阶，又比如大学毕业那天的宿舍，她送走每一位室友，最后在心里跟宿舍的角角落落道别，然后锁门离开。每一次的分别都是一场仪式，飒飒说她重感情，而她觉得，自己不过是个爱念旧的人。念旧并不是什么好事，会让本该向前的脚步走得迟缓，连同自己的人生也被拖累。

脚踝处传来疼痛，是皮肉被生生擦碰的刺痛。

丁小柔蹲下身，检查伤口。大概是走路方式的原因，她的脚踝处常常会被磨破。

这个情形好像在哪儿遇到过，丁小柔顿时又想到了王特。

他们怎么认识的呢？那天丁小柔布置好新店橱窗后回公司办事，发现脚踝磨破了。当时打印间还有好几个人，王特也在场，大家说说笑笑地走后，丁小柔悄悄拖了高跟鞋，舒展舒展酸痛的脚趾，又拿出纸巾叠好，准备垫在伤口上。

一只创可贴递了过来。

丁小柔抬头，是王特。

“用这个吧。”他说。

丁小柔接受一只创可贴的同时，也接受了一份感情。

也没什么浪漫桥段，但是贵在稳定，王特不是会说甜言蜜语的人，却胜在行动，会在吃饭时把丁小柔爱吃的留给她，会在挤地铁时两手圈起，将她保护在小小的天地中，会跟她聊很多以后的事情……这些都让丁小柔觉得安心，也让她再次义无反顾投入这份感情中。

丁小柔保持着弯腰的动作，好多跟王特相处的瞬间纷至沓来：他们偷偷在公司会议上眉眼传情；在公司内购会上为彼此挑选衣服；一起去后海划船，去簋街觅食，去十渡游玩……

真的好难啊。也许还需要再多一点时间才能走出来。她这么想。心中的难受有如翻江倒海，抓心挠肝侵袭而来。她蹲下来，抱住自己，张嘴就要哭："啊——"

迟信从小花园里走过来，正好撞见。这样的情形，退无可退。

丁小柔忘了当时怎么想的了，反正就是绝不能在这人跟前丢脸。她噌地站起身，接着刚才的尾音唱起来："——啊啊啊，啊啊啊啊，西湖美景，三月天哪！"

迟信整个人都愣住，他好像看到了一场神经病的现场表演。

丁小柔知道身后那双眼睛在盯着自己，装出从容自得的架势，边走边唱："春雨如酒柳如烟哪！"

丁小柔一路唱着，直到转过弯，步入人行道，再感受不到对方的存在时，方才停下，大喘一口气。想着刚刚尴尬的一幕，她禁不住打了个哆嗦，不用猜她就知道，自己的脸现在烧得通红。

迟信走出小花园，在路口拦了车。

司机侧过脸来："去哪儿啊？"

迟信差点就脱口而出"回家"，可是少了那个人，也只能称得上是个住处，于是说道："朝阳大悦城，随便找个路口停。"

晚风湿热，迟信靠着椅背，目光茫然地望向前路。

车子飞快经过了绿化带里一簇簇鲜艳的蔷薇，经过了灰白水泥桥墩，经过了路边一瘸一拐赶路的丁小柔。

4

丁小柔这次是铁了心了。

她做不到对王特视而不见，也做不到对以前的事绝不留恋，所以她选择离开。

为了走进这间办公室，她做了很久的心理建设。

办公室右侧铺成了微型高尔夫球场。

郑总站在绿毯上，轻轻一挥球杆，没进洞。

他穿上鞋子，走回桌前说：“为什么要调去别的门店？你负责的这几家都是大店，真要跑去房山和顺义，天天光坐地铁公交车都够你受的。”

丁小柔说：“没事儿，我愿意为公司开拓偏远一点的市场。”

郑总看着她：“自从你负责这几家大店的橱窗后，各店面月营业额都呈下降趋势，橱窗给客人的是第一眼印象，别说营业额减少跟你一点关系没有。”

要是在平常听到这话，丁小柔会诚惶诚恐，担心饭碗不保，但这时候她觉得真是天助我也。

“郑总，所以您更应该把我调到别处去，没准儿我一走营业额就噌噌往上涨呢。”丁小柔说。

“我倒是想把你调走。”郑总直言不讳，“但上周公司已经调派新人去了你说的那几家店。”

“郑总，要不您再考虑考虑？我才是最佳人选啊。”丁小柔问。

郑总看着她：“我看你是‘被辞退的最佳人选’。丁小柔，你是不是不想干了？”

“没有，郑总！”丁小柔心想，这事儿看来是没商量的余地了，再坚持下去真得走人了，像这样的公司，最不缺的就是自己这种谁都能替代的岗位。

与此同时，外边的办公大厅里响起了沙沙的万向轮滚动声和嗒嗒嗒的高跟鞋声。

大家目光齐聚在 Lucy 身上。

她穿着浅蓝漏肩套装，波浪长发垂肩，一步裙将臀部包裹得又大又翘。她摘下墨镜，女王般逡巡全场，所到之处都迎来，“Lucy 姐回来了”和“Lucy

姐辛苦了”之类的问候。

Lucy 嘴角漏出点点笑意，这张精致的脸上有着不少人工改造的痕迹，喜怒看上去都似曾相识。

“郑总在吗？”Lucy 问一个女职员。

“在的。”

Lucy 径自来到办公室门前，敲门：“郑总。”

办公室内，丁小柔正准备出去，隔着门听到那声娇喊，浑身一哆嗦。她还是把门拧开了。

Lucy 看都没看她一眼，就往里走，擦身而过时肩膀还撞了她一下，紧接着万向轮又撞了她膝盖。

郑总立刻从椅子上起身：“Lucy 回来了！辛苦了我们的大功臣！这次能跟上海方面签单，多亏了你啊！”

Lucy 回道：“哪有！是咱公司名气大，人家才有心合作。”一句话就哄得郑总开心连连。

丁小柔站在门外，看着里面两个人亲切交谈，门慢慢合上，直至把她隔开。

4S 店第一次打来电话的时候，迟信正帮着调解一桩邻里纠纷，按规定，工作时手机一律调成静音。

迟信手持话筒，对着摄像机镜头：“我们现在在的地方就是德福小区，张阿姨和孙阿姨是一对住了二十年的老邻居，两人都喜欢广场舞，最近啊，因为都想跟一位大叔做舞伴，两人大打出手。”

迟信转身指了指房门上挂着的一块镜子：“张阿姨甚至在家门口挂了一块所谓的照妖镜。孙阿姨也不甘示弱——”

镜头转到对面房门上，A4 纸上写着俩字“反弹”。

迟信继续：“‘我们为您办事小组’呢，决定采访一下当事人，争取帮这对老姐妹化解矛盾！”

十分钟后，迟信和摄像师就被赶了出来，两位大妈在采访过程中突然团结起来，大骂节目组动机不纯，想靠她们来提高收视率。迟信对一位大妈说：“不是您打电话叫我们来的吗？”大妈说：“叫你来你就来啊？我们还叫你去死呢！”

然后两位大妈手牵手关上了房门，亲如一家。

迟信收好话筒线，快快下了楼。拿出手机看的时候，已经有三个未接来电。

“喂，你好。”迟信拨过去。

“您好，迟先生，这里是4S店维修部，您的车子半月前送来本店维修，现在已经可以取车了。”

“好的，谢谢。”迟信随口问，“撞我车那人赔钱了吗？”

“暂时还没有，驾校方面已经支付了一半的维修费用，剩下的一半还需要您再跟肇事人协商。”

迟信忽然有种冲动。从业几年来，大大小小的事情让他明白，人心有多美好，就有多龌龊。半月前，甄正借了他的车办事，没想到在驾校被一个学员撞了。

他对着电话说：“把对方信息发给我。”

丁小柔来到打印间，看到王特正好在里面，转身就要走，又一想这也太明显了，说好的若无其事呢？

王特回过头来，也正好看到她。

丁小柔没看对方，默默拆开一包A4纸，将它们放进打印机中，摁下按钮，轰轰作响的声音掩盖着纠结委屈的心跳。

王特没有要走的意思，两人做着各自的事情。

丁小柔把打印好的图纸拿起来，准备离开。

“等下。”王特在身后叫住她。

他从出纸槽上拾起一张图纸，递给她：“你的。”

丁小柔接过来，想抽走，对方的指间凝着一股力量。

拉扯中，丁小柔明明感受到了一种不舍。既然这样，为什么还要放弃我？丁小柔知道这里不能再待下去了，她已经红了眼眶。

“丁小柔！”

Lucy 的声音遽然从办公大厅响起，直直穿过来。这样的分贝，这样的直呼其名，Lucy 肯定是生气了。

Lucy 走进打印间，见王特也在，旋即对着丁小柔：“我出差前交给你的任务呢？为什么没发邮件？”

丁小柔说：“我这就去发。”

Lucy 冷笑：“就你这样的，去哪儿都成不了事儿。”

王特过来，拉了一下 Lucy，小声劝道：“Lucy……”

Lucy 瞪了他一眼，王特就不说话了。

Lucy 继续：“丁小柔，你想离开我的管理就直说，用不着偷偷摸摸地找郑总。我也不怕告诉你，去另外几家店面负责橱窗的人是我介绍过去的。”

果然是 Lucy……她一早就想到丁小柔会想去别处，于是先断了后路，强迫丁小柔留在这里跟自己共事，然后慢慢“修理”，最终目的就是逼着丁小柔主动辞职走人。

丁小柔觉得屈辱，她更恨自己，连“老娘不在这儿干了”的勇气都没有。她卑微如同一只蚂蚁，紧抓着一份并不高的薪水带来的稳定。

Lucy 挽起王特的胳膊，在向她宣示着主权。

“我呢，从不怕别人议论什么，不被人议论的人才是真的可悲。但你不要觉得是我抢了你的东西，人一旦强大了，就会有股向心力，男人自己闻着味儿就会追过来。”Lucy 看着窘迫的丁小柔，“像你这样的，会有人喜欢才怪。”

同事们都在不动声色地观察着打印间的动静，有人事不关己，有人幸灾乐祸。

丁小柔如坐针毡，她多想这时候有个英雄冲进来把她带走，或者一枪毙了 Lucy 也行。

这时，她的手机响了。

是陌生号码。

不管三七二十一，丁小柔赶忙接通：“喂？”

迟信刚从车上下来，一边辨别方位一边打电话：“你好，我是 3377 的车主，半月前您在驾校撞了我的车子。”

丁小柔提高音量：“亲爱的，你来啦？”

电话另一端的迟信傻了：“你好？”

打印间内，Lucy 和王特也傻住。

Lucy 眼睛连番眨动，怀疑是自己听错了。

丁小柔继续：“什么？你就在楼下，要来接我？”

迟信蒙圈：“我是在楼下……”

丁小柔：“讨厌，你想我啦？行吧，那我现在就下去，么么哒！”

挂了电话，丁小柔抬头挺胸，趾高气扬地经过了快要石化的 Lucy 和王特，又经过那些靠八卦充实人生的同事，下楼去了。

丁小柔从电梯里走出来，与其身陷刚才尴尬的境地，还不如见见自己的债呢。

走到大厅中间的时候，丁小柔迎面就碰上了迟信。两人目光碰触的瞬间，丁小柔有种不祥的预感：不会是他吧？笑话，哪有那么巧？

可真就有这么巧。

迟信定定地看着她，一看就是也经历了同样的心路历程，只见他拿起手机，拨通了电话。

丁小柔的手机就响了。

丁小柔尬笑两声：“Hi，是你啊。”

迟信面无表情回她：“对，我就是那亲爱的么么哒。”

丁小柔恨不能找个地缝儿钻进去，再自己抹水泥堵上。

身后的电梯灯又亮了，Lucy 和几个跟班小姐妹走了出来，一个个假装聊天，Lucy 拿出气垫霜，假装补粉。

丁小柔知道后面有人看着，自己绝不能被戳穿。她看着迟信，目光突然变了味道。

这突如其来的变化，让迟信一惊，正盘算着对方想干吗的时候，只听一声甜腻的“亲爱的”，丁小柔扑上来，奋力一跳，两腿一夹，整个人卡在了他身上。

丁小柔抱住迟信，靠在他耳朵上：“求你了，帮帮我。”

迟信觉得，要不就是丁小柔演技太好，要不就是她真的需要一个庇护，他从那声音里听出了无助和被人孤立的恐慌，总之，他心软了。

于是，在众目睽睽下，迟信保持着刚才的动作，转身端着丁小柔的两条腿，头也不回地出了大厅。

Lucy 呆了好久，才发出一声：“我靠。”

丁小柔也乖乖保持着刚才的姿势，任由迟信“端着”，一路来到了小广场。

迟信一手拉门，然后把丁小柔扔进了车里。

丁小柔说：“你把我扔车里干吗呀？”

“没把你扔后备厢里算不错了。”

“我凭什么跟你走啊？”丁小柔想下车。

迟信也不拦她：“那几个女的好像还跟着。”

丁小柔又坐回去，自己把车门关上，又系好安全带。

迟信从另一侧上车，车子发动。

路上，丁小柔断断续续把自己为什么要假装有男朋友的经过告诉了迟信。迟信没心情听这些，他日常工作中碰到的随便一段情感纠葛，都比丁小柔的复杂曲折。他从车前取过单据，递给丁小柔：“这是修车费，一共三千四，你拿一半儿。”

“好的。”丁小柔说。

“别光答应啊，现在就支付，支付宝还是微信？”迟信问。

丁小柔摇摇头。

“现金也行。”

丁小柔依旧摇头。

迟信说：“你什么意思啊？想赖账？”

“大哥，你看是这样，我那天不光撞了你一辆车，还附带着刮蹭了好几辆，还有驾校的车也撞坏了车头，这些我都得赔。”丁小柔说得很诚恳。

“叫谁大哥呢，我一直忍着没叫你阿姨，赔钱就对了，这是天经地义。”迟信说。

“可是我真没那么多钱，下周就发工资，我到时候先还你行不行？”丁小柔问。

迟信冷笑：“前边大概两百米的地方就有 ATM 取款机，再往前开一百米左转，就是派出所，你想好了告诉我咱们去哪儿。”

丁小柔解释：“我不是不还，是暂时没钱！”

丁小柔也觉得这话有点无赖，却是事实。迟信不再理她，过了一会儿平静地告诉她：“ATM 机过了。”

然后车子在前方一个拐弯，突然间提速。

丁小柔断定对方不是在吓唬自己，再往前开，真的就是派出所了。自己洁身自好了二十多年，这一进派出所就算是破了戒了。

她是真的没辙了，闭着眼一股脑脱口而出：“迟信，二十八岁，德外中学高中部 2002 级，姐姐叫迟姗，家住西城金海花园 1 号楼 1703！”

车子在派出所门口刹住了。

丁小柔缓缓睁开眼，看见迟信在看着自己，一脸诧异。

十几分钟后，两人面对面坐在了咖啡店里。

迟信接过丁小柔的身份证。

“没骗你吧，咱俩一个区的。”丁小柔说，“行了，看两眼就可以了。”

迟信把身份证还给她。

“一个区也不能证明我们是校友。”迟信换了个坐姿，眼神分明透露出不信任。

就在刚才，丁小柔告诉迟信，两人是高中校友，迟信比她高两届。为了缓和两人之间的关系，她还着重说了迟信当年在学校特别受女生们欢迎的事情，当时她明显觉得迟信态度有所缓和，还想着拍马屁成功，现在看，这人还真是油盐不进。

看来得给他点颜色瞧瞧了。

“表面看呢，你在校期间履历光鲜，不光学习好，还是学生会代表。实际上呢，你利用职务之便私下向同学出售请假条，还组织大家爬墙外出熬夜上网，这都不算什么，你还借着搞动物知识普及的名义，牵着人家泰迪到处配种赚外快，结果导致精尽狗亡，命丧当场，学校这么圣洁的地方你却用来拉皮条！”丁小柔感觉再给点动感音乐，她都能现场来一段RAP。

迟信伸手，示意她不要再说下去。

丁小柔看他心虚的样子，得意地笑了。

迟信环顾左右，好在这时候没什么客人。

他清清嗓子，纠正：“那狗没死，它就是累瘫了。而且，狗是当时我们家养的。”

丁小柔发现，这人难为情的时候还挺可爱。

“现在相信咱俩是校友了？”丁小柔问他。

迟信无话可说，点点头，又问道：“我就纳闷儿了，这些事儿你是怎么知道的？”

丁小柔神秘一笑：“保密。”

“你认识我？”

“你那时候可是风光无限，我知道你一点都不奇怪。”丁小柔喝了口杯里的咖啡。

迟信突然笑了。

“你笑什么？”

“我想起你身份证上的照片了。”

“你是想说一点印象都没有吧？”丁小柔说。

迟信摇摇头，忍着笑：“上头的照片真够难看的。”

丁小柔怼他：“说得好像你身份证上的照片好看一样。”

迟信从钱包里取出身份证，递给丁小柔。丁小柔看一眼，严肃地把身份证又还给了对方：“我们聊点儿别的吧。”

迟信忽然问她：“那天在小组聚会上，我记得你说你受到了诅咒？”

丁小柔不打算说实话：“我不说了嘛，逗大家玩呢，我人这么好，谁没事儿跟我过不去啊。”

“是吗，我看刚才你那几个同事都跟你过不去啊。”迟信哪壶不开提哪壶。

“你不拿话怼我就浑身不舒服是吧？”丁小柔说。

“我天天跟人情打交道，那些人心里想什么，一个眼神我就能猜个大概，所以你骗不了我。”迟信看着她的眼睛，一字一字道，“那晚你说话时，绝对没有撒谎。”

丁小柔败下阵来：“没错，我说的是真的。”

迟信不再说话，安静地听丁小柔讲了一遍关于诅咒的事情。

“……本来那孕妇是去抓小三的，结果找错了试衣间，就对着我下了诅咒。她诅咒我一辈子得不到幸福，所有跟我恋爱的人都会离开我。”这段过去已经回想过太多次，丁小柔淡淡说着，好像在讲述别人的故事，“从那以后，每一个跟我恋爱过的人，最终都会离开我，而且很快他们就会找到自己的一生挚爱。”

迟信思索着：“等等，那孕妇诅咒你时，是不是用手指着天？”

丁小柔意外：“对！”

迟信继续说道：“更衣室的灯是不是忽明忽暗？”

丁小柔感觉找到知音了：“对对！”

迟信的表情更严肃了："最后她发下诅咒后，天空是不是立刻电闪雷鸣？"

见终于有人肯相信自己了，丁小柔激动万分："快告诉我，你是怎么知道的？！"

迟信再也憋不住了，开始笑。

丁小柔着急了："笑什么，快告诉我你怎么知道的？"

迟信还在乐："喜剧片里不都这么演吗？"

丁小柔表情凝住，看着迟信。

迟信被盯得有点发毛，也觉得自己有点过分了。

丁小柔霍地起身，端起了那杯咖啡，迟信本能地用手挡脸——这是他在节目组里学到的经验，遇到突发事件，要先保护自己的帅脸。

丁小柔仰头，把咖啡喝掉，然后重重将杯子往桌上一墩，说了句"再见"，然后拎起包就走了。

迟信还坐在原地，感觉这转折来得太快，就像龙卷风。

5

晚上，杜丽丽在客厅里做瑜伽。

丁小柔边吃边看手机，她下班晚，总是一个人吃晚饭。

杜丽丽忽然想起什么，闭着眼问："你撞车那钱给了吗？"

丁小柔抱着碗，从餐厅里走过来："给了。"

杜丽丽放心了，继续瑜伽动作："你自己不有存款吗，肯定够了。"

丁小柔说："够了，您甭管了。"

其实根本不够，丁小柔一分钱存款都没有。大学毕业后，她就开始攒钱，至于为什么攒钱，多半是出自对自己今后的担忧：这辈子真要是孤独终老，总要存够养老的钱才行。年轻女孩总是很难存到钱，因为要时刻面临美食和新款衣服的诱惑，几年下来，一共存下了三万六。

有回周末跟王特逛商场，经过一个楼盘的宣传柜台时，王特说起自己准备在东南五环边上买套小房子。这当然是值得开心的事情，丁小柔问他什么时候买。王特苦笑一下，说首付还差将近十万。隔天丁小柔就把所有存款都提出来，给了王特。王特当时很感动，抱紧她，说小柔，我一定会好好对你。

言犹在耳，人已陌路。如果说分手让人疼痛，有经济纠葛的分手则是痛上加痛，因为那些钱在时刻提醒着丁小柔：为爱义无反顾冲昏头脑的女人有多么愚蠢和可笑。这件事她没敢告诉飒飒，以对方的暴脾气，准保会冲进公司大闹一场。但她认为彼此都是成年人了，钱的事她想跟王特和平解决。

丁小柔更不敢告诉母亲，又不单单是因为钱的事情。从小到大，杜丽丽在她身上倾注了很多精力，培养她学习舞蹈，学习钢琴，学习书法，风雨无阻，都陪着她。她其实挺惭愧的，她身上似乎没有任何优雅的细胞，多年过去都不见长进。

杜丽丽不一样，她天生美丽，即便已经四十八岁，还是个大美人。十几年前，她带着女儿和弟弟来到北京，开始了新的人生旅程。她推三轮卖过肉夹馍，开过黑出租，在天安门广场给游客拍立等可取的照片，最后开了这家毛线店。她这人有点傲，不太跟小区里同龄的妇女们来往，她每天穿着看上去不便宜的衣服，拿着各式名牌包，然而丁小柔知道，母亲身上只有一款钻戒是价值不菲的正品。杜丽丽现阶段的人生目标是，在五十岁之前，嫁个有钱男人。每次说起这个目标的时候，杜丽丽总是顺带着提醒丁小柔，一定要嫁个有钱的男人。

有个这样的母亲，丁小柔不敢将自己的三十段情史告诉她，她的前任里，没一个有钱人。若是让杜丽丽知道自己找了个没钱的前任，还倒贴了几万块进去，家里怕是真的要闹翻天了。

杜丽丽做完瑜伽，走过来用脚碰碰丁小柔：“你往那边靠一点儿。”

丁小柔挪了挪身子，母女俩窝在沙发上，一个看电视，一个刷手机。

杜丽丽盯着电视节目说：“当个外景主持人真不容易，三天两头被人追着打。”

丁小柔闷着头，回：“哦。”

女儿不跟自己交流，杜丽丽有些烦：“都说多少遍了，不要吃饭时刷手机，人专家说了，手机屏幕上的细菌比马桶盖上的细菌都多。”

丁小柔笑：“我敢舔手机屏幕，那专家敢舔马桶盖吗？”

杜丽丽气得伸脚就踢丁小柔，丁小柔赶紧蜷缩在沙发角上。

丁小柔扫了眼电视，里边的外景主持人正是迟信，他好像正准备采访两个因为抢舞伴而大打出手的阿姨。

电视上的迟信，一本正经，谁能想到现实中却是个说话刻薄的讨厌鬼。

想到这儿，丁小柔突然笑了，越加觉得自己机智。其实今天在咖啡店自己并没有因为迟信的话生气，全是装出来的。这样一来，她就有十足的借口离开，迟信自然理亏，赔钱的事也就开不了口了。

丁小柔决定等工资一发，就把钱还给迟信，从此两人泾渭分明，互不来往。

这时候门开了，杜丽明提着一个小拉车进来了，小拉车上绑着一个音响。

“舅舅！”丁小柔亲昵地叫着。

杜丽明是名副其实的小舅舅，只比丁小柔大九岁，两人关系特别好。在丁小柔眼中，舅舅什么都好，长相好，性格好，人品好，就是……有点娘。

杜丽丽说：“天天去跳广场舞，你才三十多好不好，围着你的都是些六七十的老太太，你这样能找到女朋友才怪。”

杜丽明换上拖鞋：“我这是为了咱店里的生意，我得认识客户。”

“我谢谢你啊。”杜丽丽鼻子一哼，站起身，“愁死我了，一个家里俩光棍儿。”

丁小柔和杜丽明盯着电视，异口同声：“是三个。”

杜丽丽想找话怼回去，还是失败了：“这日子没法儿过了！”说完气呼呼地回了卧室。

丁小柔和舅舅默契地伸手击掌："Yeah！"

电视里，两位阿姨各持己见，数落着对方的种种不是。迟信问两位当事人："你们觉得那个男舞伴好在哪里？"

"年轻帅气，待人真诚。"一位阿姨说。

"而且还会织毛衣！"另一个补充。

这时候，就听到画面外有人忍不住笑出声来。

也许是迟信冒犯了自己的舞伴，两位阿姨瞬间结成同盟，同仇敌忾把迟信和摄像师赶出了家门。

杜丽明看得纳闷："他为什么笑啊？"

杜丽明边说着边拿出一个线团，开始熟练地织毛衣。

丁小柔说："可能是那两个阿姨说话太逗乐了。"

"这倒是，她俩平时就爱斗嘴，你一句我一句跟双簧似的。"杜丽明针法娴熟。

"敢情她俩抢的那舞伴儿是你啊！"丁小柔有点兴奋，这还是头一回家里人间接出现在电视上。

杜丽明淡定地点点头："她俩一人买了我十斤毛线。"

丁小柔指着电视上的迟信问："你感觉这人怎么样？"

杜丽明扫一眼："看着是个好人，就是有点儿二。"

第二天，这则播出时标题为"两大妈争风吃醋，抢同一男舞伴"的新闻，让主任大发雷霆。

"简直就是播出事故！"主任大声说道。

会议室人人自危，首当其冲就是迟信。

"小周！"主任点名剪辑师，"为什么要把外景主持的笑声剪进去？这种不严谨的做法会让老百姓对我们的信任度大打折扣！"

"还有你，迟信！"主任越说火越大，"作为一个新闻从业人员，知不知道采访时应保持克制的态度，我们只需要你呈现当事人的状态，不需要采访者有过多的情绪表达！"

迟信迎着一声声批评说："主任，是我不对，今后一定注意。"

主任说："少提以后，就你这种工作态度，有没有以后真不好说。"

这样的话，搁在任何人身上，都是一种冲击，特别是迟信这样的老员工，如同一记重重的耳光。

主任语气稍稍缓和："你是节目组的老人了，要给大家做榜样，这样混日子可不行。"

迟信仍旧保持诚恳："知道了，主任。"

主任继续说："近两个月来，节目组的内容质量每况愈下，一直在劣质粗俗的路上狂奔，照这样下去，节目就等着被叫停吧。"

鸦雀无声。

门开了，佟亮出现在门口。

"不好意思，刚去咱们台另一个节目串了个场。"佟亮发觉气氛不对劲，接着说，"主任您继续，我等会儿再来。"

"佟亮，你是这个节目的主播，来说说对外景主持采访中不严肃行为的看法。"主任发话了。

迟信脸上一丝复杂的情绪浮现。

大家都知道这两人是同门师兄弟，而且关系很好，心里稍稍替迟信松了口气，想看看佟亮怎么在主任面前替迟信开脱。

佟亮上前，把手中一份文件交给主任。

佟亮说："首先，我作为节目组一分子，有着不可推卸的责任。我刚才给主任看的是节目播出后的观众反馈，很多观众对外景主持的专业性提出了质疑，这也直接影响到我们整个节目的观众口碑。所以我认为迟信要对这次播出事故负主要责任。"

大家面面相觑，不敢相信这是佟亮说的，原本大事化小，小事化无的小小风波，被上纲上线了。

迟信也很惊讶，他努力保持冷静。佟亮继续说："说实话，此刻我是不想站在这里的，大家都知道我跟迟信私下关系很好，但工作一码归一码，这件事，他确实错了。”

一个月前，两人成为了节目主播的最后人选，综合评估出来后，佟亮以高出 0.37 分的成绩胜出。在内部会议上，当领导宣读最终人选时，迟信虽然失落，但又实实在在为对方感到高兴。然而让他寒心的是，佟亮跟在场所有人拥抱，却唯独没有跟迟信有半点表示，甚至连招呼都没打。从那以后，他对迟信的态度就变了，那些风里来雨里去的革命情谊已经荡然无存。

明眼人很快看出来，佟亮这是把压力重新抛给主任，要他当着所有人的面，治迟信的罪。

主任阴沉着脸：“这件事我会跟台里汇报，具体处理意见会在组内公示。”

这时，跟迟信一起采访的摄像师大有似乎有话要说，正要站起来，迟信用目光示意他不要冲动。

会议结束后，佟亮从后面赶上了迟信。

“迟信，你也别怪我，我这都是为了工作。”佟亮语气轻松，好像并不在乎迟信是否怪他，更像是一种通知。

迟信看着对方，笑道：“没关系，自古成王败寇，我愿赌服输。”

既然脸已经撕破，所幸佟亮就不再继续伪装：“有我在，你永远当不上主播。”

佟亮嘴角带着几分戏谑，走了。

大有跑过来，对迟信说：“信哥，要不我去跟主任说实话吧！”

迟信搂过大有的脖子，边走边说：“你现在去更添乱，这雷我已经扛了，你别做傻事。”

实际上，采访中的笑声，并不是来自迟信，而是大有。大有还没毕业，眼看半年实习期就到了，出了这样的失误，想继续留在台里基本不可能了。

看着大有一脸的惭愧，迟信安慰他：“你哥我可是节目组的老人了，不会有事的，你就放心吧。”

讲真，迟信今天心里充满了期待，哪怕遇上了刚才的烦心事，都没让他的情绪受太大影响，因为蒋媛约他一会儿见面。

午饭时间，迟信到了约定地点——位于母校餐厅里的粤菜馆。

这里是九年前，自己跟蒋媛第一次单独吃饭的地方。他们相识在学校迎新会上，迟信是主持人。她在台下看着那个发光的少年，笑靥如画。他们在操场上拥抱、亲吻，她说，自己今后会嫁给一个了不起的主持人。九年，他们一起从学生时代步入社会，租房子，忙工作，跑应酬，时间一晃就过去了。人生又有多少个九年呢，最好的年纪，他们给了彼此。

一个月前，蒋媛提出分手，理由是自己年纪慢慢大了，不能再等了。是啊，他曾许诺给她好的生活，许诺二十八岁的时候娶她，他一个都没实现，未来什么样他自己都感到迷茫，又怎好再苛求她陪自己一起耗下去？迟信从不是难缠的人，在努力尝试挽回后，他选择了沉默，他太了解蒋媛了，她决定了的事情，只有她自己有权利更改。

迟信走进餐馆，蒋媛已经在了。

蒋媛很自然地招呼他坐下。

默默吃饭，谁都没说话。

两双筷子同时夹起脆皮烧肉，轻轻品尝着脆皮。

很久很久以前，蒋媛叮嘱他：“先尝一尝脆皮的味道，就知道脆皮烧肉好不好吃了。”

两人都笑了。

这样的情形，让他有种错觉，好像他们还在一起没有分开。

“最近好吗？”蒋媛问。

“挺好的。”他回答。

闷闷吃了两口，他又说：“其实一点也不好。强迫自己工作，尽量不让人看出失恋。一个人在家里的时候，总觉得你还在，时不时能发现一个你留下的小东西，拿在手里一看就是半天，想着咱俩一起买那个东西那天都是怎样的天气，你都穿了什么衣服，和我说了什么话。夜里睡得迷迷糊糊，突然想到你不在了，一下就清醒过来，然后打开微信，希望看到你的留言，然而什么都没有，我给你打了好长好长一段话，又一个字一个字删掉。蒋媛，我好想你。”

迟信这么说的时候，有微微哽咽，眼泪总在冲击着眼角和鼻腔。

“慢慢就好了。”蒋媛说。

“蒋媛，我们——”

蒋媛继续自顾自说道：“或许你应该换个地方住？总是在那种环境里，人很难走出来。”

迟信就把想说的话打住了，尽管他还心存侥幸。但是他很明白他们已经不可能了，毕竟爱过那么多年，这点默契还是有的。

迟信挤出一个笑容：“找我有什么事吗？”

蒋媛说：“能不能把你社交账号上，咱们的那些合照什么的全都删掉？”

“你恋爱了？”他问。

蒋媛没正面回答：“一些共同的朋友，以为我们还在一起，这样时间久了，会有些困扰。”

见迟信没吭声，蒋媛又说：“或者，发个声明，你来发就可以，就说我们分开了。”

迟信继续装作若无其事：“咱俩还真想一块儿去了，我这两天正打算删呢，行，我回去就删。”

顿了顿，像是让蒋媛放心，又像是不给自己留后路，迟信说：“删干净。”

一段感情过后，会有许多后续问题，不是一句分手就可以撇得河清海晏，泾渭分明，丁小柔也一样，她急需解决自己跟王特的经济问题。

丁小柔其实对自己挺抠门的，购物从来都本着能买打折货不买新款衣的方针，跟飒飒去吃个小火锅，还先从地下超市买好饮料带上去。但是对别人，特别是爱的人，又会特别慷慨大方，简直是倾尽所有。她自己也明白，对自己都不好，凭什么指望别人对你好？飒飒告诉她，说好听点，这是缺乏安全感，害怕被抛弃，难听点呢，就是贱。

三点钟的时候，王特会准时从小会议室出来，去茶水间喝一杯咖啡，这个习惯几乎是雷打不动——丁小柔有足够的时间跟他把钱的事讲清楚。

丁小柔先是给王特发了条微信。

丁小柔：在公司吗？

对方很快回复：在。

丁小柔：我想单独跟你聊一聊。

王特：好。在哪儿？

丁小柔：休息室？

王特：好。

看看时间，快三点了，丁小柔准备动身。

王特：丁小柔，我……

丁小柔盯着屏幕，感受着对方的欲言又止，只觉得难过翻江倒海，她才意识到自己对这个男人有多么留恋。

丁小柔不知道如何回复，她起身，朝着休息室走去。

一路上，丁小柔都在惦记着王特那个省略号，他到底想说什么？她又想起那天在打印间王特看自己时的眼神，分明是不舍和犹豫。对话框被她打开又关上，反反复复。

前面就是休息室了，丁小柔停下，她决定勇敢一回。

丁小柔在对话框上输入：和我一起走吧，离开这里！

只需要轻点右下角的按钮，对方就能接收到自己的心意。

丁小柔又开始犹豫不决。

她拍拍自己的脸，摆出被传销洗脑的架势，说道：“加油！加油！加油！”

点击发送。

丁小柔怀揣破釜沉舟的心情，推开了休息室的门。

Lucy 站在里面，手里拿着王特的手机，那个钢铁侠的手机壳还是丁小柔买给王特的。

丁小柔当场石化了，与此同时她听到 Lucy 手中的手机响起信息提示。

又是一场陷阱。

之前的信息以最快的速度被丁小柔重新解读：

Lucy 为了“引蛇出洞”故意发了欲言又止的信息，只要丁小柔没沉住气，回复任何暧昧的信息，都将为对方提供证据，主动联系的人是丁小柔，“勾引”别人男朋友的也是丁小柔。以 Lucy 的作风，会把聊天截图发到公司各部门的群里，到时候丁小柔就是跳进黄河也洗不清了。

绝对不行。

绝对不行！

就在 Lucy 即将划开手机的瞬间，丁小柔冲过去，一把抢过手机，然后以最大力气往地上一摔，又蹦蹦跳跳用鞋跟一通猛踩。

整个过程，在 Lucy 完全呆住的状态下进行，直到手机四分五裂，屏幕碎成渣，丁小柔才气喘吁吁地停了下来。

那天，公司所有人都听到了 Lucy 的女高音：“丁小柔！”

郑总对丁小柔进行了严厉的批评，罪状是顶撞上司，涉嫌人身攻击，而且故意毁坏他人财物。Lucy 在一旁添油加醋，很快，一个素质低下、没有教养，还可能有精神分裂倾向的丁小柔被塑造出来。

“Lucy，你说怎么办吧？”郑总征求 Lucy 意见。

Lucy 装模作样：“郑总您也看到了，我今天正用男朋友手机呢，她进来就给我摔坏了。把这样的人放在公司里，那就是颗定时炸弹呀，今天踩坏手机，明天就可能杀人。但是呢，丁小柔跟了我这么久，我对她是有感情的。这样吧，郑总，一会儿我换一部手机，只要里边的聊天记录可以成功转移，不会给公司和我带来损失伤害，我愿意让她留下来。”

“好，还是 Lucy 有情有义。”郑总对自己得力女干将赞赏有加。

丁小柔心想，这回完了，等死吧。一会儿 Lucy 将聊天记录转移到新手机上，自己刚才发给王特的信息就会被看到。这女人太厉害了，这次看来真的要走人了，不知道什么时候再能找到新工作，还要骗过杜丽丽，以免她担心。

Lucy 胜券在握地重新登录了王特的微信，用“你死定了”的微笑挑衅了丁小柔后，忽然愣住了。

接着，Lucy 用极不稳定的气息说道：“郑总，就按照之前说的，给她一个机会。”

丁小柔忘了自己怎么走出来的，两腿轻飘飘，脑子里一团问号。她掏出手机，看着飒飒刚发过来的微信：可以和你一起走，但是得等假期。我刚做完一场手术，你干吗呢？

丁小柔颤抖着往上滑动屏幕，那条原本要发给王特的信息，发给了飒飒。

太好了，发错了。

路过的同事都看着丁小柔，她脸上的表情像是笑，又像是在哭。

6

迟信的手一直在抖。

朋友圈里关于蒋媛的一切都让他留恋。每一张合照都曾是相爱的证明，现在却变得毫无价值，甚至成了对方的负担。

迟信觉得，也许自己就像这些照片一样，已经成为蒋媛的累赘。如果不能为她在今后的人生中遮风挡雨披荆斩棘，那就带着最后的成全静静走远。

今天分开时，他没忍住，还想最后确认对方是不是铁了心要离开自己，未张口，就迎上了对方凝重的眼神。

“别逼我恨你。”

一句话，就是万丈深渊，他求生无门。

门铃响了。

迟信起身去开门。

·烈焰红唇的迟姗站在外面，拎着两大袋吃的。

迟信赶忙跑回房间，从橱柜取出一些蒋媛拉下的东西，然后动作麻利地将它们分散在客厅和卫生间的各个角落。

“开门，臭小子！”迟姗开始砸门了。

迟信一边喊着“来了来了”，一边开了门。

迟信装作意外：“姐，你回来了？”

迟姗把东西往弟弟手里一掼：“叫你老半天不开门，干吗呢？”

“没干吗，刚回家有点累，眯一会儿，没想到你来了。”迟信说，“你回来怎么不跟我说一声，我好去接你。”

迟姗坐下来：“你甭接我，把你自己照顾好就行。”

迟信有点做贼心虚：“那个，蒋媛出差了，不在家。”

迟姗“嗯”了一声。

迟信并不是有意骗她，而是不得已为之。两人相差七岁，从小到大，自己就一直充当被姐姐“羞辱”的对象。即便他学习好长得帅，姐姐也总会找到一些刁钻的角度来嘲笑他，比如“我弟的腿毛好多，没进化好”，又比如“我弟小时候特别弱，经常被我打趴在地上哈哈哈”，所以迟信最怕的人就是姐姐。小学时，有个填空题：____是我最害怕的动物。同学有填老虎的，有填狮子的，迟信填了姐姐。

如果失恋的事被姐姐知道了，她肯定会一通训斥，这段时间他已经是竭尽全力地活着了，实在承受不起来自家人的唠叨。

“姐，你等着，我去给你拿喝的。”

“你们分手了？”迟姗开口问道。

迟信有点措手不及。

“多久了？”迟姗又问。

“一个月了。”

迟姗把袋子打开："终于不用忍受那个不吃辣的女人了。这次我去重庆，专门给你带了地道的重庆火锅底料！"

迟信翻开看，蘸料和食物正正好好是两人份。

迟姗从厨房抱来电磁炉和碗筷。

"姐，你是怎么知道我分手的？"

迟姗说："太容易了，第一，你很久没在朋友圈秀恩爱了；第二，跟我的聊天中不再有她出现；第三，她就算出差，也不能把东西都带走吧，门口连一双她的拖鞋都没有。"

迟信愣神，他没想到，自己的世界里都是关于她的事情，所以在她走后，自己的世界很快地枯萎。

"别佩服我，当年我就是凭着自己的细心发现了前夫出轨。"迟姗又追问，"这事儿你为什么不告诉我？"

迟信说："这不是怕你知道了担心嘛。"

"瞎说。"迟姗压根儿不信，"你是怕我知道了念叨你吧？"

见迟信没吭声，迟姗说道："就知道你这么想。这么些年，你老记着我欺负你，可也只有我能欺负你，从小到大，谁欺负你，哪回我不是拼了命地保护你？"

"姐。"迟信觉得委屈。

"我本来还有半个月才回北京，可是我们家那臭小子遇到事情了，我觉得他需要我，我得在他身边陪着他。"迟姗一边说一边开始撕开底料。

迟信坐在一旁，抱住她，像个孩子一样。

"你们在一起这些年，我从没说过她任何不好，我总觉得既然是弟弟喜欢的，我也跟着喜欢好了。每次聚会，我们愿意为她吃甜兮兮的广东菜，她却没有一回愿意为我们尝试辣乎乎的川菜。时间久了，我就看明白了，她不是不爱你，只是没你爱她那么多。知道我最怕什么吗？我最怕我弟弟在最相信爱情的年纪遇到一个并不合适的人，你们两个之间的关系从一开始就不是对等的，爱的程度不对等，分开了，悲伤的程度都是不对等的。

爱得深的那个注定更加煎熬。”迟姗说。

迟信把头埋进姐姐头发里。

迟姗拍拍他的脸：“别哭，一点都不爷们儿。”

迟信眼泪哗哗往外流：“都怪你，把我弄哭了！”

迟姗一把推开他：“安慰你两句还上脸了，信不信我抽你！”

迟信痛得哇哇叫：“你手上有辣椒油，还摸我眼睛，我能不哭嘛！”

那天晚上，迟信做了一个梦，梦见蒋媛回来找他了，说要跟他一起走。他特别开心，就醒了，然后睡意全无，睁眼直到天亮。

同样失眠的还有丁小柔，想着不但钱没要回来，还要赔对方一部苹果手机，心就疼得不行。隔壁屋的舅舅也没睡，房间隐隐传来《黎明不要来》的幽怨歌声，如泣如诉，聂小倩遁入金塔，宁采臣与她就此作别，在黎明到来前策马离开……杜丽明看着电脑屏幕，湿了眼眶。

隔天，丁小柔顶着俩黑眼圈去了位于西单的那家门店。

有类人，天生就有不一样的运势。比如，你没洗头，刘海油得像好几根粗眉毛贴在额头上，你出门时准会突然参加某个重要场合；又比如，你在路边打车，刚点着一根烟，网约车就来了。

丁小柔就典型属于这类人，她赶过来的时候电梯里正好站满人。

她在人群里快速地发现了郑泽。

这个高高大大的男生，跟丁小柔同期进入公司，在销售部工作。今天到这边，估计是来检查库存的。

丁小柔赶紧朝对方挥手，郑泽也笑着朝她挥手。

丁小柔赶忙提醒：“按钮！”

郑泽点头，从人后伸出胳膊，礼貌客气地说着“麻烦，让一下”，然后直接摁了关闭按钮。

电梯一点点合上，郑泽坏笑着跟她摆摆手。

丁小柔气得咬牙切齿。

半小时后，丁小柔在橱窗内工作，发现一个模特身上的衣服尺码不对，决定去库房换一件。

库房有些狭长，丁小柔刚准备翻找，就听到库房门被推开了。

郑泽和另外两个女同事走了进来。

丁小柔刚要出声打招呼，就听到一个女同事甲说道："昨天 Lucy 被丁小柔踩碎手机的事你们听说了？"

乙说："听说了，丁小柔想抢回王特，发信息给对方，没想到手机被 Lucy 拿着。"

甲接着说："后来为了哄 Lucy 开心，王特当场删掉了丁小柔的手机号和微信。"

见郑泽没说话，乙问："郑泽，你不也知道吗？"

郑泽看着两人："我一朋友三十岁就没了。"

"怎么回事儿啊？"两人都好奇。

郑泽一脸严肃："因为她特别爱八卦。"

俩人都明白过来，"嘁"的一声，对着郑泽翻了个白眼。

丁小柔就躲在一堆衣服后面，几人的对话都被她听见。郑泽不经意的一眼，正好看到了角落里的丁小柔，丁小柔的目光慌忙躲避。

同事甲朝这一堆衣服走来，郑泽赶忙迎上去，从她手中抢过统计表："这边货号杂，我来核对就行。"

"行吧，那就交给你了。"同事甲去了另一边。

郑泽走过来，又在丁小柔藏身的衣服架前挂上两件衣物，将她遮挡得更加严实。

郑泽和同事走后，丁小柔无力地蹲下来。

她想知道同事甲说的是不是真的，又转念一想，删不删联系方式，又有什么区别吗？

在昏暗的光线下，丁小柔终于还是没忍住，她在微信上复制了舅舅之前发来的一段话：群发测试，把这段话发给对方，可以测试出都有谁悄悄跟你解除了好友关系。打扰到你的话，见谅。

丁小柔决定复制给王特，对方真要是收到，哪怕是被 Lucy 看到，也不能说什么，因为是群发，不是针对某个人。

丁小柔点击发送。

发送失败。

微信上提示：你跟对方还不是好友关系。

丁小柔只觉得心里一阵钝痛。

再对我做一些类似的事情吧，王特，多到一定的程度，我就没这么疼了，我就会好起来。

迟信是在洗车店发现那个本子的。当时他打开后备厢，准备取一块擦车布，就看见一个毡毛笔记本躺在里面。

迟信冒出的第一个想法，这是蒋媛的。

他拿起来，翻看着。

笔记本的主人将自己的历任男友进行了编号，每个人的姓名出生地和联系方式都一一写上，更有意思的是，上面还大致写了恋爱过程和分手原因。恋爱过程各不相同，分手原因却大同小异：男友们因为各种各样的原因主动提出了分手。

在每个男友最后一栏的信息上，无一例外写着：找到了一生最爱，很幸福。

当迟信翻到第三十任男友王特的相关内容时，不禁笑了，他十分确定这个笔记本的主人就是丁小柔。

迟信当下跟 4S 店取得联系，果然，对方告诉他，这个笔记本在车子被撞时就在车上了，工作人员以为是迟信的物品，就放在了后备厢里。

迟信一琢磨，估计是在驾校撞车后，丁小柔的随身物品散落一地，这个本子在一片慌乱中落在了他车上。

人物、事件看上去都很真实，联系方式都有。迟信又想起那天在咖啡店里丁小柔说过的话，心里不禁起了嘀咕：她怎么看都不像是在撒谎。

最终，迟信随意翻到一个前任的电话，打了过去。当然，他隐瞒了自己身份，以用户回访的方式通了电话。从对话中，迟信得知对方现在感情稳定，有了最爱的人。

迟信又播了一个号码，得到了对方同样确切的回复：他现在跟最爱的人生活在一起，很幸福。

迟信又连着打了几个，无一例外，都有了最爱的人。

迟信决定打最后一通电话，电话接通，是一个女人，对方回复：你好，我是他爱人。一旁传来孩子咿咿呀呀的叫声。简单一句话，就能知道对方有一个恩爱和睦的家庭。

世界上有这么巧合的事情？但凡跟她恋爱过的人，在分手后很快就会找到幸福？

迟信决定跟丁小柔谈谈。

第二章
有个恋爱想要和你谈谈

「她不过是重逢了一个少女时代芳心暗许过的男人，一个跟想象中千差万别的男人，一个说话刻薄的男人，一个让她觉得讨厌的男人。本就是蜻蜓点水一般的相遇，连缘分都称不上。可到底又为什么会觉得难过呢？」

1

丁小柔两手抱在胸前，不苟言笑地看着对面的人。

迟信有点不自在："能别用这种眼神看我吗，好像咱俩有仇一样。"

他说着，把毡毛笔记本放在了桌上。

丁小柔赶忙拿过去，查看。这个本子她总是随身带着，自从驾校撞车后就不见了。她至今记得撞车的瞬间，包里的东西像出锅的爆米花，纷纷扬扬飞出了车窗。

"不说声谢谢吗？"迟信说。

"怎么会在你这儿？"丁小柔问。

"缘分吧。"

丁小柔从包里取出五百块："我刚才把支付宝的余额全部提现了，就五百了，你别嫌少，一会儿我再给你写个欠条，发了工资剩下的马上还你。"

她必须装出厌恶的样子，而且还要带点泼皮无赖相，以便让对方见好就收。虽然心里有些过意不去，但好在自己根本没打算赖账，也没什么好心虚的。

“头一回见欠钱的人说话这么理直气壮。”迟信说，“今天请你出来，不是说还钱的事儿。”

丁小柔有些纳闷：“除了钱，我跟你还有什么好谈的？”

这时服务生刚好经过，听到丁小柔的话偷偷笑了。丁小柔知道对方是误会了，也顾不上这些，又说：“怎么，是不是想说看在校友的面子上给我打个九九折啊？”

迟信也不急：“我都说了，今天找你不为了钱。”

丁小柔看着他：“说吧，什么事？”

迟信指了指桌上的笔记本：“里面记录的这些人，都是你的前任？”

丁小柔问：“你都看了？”

迟信点头：“而且我还给其中好几个打了电话。”

丁小柔慌张起来：“你有病吧？好好的为什么要去打扰别人？”

迟信说：“不联系，你干吗还记录对方联系方式？”

丁小柔解释：“我不是为了联系他们才记下联系方式，而是——”

“为了证明那个诅咒是存在的？”

丁小柔撇撇嘴：“明知故问。”

“那行，我问点儿不知道的。我认为有时候恋爱的定义很模糊，暗恋、单恋是恋爱，两个人心照不宣是恋爱，牵牵手接个吻是恋爱，发生关系也是恋爱。不知道你和你的男友们都是怎么确定恋爱的？”迟信问。

丁小柔愤愤道：“流氓。”

迟信赶忙道：“你别误会，我是想问清楚，再决定请不请你帮这个忙。”

“有话您就直说，拐弯抹角的，到底什么事？”丁小柔问。

迟信眉头在不经意间一皱，似是有什么话迫切想说出来，又有些顾虑。

丁小柔等不及了，低头开始收拾东西：“不说是吧？我走了。”

迟信跟着站起身，终于说了：“有个恋爱想要和你谈谈！”

丁小柔愣愣地看着他，半天没回过神来。

晚上，飒飒在家里吃饭。

杜丽丽专门做了几道家乡菜，飒飒吃得津津有味，一旁的丁小柔却毫无食欲。

杜丽丽说：“你看看人家飒飒，就算是一个人，也得吃饱喝好。”

飒飒嘴里塞得满满的：“阿姨您甭担心她，她就是失恋，该吃一样吃。”

杜丽丽停下筷子：“她失恋了？”

丁小柔和飒飒赶忙否认：“没有！”

杜丽丽想了想：“我倒是希望她失恋，好过她一回都没恋爱过。”

丁小柔的心怦怦直跳。

“飒飒，上回你借钱干什么用啊？”

“什么钱？”飒飒说。

丁小柔的头都快炸了。

“你不是让小柔从我这儿借了两万块钱吗？”杜丽丽说。

丁小柔拼命冲飒飒挤眉弄眼。

飒飒恍然大悟：“哦，您说那两万块钱啊！我做什么了呢……对，我妈出国旅游，我当时手头正好没钱，就借了小柔的。”

杜丽丽认真教育女儿：“你看人家飒飒，自己没钱，借钱也要让妈妈出国旅游。”

杜丽明起身：“你们吃着，舅舅要去跳舞了。”

丁小柔跟飒飒一起：“去吧，舅舅。”

晚饭后，丁小柔就把飒飒拉进了房间，这里从高中时代起，就成了两人友情的据点。

丁小柔埋怨：“你以后机灵点儿，我妈不傻，刚才肯定起疑心了。”

飒飒说：“还怪上我了？给王特掏钱买房这事你都不跟我说一声儿！”

丁小柔：“你小点声儿姑奶奶！我知道错了！”

飒飒生气：“知错就改，抓紧把钱要回来！”

丁小柔说：“我跟你保证，一定把钱要回来，一分不少！”

飒飒说：“这还差不多。要是有麻烦就叫上我，老娘非逼他把钱吐出来。”

丁小柔打断她：“今天喊你来不是说王特的。”

“那说谁啊？”

“迟信。”

飒飒看着丁小柔的眼睛，一瞬间，好像又看到了她少女时的样子。随着迟信的名字在心中一遍遍默念，那个少年的样子逐渐清晰起来。

“是他！”飒飒有些兴奋。

丁小柔点点头。

这是她们两个之间的秘密。高一下学期的一天，丁小柔和飒飒在餐厅吃饭，头顶电风扇呼哧呼哧吹着，空气里是饭菜香和油烟的味道。

“我有喜欢的人了。”丁小柔告诉飒飒。

飒飒犹记得她说这话时，脸上微微泛起的红晕，让人觉得美好。

“叫什么呀？哪个班的？”飒飒来了兴致。

“迟信，7 班的，高三了。”

“痴心？这名字有意思。”飒飒说，“你要是喜欢可得抓点儿紧，他明年就要高考了。”

“说什么呢，我就是觉得他特好看，没打算追。”丁小柔抢走了飒飒盖浇饭里的一块肉。

“啧啧，叶公好龙啊。”飒飒笑话她。

“我这叫从自身实际出发，喜欢他的女生多了去了。你说实话，就我这条件，他会跟我好吗？”

飒飒看看丁小柔还没怎么发育的胸部：“你说得很对，我们还是继续吃饭吧。”

丁小柔突然压低声音说：“他过来了！”

飒飒扭头寻找：“哪儿呢，哪儿呢？”她的声音有点大，引来迎面少年的目光。

瘦瘦高高的身材，好看的眉眼，飒飒几乎不用求证，就知道对方一定是丁小柔喜欢的人了。

少年从身边走过去，飒飒赶紧去看丁小柔，却发现丁小柔不见了。丁小柔躲在一根柱子后，抱着双膝，大气都不敢出。很多年以后，飒飒再听人说起年少时的喜欢，总会想起闺密丁小柔，那大概就是喜欢一个人时的样子吧。

以后的日子里，丁小柔会想方设法去见迟信。因为不是同一个年级，两幢教学楼隔得有点远，下课铃一响，丁小柔就拉着飒飒的手，百米冲刺一样冲向高三教学楼。两人一同去迟信所在班级的楼层上厕所，假装不经意从他班级门口经过，如果哪一次能见到迟信，她就会开心一整天。多数时候，他都在埋头做题，宽大的校服里裹着少年清瘦的身体，侧脸有着让人心动的弧度，睫毛上挂着颤动的光线。有一回，她一个人去“上厕所”，经过门口时习惯性朝那个座位看去，却不见他的影子。转过身，就看到迟信和班里几个男生扶着栏杆聊天。那时候她离他那样近，近到触手可及，近到好像能闻到他身上好闻的气息。她低着头，从他身边走了过去，他对此毫无所知，并未察觉一个少女心里滔天的波澜和青春列车驶过的轰然巨响。

后来的故事，就是没有然后，迟信考上大学，丁小柔大哭一场，继续读书，茫茫人生，各自远扬。只剩下那些小小的欢喜和忧愁，这些年还不时被飒飒拿出来嘲笑，很多青春到最后都会化成嘴角的一抹微笑。

飒飒看着有些出神的丁小柔，推推她：“你见到迟信了？是不是想着和他再续前缘啊？”

“别闹，我这几天特别闹心，觉得还不如再也不见面。他跟我印象里的那个人一点都不一样，说话刻薄，没有风度。”

于是，丁小柔就把事情经过大体跟飒飒说了一遍。

“有个恋爱想要和你谈谈。”迟信的那句话又在耳边响起，丁小柔不胜其烦。

“你是说，迟信想要让你跟他的好哥们儿谈一场恋爱？然后你欠他的修车费就两清了？”飒飒问。

丁小柔伸手做拒绝状：“我是绝对不会同意的。”

飒飒问她：“为什么啊？”

丁小柔义愤填膺：“把感情当交易，这事儿我当然不能答应。”

飒飒笑道：“张爱玲的白玫瑰红玫瑰理论你是知道的，兴许人家迟信本来就是这样的人，当年你那么喜欢他又没胆量接近，想当然意淫出一个完美性格的男人。我倒觉得这事儿你可以试一试。”

丁小柔抗议：“你吃我们家饭喝我们家粥，怎么还向着外人说话呢，早知道就不告诉你了。”

“不告诉我，告诉你妈去啊。”飒飒大摇大摆朝门口走，“我这就把门打开，你跟阿姨好好说……”

丁小柔一把拉住飒飒的手，又把她拉了回来。

丁小柔皱眉：“我跟你说正经的呢。”

飒飒说：“我也没跟你闹着玩儿啊，我真觉得这事儿你可以试试看。第一，你现在基本是负资产，谈场恋爱直接不用还钱了；第二，你别觉得为钱谈恋爱就侮辱了你的人格，你其实在帮自己懂不懂？迟信不也说了吗，他这哥们儿是个老大难，就是特别不好找对象那种人，你跟他恋爱后再分开，他很可能还是找不到女朋友啊，这样一来，就证明你受到的诅咒是不存在的了！”

飒飒一番话说得丁小柔有点蒙。

丁小柔说：“我怎么觉得你这话好像有点道理呢？”

“我要是有你这特异功能啊，就跟三里屯开一咖啡店，天天跟各种成功男士谈恋爱，报名费根据个人资产而定，至少一万起，还别嫌贵，您爱来不来。偶尔也跟没钱的小鲜肉风花雪月一下，做做慈善。”飒飒意淫起来就没边儿了。

“行行，你快打住。”丁小柔思考着，“要不，我就试试？”

飒飒搂过她肩膀，笑道：“宝贝儿，开窍了！”

2

车上，迟信递给丁小柔一个牛皮纸袋。

迟信说：“这是甄正的个人简介。”

丁小柔一边看一边说：“搞得这么正式。”

迟信说：“我把你的资料也给了他一份。”

丁小柔想起什么：“那他知道我诅咒的事了？”

迟信点头。

丁小柔皱眉：“咱们不是说好了吗，天知地知，你知我知。”

迟信说：“不说实话他是不会来的。”

丁小柔更气了：“这么大谱儿啊，一会儿见了面我是不是还得跪着跟他约会啊？”

“他得了抑郁症。”

丁小柔不信：“我还有精神病呢。”

“没骗你，他情况挺严重的。”迟信在路口拐弯，“我这哥们儿，人特好，就是不知道怎么回事儿，一直遇不到自己真心喜欢的女生，眼看就奔三了还孑然一身，就抑郁了，他说他感到万分沮丧。”

“甚至开始怀疑人生？”丁小柔来了句。

迟信没接茬儿：“最近眼看着他情况越来越严重，前两天还发了个朋友圈，问龙泉寺招不招本科学历的和尚，我们这帮朋友都急坏了，能用的方法都用了，就是不能让他振作起来，所以只能把你找来死马当活马医。”

“你骂谁呢？”丁小柔瞪他。

“我什么时候骂人了？”迟信不解。

“你说谁是死马？”

迟信明白过来，指指前面："到了！"

丁小柔在后边气个半死："你给我把话说清楚！"

"……"

两人停好车，进了大厅。

这是一家位于三元桥的外国餐厅，装修奢华，光是头顶那串流光溢彩的巨型水晶吊灯就价值不菲。丁小柔顶不愿意来这种地方吃饭，也理解不了那么大一盘子里搁那么小一块肉，算什么待客之道。这话她也就跟飒飒讲过，飒飒笑她是穷人命。丁小柔说穷人命就穷人命，自己舒服坦然就挺好。比起在这种地方吃牛排，她更喜欢吃舅舅做的老北京炸酱面，自己熬的黄豆酱，自己炸的酥黄豆，配上豆芽和黄瓜丝，来那么一大碗，甭提多好吃了。

通向二楼的是一个玻璃旋梯，两人一前一后来到二楼，虽是饭点，客人也不多。就看到临街靠窗的位置上，有个微胖的男人在朝他们招手。

甄正穿得很休闲，上身浅蓝色短袖，下身宽松牛仔裤，头发卷卷的，脸上带着微笑。

丁小柔怎么都觉得，对方这身打扮，不像是会来这种餐厅吃饭的客人。

两人来到桌前，迟信介绍："这是丁小柔，这是甄正。"

甄正挺有礼貌的："丁小姐，很高兴你能来。"

丁小柔也客套："我也很高兴见到你。"

三人落座，迟信跟甄正坐在一起。

甄正对角落里的服务生打了个手势："上菜。"

可能是看出了丁小柔的疑问，迟信指了指甄正："你看他这模样，脸色红润，面带微笑，根本不像是生病吧？"

丁小柔说："是啊，看着很有活力。"

"他那是阳光型抑郁症，表面看很好，其实心里凄风苦雨的。"迟信说道。

甄正说道："丁小姐，我的情况迟信已经跟你介绍了吧？"

“介绍了，我情况你肯定也知道了。”

“知道，迟信说你为人乐观，苦中作乐，都这么惨了还积极地活着！”看得出，甄正是诚心实意夸奖。

丁小柔看迟信，迟信暗中踢了甄正一脚。

丁小柔说：“我怎么惨了，不活着我还能死去？我来这儿往小了说是帮助你改运，往大了说那就是燃烧自己照亮别人。”

甄正赶忙说：“你别误会，我们这是在夸你呢。”

丁小柔说：“有这么夸人的吗？”

丁小柔还打算继续往下说，忽然看见迟信在对自己做“捻钱”的动作，忽然一拍手，说：“夸得真好！”

只见丁小柔表情真诚地继续说道：“要不是你刚才说的那些话，我还真没发现自己身上有这么多可贵的优点。要不你再帮我总结总结优点呗？”

“好啊！”甄正说，“迟信还说你都有过二十九个男朋友了，照样被第三十个男朋友骗。”

丁小柔压着怒火，温柔地说：“这也是优点？”

迟信在一旁如坐针毡。

“当然。你想啊，这说明你单纯、善良，而且愿意相信爱情，这叫历尽千帆，初心不改。”

那明明就是蠢，丁小柔心里想。但听到这话还是有些受用，更何况看得出甄正是真的这么认为。

“对了，还没问你是做什么工作的？我是橱窗陈列师，就是给模特穿衣服的。”丁小柔说。

“哦，我在民政局工作，但我希望永远没有为你服务的那一天。”甄正笑了。

“为什么？”丁小柔纳闷。

“他专门办理离婚手续的。”迟信说。

这时，几个服务生依次把菜品上齐。

甄正说：“你看我这身打扮，不太像会在这里吃饭的人吧？”

丁小柔实话实说：“不像，挺像出门吃卤煮火烧的。”

这话把迟信和甄正都逗乐了。

甄正说：“其实，这顿饭严格来说不是我请的。开春的时候，我接待了一对要打离婚的夫妻，两人都心意已决，只要我盖个章就完事儿。这是我的工作业务没错，印章没人情味儿，可是咱有啊。我眼瞅着俩人眼里都含着泪光，我就说，印泥用完了，你们等会儿。我直接去了监控室，盯着显示器，一直看到两人抱头痛哭，我才重新回去。回去的时候两人已经离开了，男人在我桌前留了字条，说‘谢谢你小兄弟，我们知道印泥根本没用完，我们不离婚了，回去好好过’。他们还留下一张餐厅 VIP 卡，我追出去人都走了。”

丁小柔感慨：“这顿饭一定很好吃，因为有人情味儿。”

三人举杯,气氛渐渐融洽,丁小柔这时才注意到,甄正的左手没有中指。

丁小柔说：“介意聊聊你那根手指的事吗？”

甄正一笑，晃了晃自己的左手：“这个呀，都是很多年前的事了。那时候我还在上幼儿园，是一幢老旧的两层小楼。有天早上老师正在弹琴教我们唱歌，房子就塌了。当时我把身边的小朋友紧紧护在身子下边，左手被石头压住，等被救出来的时候天已经黑透了，我这根手指也没保住。”

丁小柔由衷说道：“我觉得你很棒，你一定会幸福的。”

甄正苦笑：“我也希望自己能找到幸福，可是幸福在哪里呢？它可能不太喜欢我，老躲着我。不怕你们笑话，有时候我都有些羡慕那些离婚的，至少他们爱过。我担心自己永远都体会不到，被人爱的感觉。”

丁小柔鼓励他：“不会的，这不是有我吗？”

迟信也说：“对，丁小柔能帮到你。”

丁小柔看一眼迟信：“那开始吧。”

迟信点头。

丁小柔举起面前的酒杯，说道："甄正，我们恋爱吧？"

甄正说："好啊。"

两人碰杯，仰头喝下。

丁小柔说："我们现在算是确定恋爱关系了。放心吧，你很快就会找到幸福的。"

甄正开心："谢谢你啊。"

丁小柔又说："我再悄悄告诉你一个获得幸福的方法：每天围着操场跑十圈，一直在心里祈祷爱情的降临，很灵的！"

甄正很感兴趣："真的？"

"当然，尤其是对你们这种单身男性，特别管用。"丁小柔回道。

甄正听后，把手搭在迟信肩上："他就算了，他有女朋友的，在一起都快十年了，大学时期走到现在不简单啊，我们大家最羡慕的就是他和蒋媛了。"

迟信的表情很不自在。

原来，甄正并不知道迟信已经失恋了……丁小柔想着，赶紧岔开话题："咱们聊点儿别的吧！"

甄正说："好呀，你们两个在哪儿认识的？"

刚要低头喝东西的迟信，差点被呛到。

丁小柔刚要开口，迟信抢先道："一个兴趣小组。"

"对，具体就是系统地教你怎么骂人的。"丁小柔补充。

甄正不敢置信地看向迟信。

迟信心虚地点了点头："我一会儿还有点事情。"

丁小柔领会："对，我下午也有事。那咱们今天就到这儿吧？"

甄正也起身，举杯。

丁小柔说："很高兴认识你，我们分手吧？"

甄正说："分手快乐！"

来的时候还是晴空万里，现在突然就下起了雨。雨水很快就润透了干燥的路面，空气里多了一丝凉意。

丁小柔躲在台阶上，刚准备约一辆车，就听见两声车子鸣笛——迟信把车子开了过来，招手示意她快上车。

丁小柔也没再客气，拉开车门坐了进去。

外面是淅淅沥沥的雨声，车内倒显得安静，就连呼吸都听得分外真切。

“刚才谢谢你，替我打圆场。”迟信说。

“我是见不得别人尴尬。”想了想，丁小柔又补充，“换成别人我也会这么做。我这人吧，看见别人尴尬自己就特难受。不过，我还以为甄正知道你失恋的事了。”

“跟蒋媛分手的事，我谁都没告诉。”

“我理解你那种心情，就好像不说的话，大家都以为你们还在一起，一旦他们知道了，就会纷纷嘘寒问暖，反倒时刻提醒你，你们已经分手了。”

迟信扭头看着丁小柔，眼中露出惊讶。

丁小柔笑笑：“因为我也有过这种自欺欺人的时候，第一次失恋那会儿，天天哭，不敢告诉别人，生怕她们安慰我。后来我总是失恋，也就慢慢习惯了。我告诉自己，喜欢一个人的时候，如果满分是100分，那就只喜欢80分吧，这样最后分开的时候不至于太难过，所以在失恋这件事情上，我可是你的大前辈。”

迟信像是自言自语：“即便是被放弃了，还是希望对方能过得好。”

丁小柔说：“咱们都属于付出型人格，王特都对我那样了，我还是愿意记一些他的好。谁叫咱们心软呢，心软的人注定要吃苦头。”

“王特就是你前任吧？我看你本子上记了。”迟信问。

“纠正一下，不是前任，是前前任。”丁小柔又说，“你倒是提醒我了。”

丁小柔从包里取出毡毛笔记本，拿着笔，认认真真地在上面写下：31号男朋友，甄正。

3

车子在小区门口停下。

“不需要送你进去？”迟信问。

“不了，我还有点别的事。”丁小柔准备下车。

迟信顺手从后座抽过一把伞：“拿着。”

丁小柔接过来，下车。

走了几步，她又小心翼翼踩着积水，绕到迟信这一边。

迟信把窗户摇下来，问她：“怎么了？”

“谢谢你，送我回家。”

迟信笑：“我还以为咱俩之间，除了钱无话可说。”

丁小柔也笑：“赚你的钱太辛苦了，又是陪吃又是陪喝的。行了，一会儿见。”

迟信没明白丁小柔最后一句话什么意思，他掉转车头，走了。

丁小柔没回家，而是一个人撑伞来到了小区附近的人工湖边。这么些年，每当雨雪天或是一段感情结束的时候，她就会到这里走一走。看着波光粼粼的水面，吹着清浅的风，心中的烦恼也会被暂时放下。

雨小了一些，路上有两三岁的孩子，穿着雨靴，在水洼里踩来踩去。身后的大人为他撑伞，一脸的宠溺。

从丁小柔所站的位置，向西依次数过去，第五棵银杏树有些与众不同，相较其他的同类，这棵树更加粗壮挺拔。

丁小柔缓步来到树下，仰视着它。翠色的叶子，被雨水冲刷过后，更显得绿意盎然，带着娇嫩和蓬勃的生命气息。一滴雨水从某片叶子上悄然滑落，滴在了她的脸颊上，突如其来的清凉是如此温柔。

它已经快要二十七岁了，这棵树已经在这里站了快整整二十七年的日日夜夜。它见证了人工湖的污染与重回清澈，见证了一旁小公园的兴衰拆建，见证了身后被称为北京富人区新地标的小区从无到有，见证了人间无数的恩爱和离别。二十七年，很多人老去了，甚至丁小柔都觉得自己很快也不再年轻，可是这棵树依然葱郁，有种少年之气，不断往四周扩散，想要触及更广阔的天地。

二十七年前的一个下午，当从家乡的小医院里传出丁小柔出生的喜讯时，一个男人在湖边栽下了这株幼苗。丁小柔对这个人知之甚少，他是这个家里绝口不提的部分，是整个成长中缺失的部分，是怎样渴望都无法感受的部分。

可是不管怎样，她还有母亲、舅舅可以依靠，不是吗？人生本就难得圆满。

晚饭后，丁小柔破天荒没有回房间上网，她打开电视，调到了本地频道。迟信在节目中出现，处理一档鸡毛蒜皮的家务事。果然，丁小柔跟他“一会儿见了”。

杜丽明显得忧心忡忡，他有些担心外甥女，种种迹象表明，丁小柔最近一定遇到什么事了。他在沙发上坐下来，一会儿喝茶，一会儿又清清嗓子，弄出各种动静。

丁小柔看出来了，就问：“舅舅，您哪儿不舒服吗？”

“舅舅好着呢，就是担心你。”杜丽明说。

“担心我什么？”丁小柔看着电视。

“舅舅担心你遇到什么事情了。”

丁小柔有一瞬间的慌乱，她否认：“我能有什么事情。”

“这样，你不说，我来猜一猜。”杜丽明开始了，“工作上遇到不开心的事了？”

“没有。”

“跟朋友闹矛盾了？”

“没有。”

“家里肯定没什么事儿，还有什么呢？事业、亲情、友情都没问题……”杜丽明突然大惊失色，“难道是感情问题！”

丁小柔一惊，想着千万别被看出来，舅舅一知道，我妈也立马知道了。

要是早那么几年，说了也就说了，可现在眼看着前男友的名单越拉越长，怎么跟母亲开口是个大难题。总不能张口就说“妈，我交过三十一个男朋友，我现在还是单身”吧？她更不会告诉母亲自己被诅咒的事情，女儿不能得到幸福，这对一个母亲来说太过残忍，所以这些年她一直努力想要证明诅咒是不存在的。

杜丽明捕捉着外甥女眼中的风吹草动，丁小柔感觉自己已经被看穿的时候，杜丽明忽然斩钉截铁地说：“怎么可能！我真是想多了。既然没事，我就放心了。”

然后杜丽明起身回房间了，留丁小柔一个人凌乱。

我怎么不会有感情问题了？我被一个男人伤得遍体鳞伤，他不要我了我还心存幻想，他的现任明明是个小三还整天对我耀武扬威，我还要赔他们一部新的苹果手机……

丁小柔越想越委屈，嘴巴噘起来。

手机信息提示音响起。丁小柔点开，竟然是转账信息，舅舅刚给她转了五千块钱。杜丽明在底下留言说：“昨晚见你对飒飒挤眉弄眼，就知道准遇到事了，估计跟钱有点关系。这是舅舅自己赚的外快，不许告诉你妈。不论发生什么，舅舅都会站在你身后。”

丁小柔觉得鼻子酸酸的，她连拖鞋都没穿，光着脚推开了舅舅的房门，紧紧地拥抱着他。

“舅舅告诉你，所谓否极泰来，人生就跟坐标轴上的曲线一样，起起伏伏，不会一直好，也不会一直坏，有时候持续倒霉很久，久到你快撑不住的时候，再坚持坚持，因为好运气就要来了。”杜丽明温柔地说着。

舅舅的温暖举动，给丁小柔注入了新的力量。

第二天早上，当丁小柔在地铁上昏昏欲睡时，却忽然收到了王特的打款提示，对方将钱全部退了回来。丁小柔有些不敢相信，但上面的数字告诉她，这些都是实实在在的人民币。这难道就是舅舅昨晚说的好运气？

到公司后，丁小柔迎面就撞见了王特，王特一脸复杂地看了她一眼，故意回避地转身从一旁走了。

丁小柔正纳闷着，有同事过来说："丁小柔，Lucy 找你。"

带着几分忐忑，丁小柔进了 Lucy 的办公室。

Lucy 起身，超大的胸部无端给人一种压迫感。

"丁小柔，我小看你了。"这是 Lucy 的开场白。

丁小柔不知道对方什么意思，决定先按兵不动。

Lucy 脸上带着一种难以捉摸的复杂表情，虽然气场依旧强劲，还是难掩挫败感。

"我一直以为你是那种看一眼就知道心里想什么的人，想不到你还有这样的手段。"

丁小柔回她："我不知道你在说什么。"

Lucy 冷笑："对，你当然不会承认，因为我也没足够的证据，证明那个人就是你。"

丁小柔心想，什么跟什么啊，我都进来快五分钟了，还没搞清楚状况。

"你之前借给王特的钱，已经全部退给你了。这点小钱，最近一定让你很苦恼吧，这回你总算可以睡个安稳觉了。"

本来已经受过太多对方无端的指责，想着忍忍就过去了，但丁小柔还是被这话激怒了。她迎着 Lucy 的目光，声音平静地说："这些钱是我辛苦赚来的，一清二白，当然睡得安稳。而有些东西，却是抢来的，能不能睡踏实只有自己知道。"

"你！"Lucy 气得说不出话。

丁小柔一个转身，走出了办公室。因为走得过急，脚下的鞋跟一崴，她整个人马上倾斜。丁小柔心想，千万不要摔倒，刚才说了那么漂亮的话，现在摔个狗吃屎，就算前功尽弃了。她稳定心神，将力量集中到另一只脚上，借助腰力，一个回旋重新站得笔直，头也不回地走了。

很好，成功扳回一局。

办公室暂时不想待了，丁小柔决定去门店转转，刚来到走廊，郑泽从身后跟了上来。

“看你今天心情不错啊。”郑泽打招呼。

“你哪只眼看到我心情不错了。”丁小柔觉得这人真欠，哪壶不开提哪壶。

“难道是我看错了？”郑泽继续跟着丁小柔，“你脸上明明写着财气两个字，你今天是不是捡到钱了？”

丁小柔停下来，看着他：“郑泽，你跟我说实话，你知道王特还我钱的事了？”

郑泽说：“知道啊。”

丁小柔问他：“你怎么知道的？”

“你刚告诉我的。”

丁小柔白他一眼：“你能不能正经一点，刚才 Lucy 喊我去她办公室，说我用手段逼着王特把我之前借他的钱还了回来，我听得云里雾里。我猜是有人抓到了他们什么把柄。”

自从上回在门店库房，郑泽暗中帮自己化解尴尬开始，丁小柔就觉得这人虽然玩世不恭，没个正形，但人还不错，整个公司只有他愿意在自己困难的时候出手相助。

“钱还给你了？”郑泽说，“好事儿呀，我就说你今天运气不错。”

丁小柔又说：“我刚才顶撞了 Lucy，以后她少不了要给我穿小鞋。我怎么觉得自己没有在公司待下去的必要了？”

“有必要。”郑泽突然认真起来，“你就是我在这个公司的意义啊。”

丁小柔一愣，这是要表白吗？

“你要是走了，我在这里就没笑话可以看了。”说着，郑泽又恢复了之前的欠揍表情。

丁小柔握起拳头，作势要打他。

“行了，我要去做事了。”郑泽又想起什么，“记得从钱里拿一点出来，给王特重新买部手机。这也是给 Lucy 面子，凡事留一面，日后好相见，在公司里做事，以后少不了还要跟她打交道。”

“知道了。”丁小柔说。这个男生的心理成熟度，远超他的年纪，办公室人际关系那一套，他玩得异常娴熟。

等等，他怎么知道王特退回来的钱里没有扣除手机的费用？电光石火的一瞬，她忽然想起来一件事。在她跟王特还没分手的时候，有次公司新人聚会玩“真心话大冒险”，丁小柔说过把所有积蓄都拿来支持男友的话，当时郑泽也在场。

难道是他？

“喂！”丁小柔在身后喊。

郑泽没回头，只是抬起一只胳膊，细长的手指晃了晃，好像在说“什么也别问”。

那背影，有点帅。

4

已经是第三天了。

早上，丁小柔一出小区门口，迟信已经等在那里。

“甄正的事情有进展了？”丁小柔走上前，问道。

迟信摇摇头：“你有时间吗？一起吃个早饭。”

丁小柔看看手机时间：“好吧。”

今天是周六，两人就近找了一家餐厅。

自从那天约会之后，甄正像往常一样工作生活，他心里莫名有了一种期待，甚至有不错的女性迎面走来，他会在心里猜测，对方会不会就是那个命中注定的人。可是两天过去了，没有一点爱情故事要发生的迹象。

在详细了解了甄正近两天的生活轨迹后，丁小柔有些坐不住了。

“这样怎么行啊！”丁小柔开始吐槽，“他每天七点半步行上班，全程戴耳机不与人交流，上班期间接触的都是离婚人士，有哪个女的刚离婚就想谈恋爱的？下班后步行回家，又是全程戴耳机，就是有女生想搭讪都麻烦。晚上九点准时睡觉，请问他是古代人吗！晚上上厕所是不是还得点个蜡烛？他这样根本找不到女朋友的。”

迟信倒显得平静：“你那些前男友，分手后都会做什么？”

“情况不一样，有的在分手前就找好了下家，运气最差的也是三天之内遇到了爱的人。”

“根据你说的，我认为甄正并不需要刻意做什么事情，他也能在三天之内遇到命中注定的人。”迟信说了自己的看法。

丁小柔不以为然：“甄正明显是个例。我交往过的男友中，他是唯一一个死宅。这就如同把甄正关在一个与世隔绝的地方，怎么可能会有人爱上他。”

“有，女看守。”迟信说。

“我在认真跟你说话呢。”丁小柔提醒对方。

“我发现你这人有点意思。”迟信看着丁小柔，“甄正找不到女朋友，你该高兴才对，这样就证明诅咒是不存在的了。”

丁小柔暗暗骂自己简直太蠢了，她明明应该说些消极的话以便让迟信放弃，哪知道反过来鼓励了对方。一个声音在心里响起：甄正啊，对不起了，你可一定不要找到女朋友啊，否则我就悲剧了！

迟信突然说：“我有办法了！”

“什么办法？”丁小柔心头一紧。

迟信说道：“你看啊，既然甄正是个死宅，没有制造爱情的合适土壤，那我们就把他带到容易催生爱情的地方去！”

丁小柔心里顿时叫苦连天：丁小柔啊丁小柔，叫你乱说，叫你口无遮拦，这下迟信想到办法了！

丁小柔决定变被动为主动：“我知道一个地方，也许能帮到甄正。”

两人正说着，丁小柔的手机响了。

“丁小柔！你到哪儿了？我今天开车，到四惠了。我跟你说，西单老佛爷正打折呢，说什么我也得把那件衣服买了，到时候要是见我犹豫，你直接把我手机抢走把钱付了，千万别手软。”飒飒的声音里透着兴奋。

“飒飒……我不能陪你逛街了。”丁小柔离开座位，抱歉地说，“我现在跟迟信一起呢。”

“这么快你们就好上了？！”飒飒的声音突然拔高。

生怕被不远处的迟信听到，丁小柔压低声音：“不是！你还记得他那好哥们儿吧？就是单身到抑郁的那个，我跟他约会又分了，现在三天时间眼看就到了，他还没找到女朋友呢。”

“太棒了，老天终于开眼了！”飒飒声音里都透着笑。

像是故意要被迟信听到，丁小柔提高了声音：“我现在得想办法帮他，争取在时间截止前让他找到合适的那个人。”

电话那头，飒飒愣了两秒，叫道：“你疯了？那你怎么办？”

“好了不说了，你自己逛吧，回头请你吃大餐赔罪。”丁小柔不等对方说完，挂了电话。

迟信正朝这边看着，丁小柔走过去，对他说了三个字：“农展馆。”

甄正对于两人牺牲掉周末时间陪自己来动漫展寻找爱情表示感谢，决定拿出自己最佳的状态来迎接挑战。

迟信看了看表，距离三天时限，还有三个小时的时间。

展厅里简直是二次元的世界，各种真人COSPLAY、海报、手办，以及图书，尤其是漂亮妹子，特别多。

宅男甄正对这里充满新鲜，好多动漫人物他随口就能叫出名字，迟信笑他：“难怪找不到女朋友，原来有那么多二次元女朋友。”

很快，丁小柔就发现了一个妹子，身材高挑，小腿纤细，扎两条马尾，穿着女仆装，眼睛尤其漂亮。迟信也看到了，碰了碰甄正，说：“那个女生看上去不错。”

丁小柔却说：“他们不合适。”

“不试试怎么知道不合适？眼看时间就到了。”迟信继续催甄正，“哥们儿眼光错不了，赶紧去跟人家要个微信。”

“那我去了？”甄正说道。

丁小柔还想说什么，迟信推了一把甄正：“别磨蹭了，赶紧的！”

甄正大着胆子上前，对女孩说：“你好，我能加你微信吗？”

对方粗着嗓子说：“我给你，你敢要不，大哥？”

甄正吓一跳，狼狈地逃了回来。

“你丫想害死我啊！”甄正骂道。

“我怎么知道他是伪娘？”迟信说着也觉得好笑，扭过脸对丁小柔说，“你早知道了对不对？”

“这可不能怪我，刚才我说了不合适，你们偏不听。”丁小柔说。你们男的只会看表面，女生才能通过表面看到本质。

迟信看了看丁小柔：“你不会也是男的吧？”

“你怎么知道？”丁小柔粗着嗓子回答。

三个人又往大厅里面走，丁小柔拍了拍甄正的肩膀：“放心吧，一会儿我帮你把把关，找一个合适的姑娘。”

她心里想的却是：一个伪娘都没浇灭你的恋爱之心，接下来得让你吃点苦头才行。

甄正说：“行是行，不过咱先说好，一会儿遇到合适的，迟信你得先探探对方口风，声音是女的我再过去。”

迟信笑他：“瞧你这点出息，有好的我直接领走。”

“是男人说到做到，领回家咱看蒋媛怎么说？”甄正也打趣。

气氛一下尴尬起来，丁小柔赶紧推推两人：“有情况！你们注意十二点十分方向，那个戴乔巴帽子的女生。”

两人被成功转移注意力，一起看过去，一个外形清丽、身形娇小的女生正在一个摊位前挑选漫画。

丁小柔对甄正说：“这绝对是货真价实的女孩子，性格脾气看着都不错，去吧，加油！”

“还有，如果她说自己有男朋友了，千万别信。”迟信补充。

甄正在丁小柔和迟信的鼓励下，走上前去。

“你好，我也喜欢看《夏目友人帐》，我能加你的微信吗？”

女生说：“不好意思，我有男朋友了。”

甄正说：“我不信。”

正说着，一个人高马大的男生走过来，推了甄正一下：“现在信了？”

甄正说：“哥们儿，有话好好说。”

男生说：“你骚扰我女朋友，我能跟你好好说吗！”

两人话赶话，眼看就要动手了。迟信赶忙冲过来，用力拉开两人，对男生说道：“误会，误会！”

迟信拉着甄正说：“我们是电视台的，这是我同事，我们在进行一个陌生人信任度测试。”

“你说你电视台的我就信啊？”男生余怒未消。

迟信又掏出名片，递给对方。这时候女生认出了迟信：“他好像是那个外景主持人耶，就是我奶奶天天看的那个节目。”

“对对，《民生播报》。”迟信说。

男生这回信了，迟信指着高处：“那里有我们的摄像头，打个招呼吧！”

那对情侣就很配合地对着并不存在的摄像头打了个招呼，然后迟信客气地把他们送走了。

丁小柔在一旁看得目瞪口呆，眼看着想让甄正吃点苦头的小阴谋就这么被迟信化解了。

“刚才我还以为你会冲上去跟人家对打，没想到，你这外景主持的身份帮了忙。”丁小柔说。

“我更没想到，还有人能认出我，不容易。”迟信自嘲。

“这地方也太险恶了吧，要不咱们撤吧，我真担心对象没找着，把命也搭进去。”甄正有点沮丧。

这话正合丁小柔心意，于是说：“我看你今天也是累了，不如回去好好休息。”

“这才到哪儿啊，刚才咱们有点好高骛远，这回得脚踏实地了，找个外形上也跟你匹配的。”迟信并不打算放弃。

丁小柔随手指着前面不远处一个女生说：“这个怎么样？”

只见一个穿着白色连衣裙，脚上是蕾丝边白袜、厚厚的松糕鞋，背着双肩包正在派发调查问卷。

“好像个子不高？”甄正犹豫。

“腿有点粗。”迟信说。

“你事儿可真多，刚才那姑娘个子也不高，也没见你挑三拣四的。”

“刚才那个是拉长版，这个是压缩版，能一样吗？”甄正回道。

“你要想找个儿高，胸大屁股还翘，还不爱唠叨你的？”丁小柔忽然问。

甄正说：“这要求是不是高了点儿啊？不过这些优点全占的也挺好。”

“行啊，我们公司仓库女模特多着呢，回头我送你两个，左拥右抱。”丁小柔说。

甄正吐舌头：“怎么就说起我来了……”

“你们男人都一样，凑一起就各种点评女生，甄正现在要找的是爱人，又不是衣服架子。你去不去？不去我走了。”丁小柔看着甄正。

“我去。”甄正乖乖朝着女生走了过去。

甄正上前，从女生手中接过一张调查表：“美女，你有签字笔吗？”

甄正说着看向女生，女生也抬头看着他，两人都愣住。

甄正说：“姐……怎么是你？”

迟信和丁小柔看着不太对劲，也走了过来。

当迟信看到那个女生的样子后，嘴巴张着，好一会儿都没合上：“姐，你怎么在这儿？”

迟姗也没想到在这儿还能碰见弟弟，晃了晃手里的调查问卷：“我之前不是专门去重庆拜访名师学习制作火锅底料嘛，现在想在底料造型上做些创新，所以想来了解一下年轻人喜欢什么动漫形象。”

“那你也不用穿得这么少女啊。”迟信觉得姐姐这身打扮，真的是……

一言难尽。

“我乐意。”迟姗说着，又对着丁小柔眨眨眼，“方便打入年轻人内部。”

丁小柔一下就喜欢上了这个女人，豁达，又不按常理出牌。

“这位是？”迟姗问道。

“这是我和甄正的朋友。”为了不让姐姐误会，迟信特意又带上了甄正。

看得出迟姗也蛮喜欢丁小柔的，问她：“喜欢吃火锅吗？”

丁小柔说：“喜欢，越辣越好。”

迟姗久笑得特别开心：“今晚去我店里吃火锅，姐姐请客。”

迟信把姐姐拉到一边：“我们还有事儿呢，吃饭的事回头再说。”

“丁小柔！”身后一个声音炸响。

飒飒气呼呼走来，身上的杀气让两旁的人自动避让。

丁小柔赶忙拉着她的手：“你怎么也来这儿了？”

飒飒没好气：“前段时间你就嚷嚷这几天有漫展，我又想漫展上美女肯定多，你一定是把人带到了这里。”

飒飒说着，看向其他几人，当她与甄正的视线相遇时，目光像平稳的直线陡然起伏不定。

丁小柔心里一沉，她跟飒飒是从小玩到大的闺密，飒飒眼里的电波丁小柔一眼就看出来了。下一秒，她改变了主意，决定撮合两人，比起破解诅咒，她更希望她最好的朋友飒飒能够幸福。

丁小柔对迟姗说：“出来这么久，还没吃午饭呢，不如我们现在就去你店里吃火锅吧！”

5

丁小柔特意让甄正上了飒飒的车。

迟姗自己开一辆，然后丁小柔坐进了迟信车里。

迟信对丁小柔的突然决定有些不满。

“说得漂亮，要帮他找到命中注定的人，结果一听说吃的就什么都忘了？”

丁小柔说：“你能不能动动脑子，好好想想我为什么让他俩一辆车？”

“你说甄正跟你那个叫飒飒的闺密？”迟信突然不说话了，眼神中放着光彩，“你是说他俩有戏？”

丁小柔喜滋滋地点头。

“我说嘛，这就是天意，动漫展上那么多美女，都跟甄正没缘分，结果我闺密从天而降。我跟你说啊，刚才飒飒看甄正的眼神儿，太明显了。”

迟信赞同：“是呀，有比没有好。”

丁小柔扭头，瞪他：“你什么意思啊？你以为你哥们儿很帅吗，我刚才还寻思我姐妹儿审美怎么堕落到了这么惨不忍睹的地步。”

迟信赶紧解释：“你别生气，我是说我对你闺密也不了解，不知道是什么脾气性格。”

“用得着你了解吗，真要是成了也是他俩过日子，你操什么心。再说，能跟我关系这么好，人品还用问吗？”丁小柔最受不了别人质疑自己最亲近的人，只要碰上准爹毛。

迟信回她：“那我更担心了。”

“你是不是神经病啊！”

两人吵了一路，终于来到了迟姗经营的火锅店。飒飒和甄正进展神速，甄正已经主动为飒飒拿包了。

古色古香的门楼，火红灯笼垂挂，店内全部实木桌椅，服务员统一着装，笑脸迎客。正是饭点，客人众多，还有一批等位的客人，坐在门外的椅子上，嗑着瓜子聊天。

几人在包间里坐下来，迟姗让服务员把还没投入使用的新菜单拿了过来，在麻辣锅的口味下面，还有四个选项，分别是：

HELLO KITTY 锅、樱桃小丸子锅、大头儿子锅和钢铁侠锅。

迟姗热情地说：“你们三个是客人，想选哪种你们随便挑。”

甄正看着菜单，很绅士地问飒飒："你喜欢哪个？"

飒飒娇羞一笑："听你的。"

丁小柔鸡皮疙瘩都起来了，这女人平时可不是这样的。

甄正说："那要不小柔来定吧？"

丁小柔说："那我不客气了，毕竟我是女孩子，就来这个钢铁侠锅吧。"

一桌人都有点石化。

迟姗笑着说："好嘞！锅底是我从外地学习回来刚调配的，一会儿你们试试好不好吃。我还得忙其他事情，有需要你们就找迟信！"

迟姗走后，为了给飒飒和甄正创造独处的环境，迟信起身说："我去拿蘸料，有吃蒜泥和葱花的说一声。"

丁小柔说："我也去。"

飒飒却把她摁了回去："你坐着，我去。"

丁小柔还以为所谓的钢铁侠锅，是涮锅的表面绘上了钢铁侠的图案，等服务员端着托盘上菜时，她才恍然大悟。服务员把一个做成钢铁侠头部的麻辣锅底放进了沸水中，眼看着它慢慢融化。

飒飒回来了，端着三碗蘸料，给了自己一碗，又给了甄正一碗，丁小柔伸手去拿，却被飒飒挡了回来。

飒飒温柔地看着甄正："也不知道你的喜好，除了这份麻酱的，还给你准备了一份油碟。"说着她把第三碗也给了甄正。

甄正一脸幸福："你真好。"

丁小柔说："我的呢？"

飒飒眼睛里只有甄正："自己拿去。"

丁小柔心里正骂着忘恩负义，迟信把一碗麻酱蘸料端了过来。

迟信也不看她，认真地搅拌着自己的调料。

丁小柔觉得这人有时候还挺温暖的。

肉品和菜类相继端了上来，穿着西装的漂亮女领班上前，亲自为他们撇出锅内的浮沫。

领班侧身，正要从甄正和飒飒中间切进去，飒飒起身，接过了对方手里的勺子：“美女，你去忙吧，我来就行。”

“没关系，老板关照过的，我会全程为咱们这桌服务。”领班笑着说。

“真不用！”飒飒斩钉截铁，“我们在讨论一些私人问题。”

“好吧，你们有需要随时喊我。”领班只好走了。

迟信一边往锅里放肉，一边问：“飒飒，你是做什么工作的？”

甄正说：“刚才车上飒飒告诉我了，她是医生，主要为咱们男性做包皮手术。”

飒飒取出名片，递给迟信：“要是有需要，可以找我。”

迟信特尴尬，把名片给了甄正：“你留着吧。”

甄正还给他：“我用不着！”

飒飒又拿出一张给甄正：“别让，都有份儿。”

丁小柔在一旁捂嘴直笑，再看看迟信和甄正一脸黑线，恨不能用手狠捶桌子。

火锅出乎意料的好吃。

丁小柔很有成就感，一顿饭俨然促成了一对情侣。她觉得迟信的话是对的，爱情不用刻意，老天自有安排。如果是注定的两个人，哪怕改变了地点和时间，依旧会相遇。

此刻那两人眼中只有对方，你给我夹一丸子，我给你夹一豆皮。

火锅吃到一半的时候，丁小柔看了眼时间，准备撤。三天的期限到了，诅咒再次应验。

“我跟迟信还有点事——”

丁小柔本来还想说点什么，飒飒和甄正回得干净利落：“好的，再见。”

她用手碰碰迟信，两人出了火锅店。刚到门口，迟姗追了出来，把手里的袋子塞给丁小柔：“这是两份锅底，在家也能吃到店里的味道！”

“我姐给你的，就收下吧。”迟信说。

丁小柔也不再客套，于是收下。

两人一起往停车的地方走。

“能跟我说说你现在的心情吗？”迟信忽然问。

“坦白讲，有点失落，毕竟诅咒应验了。但是今天如果自己袖手旁观的话，也会失落，我这人挺矛盾的。”丁小柔想了想又说，“不过就算我不帮忙，他也会找到幸福的，飒飒的出现就是证明。”

迟信说：“你也会幸福的。”

他笑的时候，嘴角翘起的弧度真好看呀。丁小柔心里想着，跟学生时代一模一样。

原本想搭迟信的顺风车，丁小柔还没坐稳，就收到了飒飒的微信：在店对面的超市等我，五分钟后见，我去的时候要是见不到你，你就死定了。

丁小柔看了看街对面，有家小超市，于是对迟信说：“我突然想买点东西，你先走吧。”

迟信独自开车离开。

十五分钟后，丁小柔上了飒飒的车子。

“甄正呢？”丁小柔问。

“估计这会儿也走了。”飒飒边开车边说。

“你没跟他走？”丁小柔又问。

“我跟他走干吗。”飒飒说，“我又不喜欢他。”

“你不喜欢他？那你刚才是精神分裂吗？又是给人拿蘸料，又是夹丸子的，就差当众接吻了。”丁小柔简直云里雾里。

“我这还不是为了你。”飒飒说，“我得想办法拖住甄正，总之不能让他在三天之内找到女朋友！”

“原来你是装的！”丁小柔恍然大悟，难怪刚才在店里飒飒不让那个漂亮的领班服务，是怕甄正跟对方接触。

“我可不管别人，我只要你好好的就行。”飒飒说，“你也不想想，那个甄正要是找到了真爱，你这诅咒等于继续存在，倒霉的还不是你。”

“那你怎么跟甄正说的？”

“实话实说呗，我说你是我最好的朋友，我没那么无私，在一个陌生人和好朋友的利益面前，我会毫不犹豫地选择好朋友。”飒飒说。

“可甄正好像喜欢上你了，怎么办……”丁小柔一想到这，有点自责。

飒飒笑了：“放心吧，他对我没兴趣。刚才那些话，来的路上我就跟甄正说了，没想到甄正还挺愿意配合我。”

“他这是为什么呀？”丁小柔不解。

“从一开始，甄正根本就不相信所谓的诅咒，所以也就不在乎我的目的。甄正说我是你最好的朋友，迟信是他最好的朋友，他不能辜负最好朋友的心意，哪怕只是愉快地吃一顿火锅，也很好。”飒飒说。

“现在就迟信一个人还蒙在鼓里，我怎么告诉他啊？”丁小柔忧心忡忡。

“哎呀，想那么多累不累。”飒飒笑道，“恭喜你，小柔，诅咒是不存在的！”

丁小柔看着街道上匆忙的景象，无论如何也高兴不起来。

晚上，杜丽丽和杜丽明两姐弟对“大头儿子锅底”有了截然相反的评价。

杜丽丽说：“这个纯粹是花把式，锅底好吃才是硬道理，把这么一个玩意儿往开水锅里一搁，乍一看跟煮小孩儿似的。”

杜丽明却认为：“把锅底设计成这样，说明店主是个有情趣的人。”

见杜丽丽不以为然，杜丽明说：“这人啊，不管过着怎样身不由己的人生，都要有自己的追求。就比如我，喜欢织毛衣。姐，再比如你，喜欢找有钱的男朋友，这都是个人爱好。你觉得呢，姐？”

杜丽丽：“滚。”

丁小柔无心参与他们的讨论，心里一直在想着白天的事情，思考再三后，她回到房间，决定给迟信打个电话，哪知道刚拿起手机，迟信的电话先打了过来。

“喂？”丁小柔有点心虚。

“我有话想跟你说。”迟信说道。

“我也是。”丁小柔犹豫一下，“还是我先说吧。”

“甄正已经告诉我了。”

“……他怎么说的？”丁小柔问。

“他说自己并不喜欢飒飒,之所以表现得亲密,是不想大家吃饭扫兴。”迟信突然说，“对不起啊。”

“别，我也对不起你。”丁小柔告诉他。

“为什么？”

“甄正没跟你说别的？就没说飒飒什么话？”

“说了，说飒飒其实人不错，就是两人不来电。他还说你有福气，有这么一个为你考虑的好朋友。”迟信说。

“甄正是个好人。”丁小柔最后说。

原本想跟迟信说清楚的，现在心里更加堵得慌，虽说缘分这种事由不得自己这种凡夫俗子来操控，但丁小柔总觉得，如果不是因为自己一开始的捣乱和飒飒后来的搅局，没准儿甄正今天就找到那个合适的人了。

丁小柔四仰八叉躺在床上，回想着自己的那些前任，有好些印象已经变得模糊，有的甚至一下想不起叫什么名字。不过这一切都无所谓了，诅咒既然是不存在的，那个毡毛笔记本也不需要再记录下去，那些人名就让它们随着时间慢慢淡忘吧，连同那些让她难过的分手瞬间……

丁小柔突然从床上坐起身，眼睛瞪得大大的，此刻，她的心里正掀起一阵滔天巨浪：在自己的情感经历中，每一次分手，都是对方主动提出来的，绝无例外，除了……她勉定心神，仔细回想起三天前跟甄正“约会”时的情景。她想起来了，在那场“约会”的最后，她主动跟甄正提出了分手。

会不会是这个环节出了问题？如果自己睁一只眼闭一只眼，蒙混过去会怎样？甄正不会因此得到幸福，而自己身上的诅咒也没有被证明是不存在的。

不管了，丁小柔起身，开始麻利地换衣服——她决定现在就去找甄正。

电话里，迟信被丁小柔的语气吓了一跳。

丁小柔不容商量地说："把甄正的住址告诉我。"

迟信本能的反应是，丁小柔要去找甄正算账，因为对方玩弄了飒飒的感情。他想起来吃饭时，丁小柔说："飒飒是我的家人，谁要是欺负她，我就把这一锅辣椒水灌他肚子里！"迟信仿佛看到愤怒的丁小柔正端着一盆沸腾的火锅，充满杀气地赶路，他禁不住打了个哆嗦。

"你想干吗？别冲动好不好？"迟信劝她。

"你到底说不说？你不说我直接问飒飒。"丁小柔的话不容商量。

"好吧，我发给你。"迟信只好说，"你别冲动，有事好商量！"

丁小柔没等他说完，就挂了电话。

甄正住在一幢老式小区里，丁小柔赶到的时候，已经晚上十一点多。她站在甄正家门口，稍微调整呼吸，就开始敲门。

里面没任何回应。

丁小柔又加大手上的力道，过了一会儿，还是没反应。她只好掏出手机，给甄正打电话。

她听到房间里传出来电铃声，可是一直到电话断线，都无人接听。

这时候，一个不好的预感出现在她的脑海中。她知道甄正近期一直很抑郁，而且很严重。从迟信那里，她得知甄正的夜生活就是宅在家里打游戏，这个时间绝不会外出。也就是说，甄正现在肯定在家里，可是他为什么不接电话？

一个更可怕的念头紧接着出现。丁小柔想起白天吃饭时，甄正开心的模样，屡次端着酒跟迟信碰杯，而且他后来还跟飒飒说，他很珍惜跟最好朋友在一起的机会。

种种猜测指向一个结论：甄正不打算活了！

丁小柔使劲拍打着门："甄正，你快开门啊！"

很快，对门邻居就被砸门的声响引了出来，对方皱着眉还没开口，丁小柔就用哭腔说："大爷，这里面有人要自杀，我是他的朋友，您快帮我想想办法！”

邻居一听，赶忙跟着砸门，依旧是无人应声。这时，手机的铃声又传了出来。

大爷也急：“我就说吧，这孩子在婚姻登记处上班，成天见到一对对领证的，自己又单着，不受刺激才怪。”

大爷的话更加印证了她的猜测，丁小柔问邻居：“大爷，您家有斧子吗？”

这话提醒了邻居，赶忙回家去找家伙。

丁小柔又给迟信打了电话，另一边，迟信因为担心丁小柔找麻烦，给甄正打了电话，可对方手机一直处于无人接听状态。所以丁小柔电话打进来时，迟信误以为是甄正的，看都没看就说：“听着，丁小柔找你去了，我到之前你千万别给她开门啊！”

“我是丁小柔。”丁小柔说，“甄正不接电话，我担心他出事了！”

邻居找来斧子，抡起来就是一通狂砸，巨大的声响惊动了整层楼，邻居们纷纷围过来看个究竟。

有的说：“这女的是他的女朋友吧？一准儿是吵架了要分手，男的不想活了。”

有的说：“这要是真出事了，可就是凶宅啊，咱整个单元房价都受影响，房子还怎么卖啊！”

这话立即得到大家响应，几个年轻力壮的业主主动接过丁小柔手里的斧子，轮番砸门，终于在一声巨响过后，门开了。

丁小柔推门而入。

在此之前，她想过甄正可能吃了安眠药，再血腥点就是割腕。但是她和一同进来的邻居们找遍了卧室和浴室，都没发现甄正。

屋里一下子炸开锅了，几个邻居又开始小声议论，这属不属于私闯民宅呀，有的开始追问是谁抡的第一斧子。

邻居大爷也回过神来，问丁小柔：“姑娘，你身份证给我看一下。”

这时，楼道里发出一声惊叫："人回来了！"

就见穿着运动背心和短裤一身大汗的甄正从人群里往上挤，然后就看见自己家的防盗门被砸烂了。

甄正迈进门，看见几个邻居正围着丁小柔。

邻居大爷说："小伙子，这姑娘说你跟家里自杀，我们才闯进来的。"

其他人连连应和。

甄正费了好大劲，还是没想明白丁小柔为什么出现在这里，也没弄明白她怎么就觉得他会自杀。他甚至觉得,这个女孩的精神是不是有点问题?

邻居里有人说："哥们儿，你认不认识这女的啊？不认识咱们抓紧把她送派出所！"

甄正说："她是我朋友。"

丁小柔松了口气，她把对方的家搞成这样，真有点担心对方说"这人谁呀"，那可就麻烦了。

丁小柔明明心虚，反倒问："你出门怎么不带手机呢？"

甄正指着自己一身的汗："我去跑步了，不方便带手机。"

丁小柔加大声量："这么晚了还跑步！你以前晚上不都是待在家里吗？"

甄正说："不是你叫我围着操场跑圈吗？我们小区街对面就有个体育场，自从你说了，我每天晚上都跑十圈。"

丁小柔想起来了，这是约会时，她告诉甄正的获得幸福的方法。

她原本还想着把"破门而入"的责任推一点给甄正的，没想到对方这样完美地回复了自己。

"你来找我有事吗？"甄正问她。

这提醒了丁小柔，她说："快对我说，'我们分手吧'！"

"我们不是已经分手了吗？"甄正问。

丁小柔从甄正的眼神里看出，对方在怀疑她的精神状况了，但她管不了那么多了。

丁小柔抓着甄正的胳膊，大声说：“你主动说分手！现在！马上！立刻！”

一嗓子把一屋子的人都震住。

甄正还是说了：“我们分手吧？”

听到这话，丁小柔如释重负，长长吐了口气。

丁小柔回道：“好啊。”

这时，迟信大着步子冲进了客厅，眼前的情形让他一愣。

丁小柔疲惫地朝他挥挥手：“你来啦。”

下一秒，她就倒地睡了过去。

6

郑泽说得没错，当同事面赔偿一部手机的结果就是，Lucy 再也没主动找过丁小柔的麻烦。

今天销售部全体开会，丁小柔早早来到会议厅，找了个角落坐下，心里又开始想前天晚上的事情。

准确点说，是前天晚上自己突然睡着后的事情。

短短不足十分钟的时间里，她不知道发生了什么，只知道醒来时正躺在甄正家的沙发上，视线里满满都是迟信的那张脸。

迟信的表情很认真，弯下腰盯着她，像在观察标本。

当时两人的脸挨得非常近，近到丁小柔稍稍抬头，两人就要嘴对嘴亲上。

见丁小柔醒过来，迟信站直身子，靠在冰箱前看着她。

丁小柔坐起身，皱眉问：“我刚才又睡过去了？”

“你大概这样睡过去多少次？”迟信问她。

“没数过，上百次应该是有的。怎么了？”

“我猜也是，别人突然晕倒都是轰的一声，没准儿还摔成脑震荡，你就特熟练，摔得不声不响浑然天成，一看就有经验。”迟信说。

“你有没有一点同情心？”丁小柔说，“我是为了你哥们儿的幸福才来的。上回是我主动跟他提出的分手,但之前的每次分手都是男方提出的。”

迟信说：“刚才甄正都告诉我了。”

看得出，迟信根本不相信这样的说法，他一定是觉得丁小柔玩过头了。

丁小柔也没好气：“不信就算了。甄正人呢？”

“你刚才惊动了物业，甄正跟着下楼去签字了。”迟信转而说道，“你得谢谢我，是我救了你。”

“你，救我？”

迟信认真地点点头：“你就这么昏了过去，我总得做点什么吧，你真要是在这里挂了，我跟甄正都说不清。”

明明是怕担责任，非把自己说得那么高尚。丁小柔在心里猛翻白眼。

“你都做什么了？”

迟信不慌不忙：“我给飒飒打了电话，她肯定遇到过你这种状况，我就在电话里按照她说的做了。”

迟信又突然问她：“想知道我都是怎么做的吗？”

丁小柔吓一跳，这男的好像知道自己心里在想什么一样。

见丁小柔没说话，迟信说：“也没什么，飒飒说这个时候你大脑缺氧，心脏很可能骤停，我就按照她说的，让你正面躺平，双手放在胸前。”

丁小柔大概想了一下那个画面：闭着眼，躺平，双手摆在胸前……越想越觉得跟遗体告别似的。然后，她好像明白过来，瞪大眼睛看着迟信。

“你把话说完，你又干什么了？”丁小柔叫。

“人工呼吸呗。”迟信一脸平静，说起这些更是云淡风轻。

丁小柔浑身打了个激灵，她用眼神锁定迟信，带着最后一丝侥幸逃脱的希望。

迟信说：“不骗你，真的。”

丁小柔心想：反正我也不知道，就当没发生过好了。

她忍着怨念问：“这事天知地知你知我知，要是传出去，我可跟你没完。”

迟信显得为难：“这事有点难办。”

丁小柔起身：“迟信，你不要太过分了！”说完又觉得对方刚才似乎话里有话，于是她又忙问，“甄正也看到你给我人工呼吸了？”

迟信点头。

“没关系，我会跟甄正好好说的。”丁小柔轻拍胸口，努力消化掉这个噩耗。

“好的，还有那些邻居。”迟信说。

这个男人的一句话像一只手，隔着重重空气给了她一拳，不痛不痒，但是打得人晕头转向，在被击中的瞬间，她眼前仿佛出现了无数个“我去”。

“你以为你说了我就信啊，骗谁呢？”丁小柔选择坚强。

迟信似笑非笑，一双好看的眼睛看着她：“等会儿甄正回来你问他，要是等不及，就去问邻居。”

一刻也待不下去了，简直无地自容。丁小柔径直走出坏掉的防盗门，又转身回来，拿起落在沙发上的包，对迟信说：“再！见！”

回去后，丁小柔特想给飒飒打个电话，问对方干吗要出那种馊主意。飒飒明明知道她猝睡症发作后，只要有人看着就可以，根本不需要什么人工呼吸。但丁小柔一直犹豫着没打这个电话，不用想就知道飒飒会反问她：“哟，还真是旧情难忘啊，跑这儿跟我求证来了？”这么一来，倒好像自己做贼心虚，简直是越描越黑。

丁小柔一边在记录本上随手乱画，一边打量着进来的人。

她先是看到了王特，照旧是西装笔挺，头发梳成一丝不乱的模样。他好像胖了一点。这个细微的发现让丁小柔忽然很讨厌自己，一是因为她明明知道这个人不能再关注了，二是因为这说明分手后，他过得比以前幸福。

Lucy 走进来，穿着职业套装，在一众同事的簇拥下，风光无限。

丁小柔下意识把目光转向门口，又迅速把目光收回来，她看见了郑泽。

这个时候，她可没心情跟这人聊天，或者接受对方的调侃。

郑泽还是发现了丁小柔，一笑，朝角落走过来。

“干吗呢？”郑泽挨着丁小柔坐了下来。

“准备开会呗。”丁小柔回道。

郑泽清清嗓子，神秘兮兮地说：“我有读心术你信不信？”

丁小柔回他：“你有神经病你信不信？”

郑泽说：“我知道你刚才在想什么。”

“王特。”丁小柔说，“行了，我告诉你，你就不用猜了。还读心术呢，刚才你明明和他前后脚进来的。”

郑泽说出一个人名：“迟信。”

丁小柔猛地扭过头，看着郑泽。

“你认识他？”

“不认识。”郑泽说。

丁小柔觉得更恐怖了，这人怎么这么邪乎，什么都知道。

“那你怎么知道的？”

郑泽笑了，指了指丁小柔的记录本，上面歪歪扭扭写着一个“迟信”。

丁小柔赶紧把本子合上。

“迟信是谁？”郑泽问。

“要开会了。”丁小柔回道。

郑总将近期北京各门店的销售情况做了说明，还顺带着把得力干将Lucy夸了一番。临近尾声的时候，郑总随口问了句：“在座各位，谁对公司销售还有什么建议，可以提出来。”

郑泽举手。

郑总示意他说话。

郑泽指了指身旁的丁小柔，说：“她有些建议想说。”

全场的目光集中在了丁小柔身上，丁小柔看看郑泽，心想：不就是没告诉你迟信是谁嘛，报复心也太强了！

丁小柔恨得咬牙切齿，暗中踢了郑泽一脚。

郑泽又说：“报告，丁小柔说想上台说。”

“好，那就上来说吧。”郑总站起身。

这下真的没退路了，不上台是不行了，她特希望自己现在就躺地上睡着，再被人抬出去。

丁小柔起身，同事们纷纷投来复杂的目光，自动为她让出一条路。

她心里是从未有过的煎熬，从小到大，她习惯了不被注意，习惯了站在人群中为最耀眼的那个鼓掌。她其实不介意别人怎么看待自己，只是不希望在王特面前，在那个自己曾经爱过的人面前丢脸。她更不希望自己站在台上，脑中一片茫茫，半天说不出一句完整的话。那无非又给了 Lucy 耻笑自己的谈资，她会在独处的时候跟王特说：“看吧，这就是你以前喜欢过的女人，简直笨到家了。”

不能，绝不能再给别人这样轻贱自己的机会。整个会场，只听见丁小柔走路的鞋跟声，她在心里快速搜罗着语言，决定想到什么就说什么，千万不能输在气势上。这样想着，她挺了挺腰板，抬起头快步上了台。

她突然出现了耳鸣，继而脑海中一片空白，就连一句开场白都无法脱口而出。完了，她心想，我终究是个上不了台面的失败者。

这时，郑泽站起身来，对着台上的丁小柔做了一个擦玻璃的动作。

就像是一层窗户纸被捅破后，窗外积聚的光线瞬间涌入，丁小柔找到了发言的方向。

“郑总，各位销售同仁。我的本职工作是橱窗陈列，看上去跟你们的工作相去甚远。但橱窗如同一个品牌的形象，与销售业绩挂钩，正因如此我也是销售部门的一分子。我们是快消服装品牌，核心在于快速提供各种款式的服装。所以我们的橱窗不应该常年只陈列那些经典款，而是应该常换常新，并增加在橱窗背景设计方面的资金投入。我们的橱窗应该告诉那些年轻的女孩，我们的衣服是紧跟时尚的，而不是她们到了四十岁以后才愿意尝试的经典款。”

大概没有人会想到，这样的话会出自这个女孩之口。

丁小柔停下来后，会议室还是一片安静。

郑泽带头鼓掌。

Lucy在下边看着，没人能从她的表情里窥出任何信息。其他人里，有忍不住想跟着鼓掌的，但考虑到Lucy态度不明，也就忍了下来。

郑总说："你的建议不错，公司会认真考虑的。"说着他又皱眉，指指郑泽，"你以后上班穿得正式些，松松垮垮像什么样子。"

"郑总，我会注意的。"郑泽说着，朝台上的丁小柔眨了眨眼睛。

晚上，早已过了下班时间，节目组还在开选题会。会议室内，每个人都感觉头快要炸了，辛苦想出来的选题，轻易就被主任否了。白板上画着一个大大的叉，地上躺着一支油性笔——几分钟前，主任愤怒地画下叉，将它扔在了地上。

不知道是谁先叹了口气，同事们开始小声聊起天来。迟信来到窗前，打开窗户透气，对面是巨大明亮的广告牌，远处是一眼望不到边的霓虹闪烁，像一条彩色的银河，勾勒出城市繁华的轮廓。

"信哥，你电话！"一同事从会议桌上抓起迟信的电话。

迟信走过去，接过手机一看，是甄正打来的。

"喂？我这正开会呢。"迟信说道。

电话中传出一个陌生的声音。

迟信听着，脸色忽地一变。

7

这个世界上，最让人感觉悲凉的地方是哪里？

是医院的夜晚。

迟信对此深有感触。

八岁的一天夜里，迟姗接了一个电话，然后就冲进房间把迟信摇醒，让他赶快穿好衣服去医院。迟信问姐姐发生了什么,姐姐没说话,但他知道,只要一开口，姐姐的眼泪就会止不住往下掉，她在拼命吞咽着某种恐惧。

那个深秋的夜里，迟信在医院告别了母亲。他隐约知道母亲是出了车祸，被一辆开了远光灯的车子迎面撞飞。

他记得医院雪白的墙面，空气里浮动着苏打水气味，还有压抑不住的哭声。所以他惧怕医院,不只为那些病痛的折磨,还为那些无能为力的离别。

迟信赶到医院时，甄正已经被送进了急救室。他被隔在门外，看着“抢救中”的字样频繁闪动着，那种久违的无能为力再次席卷而来。他曾一度以为自己远离了那种恐惧，现在才发现，它一直潜伏在旧日的伤口上。

这是丁小柔第二次参加“我不能恋爱的原因”小组聚会。

比起之前的那份陌生和局促，这一次，大家已经相处融洽。

那位性感姐姐叫贺明珠，这个小组就是她在网上发起的，原本还以为没人会响应，结果来了好几个人。

距离上次聚会，已经过去一个月的时间，大家的生活依然充满了各种问题，大家依然还是单身。

贺明珠笑着对大家说：“其实来之前，我还想说，要是这次谁没来，肯定是恋爱了。我倒是希望聚会时大家都不来。”

“有个没来的。”大学男生说。贺明珠悄悄告诉丁小柔，他现在跟年轻的女职员聊得火热。

丁小柔知道他说的是迟信，于是说：“他今天来不来不知道，但肯定没谈恋爱。”

“呀，你怎么知道的？”女职员问。

丁小柔原本想说“最近我天天跟他在一起，当然知道”，想想又觉得这话太暧昧，于是笑笑说：“这人那么讨厌，谁会喜欢他呀。”

丁小柔来这儿，不单单是为了参加聚会，她还想见到迟信，当面向他兴师问罪。

在来聚会之前，丁小柔接到了飒飒的电话，说她在网上发了一个帖子，现在很火。

“写的什么啊？”丁小柔问她。

“名字叫《扒一扒我的神奇女闺密》。”

“你把我的事儿写出来了？”丁小柔一惊。

“你慌什么，我写了你那些事儿是不假，但全部隐藏了线索，放心吧，网友人肉不到你的。”飒飒安慰她。

“我怎么会有你这样的朋友，专门扒我的糗事，娱乐网友不说，还教唆别人对我性骚扰！”

“你等等，性骚扰？你跟我说清楚。”飒飒纳闷。

“前天晚上，我猝睡症犯了，不是你在电话里，让迟信给我做人工呼吸的吗？”

“天地良心，绝对没有，迟信压根儿就没给我打过电话！”飒飒在电话那头喊冤。

丁小柔就什么都明白了，迟信根本没给飒飒打过电话，所谓的人工呼吸也是不存在的。

她原本想立刻给迟信打电话过去，但又觉得这样一来，显得自己很在乎这件事一样，于是早早来到聚会上等着，打算当面拆穿对方的鬼话。

可是直到聚会临近结束，迟信都没出现。

丁小柔慢吞吞收拾东西，忽地听到木楼梯上传来脚步声。

她就知道他一定会来。

迟信的表情不似平时，连带着周围的空气都有些压抑。

许是等了太久，丁小柔并没注意，起身迎上去：“你还好意思来呀？”

迟信不说话，声音低沉，却如同暴雨前的闷声呼啸：“谁叫你跟甄正说什么许愿方法了！”

“怎么了？”对方的态度把丁小柔吓了一跳。

“他坚持围着操场跑十圈直接心梗了，人还在医院抢救呢！”

丁小柔脑袋“轰”的一声，心紧跟着一沉。

贺明珠上前：“有话好好说啊，别那么大火气。”

“就是啊，小伙子，大家都是朋友。”中年男人也劝。

迟信没理他们，依旧看着丁小柔。

丁小柔空张着嘴巴，喉咙里咕噜咕噜却说不出话，她的心里，被内疚和沉重填充得满满当当。

迟信说：“狗屁诅咒，你就是个骗子。”

说完他转身走了，高瘦的身影，在楼梯拐角成片的绿萝间一闪而过，噔噔的脚步声也很快消失不见。

丁小柔有点站不稳，贺明珠扶着她在椅子上坐下来。

“他那朋友也够蠢的，叫他跑他就跑啊，这么听话回头抢救过来直接送幼儿园得了。”贺明珠说。

“就是，第一次见我就看丫不顺眼，来了也不跟我们一起玩儿，神情悲壮就跟当年我爸开家长会似的。”大学男生说。他当然没说最重要的原因，因为女职员夸过迟信长得帅。

他们说了些什么，丁小柔一点都没听进去，那些叽叽喳喳的话让她如坠海里，全部化作叽里咕噜的气泡。她心里莫名有些疼，像一只手指不停戳着心脏，不知是因为迟信的那些话，还是因为说话的那个人。

晚上，一进家门，丁小柔就听到舅舅杜丽明在说着什么事情。

杜丽明说：“小柔，跟你说，我今天遇到一件特郁闷的事情。”

原来，杜丽明在网上买了一个二手服装模特，准备放在自家的毛线店里。因为是同城交易，杜丽明需要上门拿货。去之前，杜丽明就知道那是一个“女”模特，于是从店里取了一条快要织好的围巾，正好当抹胸给模特穿上。

回来的路上，杜丽明抱着女模特上了地铁。在三元桥站的时候一位女乘客下车，对方的背包拉链正巧钩住了围巾的线头，杜丽明发现时，地铁已经开动，他就眼看着那块“抹胸”一层一层变魔术一样快速变小，却无能为力。最后“抹胸”彻底消失，模特成了全裸，车厢里爆发出一阵抑制不住的笑声。

杜丽明说：“我当时下意识用手去捂住胸部了，结果那些乘客笑得更厉害了。”

杜丽丽笑得眼泪都快出来：“那你赶快下车呗，多尴尬。”

“不能下车，下了车人更多。”杜丽明说。

“那你就找东西给这假模特穿上啊！”杜丽丽又问。

“找了，我翻遍全身上下，都没找到能用的，我就拿出口罩和墨镜给自己戴上了。”杜丽明说。

杜丽丽捂着肚子，已经笑到不行。

丁小柔却毫无反应。

“小柔，你没事儿吧？”杜丽明问。

“嗯。”丁小柔说着就要进屋。

“冰箱里有刚批回来的冰糕。”杜丽丽说。

“不吃。”

“那就来看《民生播报》的重播，你最近天天看。”杜丽明说。

“不看。”丁小柔把门关上了，剩下两个人在客厅里面面相觑。

丁小柔躺在床上，也没开灯。

她觉得身体很沉重，连眨眼都感到吃力，连呼吸都是多余。

自己在难过什么呢？丁小柔说不出。

她不过是重逢了一个少女时代芳心暗许过的男人，一个跟想象中千差万别的男人，一个说话刻薄的男人，一个让她觉得讨厌的男人。

本就是蜻蜓点水一般的相遇，连缘分都称不上。

可到底又为什么会觉得难过呢？

丁小柔烦躁地四肢蹬床，没来由一声大叫：“以后都不会再看了！”

声音传到客厅里，杜丽丽和杜丽明姐弟俩同时打了个哆嗦。

第三章
32 号男朋友

很多时候我们远比想象中的自己要强大，当我们以为离了某个人就活不下去的时候，其实是恐惧没有人来爱自己。然而这世界上有太多值得被爱的人在等着你，所以，不必惊慌。

1

一大早，丁小柔就觉得有些反常。

赶到公司时，电梯里一如往常站满了人。对此，丁小柔是不抱任何幻想的，特别是当她看到郑泽正站在电梯里笑眯眯看着自己的时候。

唉，等下一趟吧。

果然，郑泽正准备伸手关电梯，却被另一名同公司的男同事阻止了。男同事抢先摁下了开门键，对着电梯外的丁小柔招呼："小柔，快进来！"

丁小柔有些意外，但还是三步并作两步，快步跑进了电梯。

人高马大的男同事还特意往里边挤了挤，特意为丁小柔腾出了空间，惹来身后一片怨声载道。男同事一脸无所谓，还不忘低头对丁小柔嘿嘿一笑。

丁小柔心里有点发毛，出于礼貌，她也冲对方笑了笑。

郑泽跟丁小柔聊天："行啊你，看来会上没白提建议嘛，魅力值大增。"

“你少来啊，我怎么就觉得怪怪的，心里不踏实。”丁小柔小声回道，“我这人多疑，别人对我稍微好点儿，我被害妄想症就犯了。”

“所以你跟我在一起，是不是时刻会犯被害妄想症？”郑泽突然低头，在丁小柔耳边说。

丁小柔猛地看着郑泽，对方正在笑嘻嘻看着她，眼睛里有好看的神采。

“你神经病啊。”丁小柔说，电梯开了，她一脚迈出轿厢。

一进公司，丁小柔越发觉得有古怪。

以前见了自己从不抬头看一眼的前台妹子，像是迎接贵宾一样，热情地跟丁小柔打了招呼。

“小柔姐，有个你的快递，我已经放到你桌上了。”前台妹子笑起来真够甜的，这个甜度的笑容她只向郑总展示过。

“谢谢你。”丁小柔并非是受宠若惊，而是觉得忐忑。她莫名想起一句古语，无事献殷勤，非奸即盗。

再往前走，临近过道的工位上，突然就站起一个人，丁小柔本能往后退了一步，以为对方要偷袭自己。这个女同事叫小钰，比丁小柔早半年到公司，跟她说话总是一副前辈的样子，平日里跟 Lucy 走得很近。

小钰双手握拳，一边跺脚一边说道：“加油！加油！加油！”

丁小柔还是头一回看到别人学自己的方式打招呼，看上去真够傻的，她决定以后少这么干。

“小柔，早上好！”

“你也早上好。”

看着小钰脸上的笑容，丁小柔又想起来一句话，事出反常必有妖。

这一路，同事们纷纷打着招呼，丁小柔走得艰难。

好不容易在座位上坐下，丁小柔突然感到莫名的压迫感，她瞥见自己正笼罩在一块阴影之下，于是回头，吓得叫出声来——刚才电梯里为自己挤出空间的男同事正一脸期待看着自己，两只手放在身后。

“刘永博，你干吗呀？”丁小柔的心脏还在怦怦跳着。

“小柔，你吃早饭了吗？”刘永博问。

“吃了。”

刘永博就把右手里的早餐扔进了废纸篓，又把左手的一杯咖啡放到丁小柔桌上：“那你喝这个！”

丁小柔心里纳闷，问他：“为什么突然给我送这个？”

刘永博没正面回答，而是说：“你肯定没吃中午饭，这样，中午饭我们一起吃好吗？”

难道是开会时的建议惹怒了公司高层，要开除自己？同事们想起之前的种种冷漠，良心发现，纷纷决定用自己的方式为她践行？

丁小柔想着早点解开心中谜团，稍作犹豫说：“好啊。”

刘永博一指她：“等你哦！”

刘永博满心欢喜地走了，丁小柔舒了口气，刚准备坐回来，又是一惊，前台妹子和小钰正笑眯眯看着自己。

丁小柔试探着问：“有……有事吗？”

同一时间，电视台《民生播报》节目组里人人自危。

白板上写满了各种选题，大部分被打了叉，意味着苦思冥想出来的智慧结晶，又被主任否了。

主任将油性笔随手一扔，说：“这就是你们拿出诚意报上来的选题？我看你们是想拿出诚意来气死我吧！今天这个需要救助，明天那个需要捐款，我们节目干脆改名叫《救命》得了！二十几个选题，只有三个能用，《地下室群租房乱象》，还有《共享单车都去哪儿了》这两个不错，最后这个《被“诅咒”的女孩》是谁交的选题？”

听到这个选题，迟信愣了一下。

这时，佟亮站了起来：“主任，是我。”

主任态度有所缓和：“你们看看，人家佟亮只是主播，没义务帮你们出主意，可是人家回回出力，还不是为了把这个节目做好？”

迟信心里冷笑，这样的选题要是换作他提交，准被主任骂得狗血淋头。

“佟亮，你来说说为什么报这个选题。”

“是这样，我女朋友喜欢看网络直播帖子，最近在网上关注了一个叫《扒一扒我的神奇女闺密》的帖子，说是一个女孩身受诅咒，但凡跟她恋爱的人最后都会离开她，并且在分手的三天内，男方都会遇到一生的最爱。这个帖子现在特别火，我觉得里面有可以深度挖掘的事实真相，很有新闻价值。”佟亮说道。

“这个听上去很有意思，如果反响好，我们甚至可以做成一期专题节目。”主任说，“那谁愿意来做这个报道？”

佟亮又说了：“我推荐迟信。”

迟信站起来：“诅咒根本就是骗人的，那女的在撒谎。”

佟亮笑里藏刀：“我们当然知道诅咒是不存在的，但一个新闻从业者需要做的不是武断否定，而是要想着怎样挖掘出真相。再说，你怎么知道那女的在撒谎，你们认识啊？”

“我们……当然不认识。”迟信如同吃了哑巴亏。

迟信明白，这个选题是佟亮处心积虑报上来的，目的是让他负责这件事。从一开始佟亮就知道诅咒绝不会存在，所以他会一无所获，到时候，佟亮又有了在主任跟前贬低他的口实。

绝对不能答应下来。

迟信说：“主任，这个选题听着很有噱头，这样，我们先做好前期调查，一旦发现是个骗局，我们就收手，也能为咱们团队节省资金。”

佟亮没料到迟信给了一个折中的答复，即没有正面拒绝，也没有当即答应下来，而且看上去还是出于为团队的利益考虑。

迟信眉眼都没抬，就知道此刻佟亮心里想些什么，他始终脸上笑吟吟的，迟信心想：你可真是用心良苦。

午饭时间，迟信开车去了医院。

甄正已经脱离危险，暂时需要住院接受观察。

迟信走进病房的时候，甄正在输液，一只手玩着手机游戏。

“没事儿就多休息，差点没命的人不是你？”迟信拉过一把凳子，在床边坐了下来。

“我刚闯过了鬼门关，手气好，游戏闯关小菜一碟。”甄正把手机往旁边一丢，“告诉你，这回出事，我一下想明白了很多事情。没有钱没关系，单身也没关系，只要身体好好的，能活着就很好。”

“行啊，生了场病，把你之前的抑郁症都给治好了。”迟信打趣他。

“对，我现在看什么都是美好的。”说着，甄正抓起迟信的手，往脸上贴，“越看越觉得你帅。”

迟信把手抽出来：“我看你还不能着急回家，得转院。”

“转哪儿去啊？”甄正问。

“安定精神病医院，就在德胜门，离这儿不远。”

甄正笑：“去你的。你说我以前怎么那么对不住自己呢？天天不开心，自个儿折磨自个儿，还让身边的亲戚朋友们担心。我以后再也不这样了，我要好好活着，珍惜生命！”

这时候，戴着口罩的护士进来，为甄正调节点滴的流速。

“迟信，我特别感谢丁小柔。”甄正这么说的时候，一脸幸福。

“感谢她什么啊？感谢她送你地狱一日游吗？”迟信没好气。

说不上为什么，一提到丁小柔的名字，迟信就有很复杂的感受。尽管他当时很担心甄正的生死，尽管他当时出奇愤怒，冷静下来想想，还是觉得自己对她说的话过分了。他装出不在乎的语气，不过是想让内心的自责少一点。

“谢谢她的诅咒啊。”甄正说着，伸出一只手，握住了一旁护士的手。

迟信吓坏了，怀疑甄正精神真的出了问题。

护士并没有挣脱，任由甄正拉着手。

甄正说：“哥们儿我找到女朋友了。”

见迟信没反应，甄正又说：“我来介绍一下，这是我最好的哥们儿迟信，这是我女朋友——”

“我们认识。”护士不等甄正介绍完，摘下了口罩。

迟信愣住了。

那天晚上，迟信跟丁小柔争吵的时候，这个女护士还劝过架。

贺明珠笑：“不认识我了？”

“认识……”迟信喃喃说着，心里却在想着另外一件事。

昨天早晨，贺明珠如往常一样来到医院，她负责看护的是前一晚刚送过来的病人。她扫了一眼病人的名字，心里起了旧日的涟漪。

五岁的一天，幼儿园阿姨教唱一首新歌。她学得很快，可是她旁边胖胖的小男孩却很笨，怎么都学不会。忽然间，楼房坍塌，贺明珠跟几十个孩子一起，被埋在了废墟之下。她陷入了无边的黑暗里，只记得世界下沉的时候，身旁的小男孩抱住了自己，像一个小小的帐篷，将她围绕。

黑暗中，她感受到了小男孩在发抖。

“你哭了？”她问。

“没有。”小男孩说，然后轻轻告诉她，“不要怕。”

后来他们被扒了出来，贺明珠从家人口中得知，救她的小男孩永远失去了一根手指。二十多年过去，他们再没见过。后来她长大，变成了性感有魅力的女人，在每次憧憬爱情和被爱所伤的时候，她总会无端想起那个遥远而模糊的胖乎乎的脸，像是隔着岁月轻声抚慰着她说“不要怕”。

贺明珠调整呼吸，带着某种期待走进了病房。

当她看到病床上还有些虚弱的甄正，和他朝自己打招呼时露出的残缺手指时，她掉下泪来。

“甄正，你俩是什么时候看对眼的？”迟信突然问。

“瞧你说的，什么叫看对眼啊，我俩又不是王八和绿豆，我们这叫两情相悦。”

“别废话。”迟信催促。

“大前天早上。”甄正说。

“八点零八分。”贺明珠补充。

真的是这样。甄正主动跟丁小柔提出分手后的第三天，单身了二十八年的甄正找到了女朋友。

一个声音在迟信心里不断回放：诅咒是真的。

他仿佛看到自己和丁小柔置身在街机游戏中，丁小柔温柔地说着“我没骗你吧”，接着一套组合拳将他彻底KO。

然后世界一片嘲笑声。

2

“如果不是明珠告诉我，你们是在‘我不能恋爱的原因’小组聚会上认识的，你跟蒋媛分手的事还打算瞒我多久？”

医院的花园里，甄正身体还很虚弱。

这个问题让迟信难以回答。

“如果你早点告诉我你失恋的话，我的抑郁症会好很多，至少我知道有个家伙跟我一样惨。”

甄正说完，两个人都笑了。

“去找丁小柔吧，跟她谈一场恋爱。”甄正表情少有的严肃。

“不行。”迟信一口回绝。甄正的意思，他心领神会。

“我们这不是在骗她，你可以当面跟她说清楚，说想跟她谈一场恋爱。”

“然后呢，再跟她分手？三天内我就可以得到幸福？找到最爱的人？”迟信的语速慢下来，“丁小柔她……挺可怜的。”

“蒋媛呢？失去蒋媛的人生你又会多难过？你难道就不可怜吗？”甄正的话瞬间将迟信渐渐平复的内心搅乱，“你们俩的感情，我是见证者。坦白讲，蒋媛这人有点大小姐脾气，冷漠，还爱慕虚荣，她身上有很多很多缺点，但就是这样一个女人，陪你从大学时代一直到你进入社会，风里雨里，人生中最好的几年都跟你一起度过，难道不值得你做最后一次争取吗？”

迟信听着，以前种种浮上心头。

“我以前啊，觉得人要善良，要多吃亏，人生才会有好运气。现在我觉得，人只要自私，多爱自己，人生就会顺利很多。”甄正说着看向迟信，“为了自己的幸福，去做一个自私的人吧。”

迎着对方的目光，迟信的心动摇了。也许，他有必要为自己和蒋媛的可能性做最后一次尝试。

“丁小柔，我们恋爱吧！”一个声音在迟信心里响起。

晚上，吃过饭，丁小柔正在厨房刷碗，外面响起了敲门声。

杜丽丽正在地板上全神贯注做着瑜伽，闭着眼说：“去开门。”

丁小柔把手擦干净，边往门口走边问：“谁呀？”

开门，迟信就站在外边。

丁小柔第一个动作就是回头看母亲，然后就要关门。

迟信堵在门口：“我是来跟你道歉的。”

丁小柔一边推门一边说：“谁要你的道歉。”

杜丽丽听到门口的动静：“小柔，谁来了？”

“妈，是快递！”转头，丁小柔又威胁迟信，“你要再不走，我可要喊我舅舅了，我舅舅可厉害了！”

“小柔，你叫我呢？”一个温柔的声音在迟信身后响起，杜丽明推着小车正看着他们。迟信赶忙让到一边。

丁小柔说：“舅舅，你健身回来啦？说了不让你练空手格斗什么的，多危险啊！”

“你脑子没坏吧，我练的可是广场舞。”杜丽明说。

丁小柔看一眼迟信，那家伙正努力憋着笑呢。

“这位是？”杜丽明打量着迟信，迟信还没回答，他就笑了，“这不是电视上挨揍的那小子嘛。”

迟信够机灵，说：“您好，我是《民生播报》的外景主持，我叫迟信。”

杜丽明特热情，跟迟信握手：“你好，你好！”

迟信见有门儿，又说：“您也喜欢我们节目啊？”

“不喜欢。”杜丽明回得干脆利索。

迟信不知道该怎么接话了。

“但我们小柔喜欢，天天晚上等着看。”

“舅舅！”

丁小柔不敢看迟信，只盼着对方不要多想。

“你们是朋友？”杜丽明问。

迟信点头，丁小柔摇头。

丁小柔说：“他就是工作正好路过，来看看，马上就走！”

“我是专门过来找丁小柔的。”迟信立马拆台。

“既然来了，就请到家里坐吧。”杜丽丽不知何时站在了门口。

客厅里，迟信和丁小柔坐在一起，杜丽丽姐弟坐在对面。

丁小柔心里紧张，想着迟信千万不要说错话，更不能让母亲知道自己那些短命的恋爱经历。

杜丽丽说：“小迟啊，来，吃水果。”

迟信赶忙说：“阿姨，我不知道小柔跟您一起生活，所以这次来什么都没带，不好意思啊。”

“没事儿，你虽然是第一次看到我们，我们可是经常能看到你的。”杜丽明指了指电视。

杜丽丽看了眼弟弟，杜丽明就不说话了。

杜丽丽笑笑：“小迟，你跟小柔是怎么认识的？”

“我们是在我不能——”

迟信刚开口，被丁小柔打断：“妈，我跟你们说实话吧，我之前在驾校撞的就是他的车。”

杜丽丽有些意外。

“妈，舅舅，你们不用对他这么好！”丁小柔边说着边朝迟信使眼色，提高了嗓门，“你这人怎么这样啊！钱我不是已经还你了吗！”

迟信也瞬间进入演戏模式：“给这么点钱就想了事啊！你做梦呢！阿姨，我真没想到，您这么漂亮温柔有气质的人，怎么会有这样的女儿！”

杜丽丽一愣。

“还有你！”迟信又对着杜丽明，“像你这么帅气又爷们儿的人，怎么会有这样的外甥女？”

杜丽丽姐弟被连带着一夸，倒不知道迟信是敌是友了，原本想跟丁小柔一致对外的怒气也打了折扣。

“你们有话好好说，是不是有什么误会呀？”杜丽丽劝道。

“妈，这是我们年轻人的事，我们自己会解决的。”丁小柔说着来到卧室门前，把门推开，“有本事你进来跟我理论！”

“我怕你啊！”迟信起身跟了进去。

门砰地关上，把跟上来的杜丽丽姐弟关在了门外。

屋内，丁小柔把耳朵贴在门上听了听，才走过来对迟信说：“你想害死我啊？来之前连招呼都不打！”

“我要是打了招呼，估计都见不到你。”迟信说。

“你到底想干吗？”

“之前我说话重了，向你道歉。”迟信看着她。

“无所谓了，本来大家就不熟，我根本不会在意。”

“这么说你原谅我了？”

“我们本来就不是朋友，谈不上原谅。”丁小柔说。

“那好吧，我走。”迟信装作可怜兮兮。

“不送。”

迟信慢腾腾起身：“唉，你妈和舅舅对我这么好，我不忍心骗他们，一会儿出去我就告诉他们，我因为不相信诅咒的事情，对你说了过分的话，不然我心里始终过意不去。”

“你回来！”丁小柔叫住他。

“我不回来。你放心，我会让他们别着急，虽然三十一个男友都离你而去，但你收获了三十一份爱的回忆，而且还会有第三十二个、第三十三个……”迟信边说眼角余光边留意着丁小柔的反应。

丁小柔仰头，闭眼，深呼吸：“我原谅你了。”

迟信转回身：“你刚才说什么，我没听清。”

丁小柔恨得咬牙切齿，脸上却挤出微笑：“我说我原谅你了。”

迟信又坐回来，看见桌上堆满了各式各样包装精美的小礼物。

“你过生日？”迟信问。

丁小柔看着那一堆礼物，突然一声冷笑，看着他。

迟信被她那眼神吓到了。

“你难道不知道为什么吗？”丁小柔说。

今天午饭的时候，几个同事簇拥着丁小柔一起到了公司附近的一家餐厅，点了满满一桌子菜。

要是在平时，丁小柔会大快朵颐，可今天她就是提不起胃口。

同事们轮番为她夹菜、倒果汁、递纸巾，那些热情的声音终于汇成嗡嗡作响的噪音，让丁小柔爆发了。她伸手做了个停止的动作，看着对面的前台妹子、小钰和刘永博。

“说吧，你们到底有什么事？”

空气里有一瞬间的尴尬，笑容还凝在他们的脸上。

小钰说：“小柔，没有跟你成为好朋友，是我进公司后最大的遗憾。”

前台妹子也说：“是呀，是呀，我决定今后和你做好姐妹！”

刘永博说得更肉麻：“小柔，你的好需要用心去发现，用真心去感受。”

“停！停！停！”丁小柔连声说着，那些话让她浑身不适应。

“你们有话直说吧，不然我还有事先走了。”丁小柔把筷子一搁。

“小柔！”刘永博突然说，“做我女朋友吧？”

丁小柔一哆嗦：“刘永博，你不是有女朋友吗？”

丁小柔又看看其他两人：“你们也是知道的。”

两人似有话要说的样子。

“小柔，我们听说你被诅咒了，跟你分手后，前任会很快找到自己的一生最爱，然后结婚。所以，你能不能跟我恋爱再分手，我就能跟我女朋友一生一世了。”刘永博终于说实话了。

“小柔,我也很爱我男朋友。你能不能也跟他谈恋爱？”前台妹子恳求。

“小柔，你只要答应我们，我们会补偿你的！”小钰在一边旁敲侧击。

不知是餐厅冷气开得足，还是身体原因，丁小柔感到一股彻彻底底的寒意。她苦苦隐藏的秘密，终于还是被外人知道了。而且可以预见，这个秘密会一传十，十传百地散播开。

丁小柔稳住心神，喝了口水，问道：“是谁说的？”

小钰说：“听说从公司某个微信群里传出来的，有人加群说了你的事情，然后迅速退了群。”

到底会是谁呢？

知道自己身受诅咒的人，也只有飒飒和迟信。飒飒是不可能了，剩下的也只有迟信了。

听完丁小柔的讲述，迟信举手发誓：“绝对不是我。我压根不认识你们公司的人，更别说进群使坏了。”

丁小柔看着他：“真不是你？”

迟信目光坚定：“真不是我。我有什么理由这么做？”

“你以为我害了你哥们儿，然后怀恨在心，就把我的秘密说了出去。”丁小柔分析。

“嗯，好像有点道理……”迟信嘀咕，又迎上丁小柔审视的目光，他一哆嗦，“真的不是我！”

丁小柔目光重又软下来，沮丧地叹口气：“我也觉得你不太可能，可到底会是谁呢……”

“谁在公司跟你有矛盾，嫌疑应该就最大。”迟信说。

然后两人异口同声：“Lucy？！”

“不可能，她不知道我的事情。”丁小柔感觉又扑了个空，“王特就更不可能了，我从没告诉过他关于诅咒的事情。”

丁小柔在床边坐下，神情沮丧。

“因为诅咒的缘故，我不敢告诉我妈我的感情经历，怕她和舅舅担心，也不敢告诉别人，怕他们把我当成怪物。我就只能在家里家外都隐藏好自己，恋爱了不敢说，被人甩了更不敢说，我其实挺累的。”

丁小柔说最后那句话的时候，眼神里透着难掩的疲倦，不知道为什么，迟信竟有些心疼。

“我很怕秘密被人知道，害怕那些人，特别是那些平日里冷言冷语的人突然找上门，让我成全他们。他们只想到自己的幸福，一点都不关心我的感受，所以才会随随便便说出‘请跟我恋爱吧’这样的话，你说他们是不是有点太无耻了？”

迟信点头。

“说话呀，他们是不是特别不要脸？”丁小柔追问。

“嗯，不要脸……”迟信感觉自己在被啪啪打脸。

听到迟信的认同，丁小柔舒服了一些，问他：“你找我到底有什么事？”

“没、没事。”迟信说。

“得了吧，我还不了解你，你才不会为了道歉专门跑一趟的，你那么要面子一个人。快说，到底有什么事？”

迟信心想：能有什么事，难道告诉你我是个特别不要脸的人吗？

迟信装着刚想起来的样子：“我来是想告诉你，甄正已经没事了。”

“太好了！”丁小柔笑道，“这是几天来我听到最好的消息。”她忽然又想到什么，“他找到女朋友了？”

迟信很难形容丁小柔当时眼中的复杂，像一只饱经风雪洗礼的小羊，有气无力地看着同伴，不管怎样都想要继续迎接命运的安排。

“没有。”迟信撒谎了。

丁小柔呆呆地看着他，显得不敢相信：“你再说一遍。”她声音平静。

迟信不耐烦地说："他还躺在医院里，哪有精力谈恋爱！"

丁小柔握紧两手，尽管已经快要开心到抓狂："所有前任跟我提出分手后都是三天内找到最爱的，无一例外。现在都过去快一周了，甄正还是单身，也就是说，我身上的诅咒是不存在的！"

说完，丁小柔又有些不好意思："甄正还在水深火热里煎熬呢，我这样是不是有点幸灾乐祸呀？"

不等迟信回答，丁小柔仰身躺在床上，抱起一个玩偶幸福地蹬腿。一只拖鞋飞过来，迟信挡掉，看着开心的丁小柔，他心情复杂。

"一会儿，你得想想我怎么从这里出去。"迟信说。

丁小柔说："这个简单！"

杜丽丽姐弟俩正把耳朵贴在门上，想从中听到点什么信息。

门突然开了，一个抱枕飞出来，紧接着是夺路而逃的迟信。

丁小柔手拿拖鞋，光着脚追出来："告诉你，以后见你一次打你一次！"

迟信一边躲一边说："你讲不讲道理啊，欠债还钱天经地义，我明天就去告你去！"

丁小柔叉腰，越加来劲："你告呀！我等着你！"顺手把拖鞋扔出。

迟信闪身出了门，拖鞋被门挡住。

门咣当关上，迟信站在门外，终于长长吐了一口气，朝楼下走去。

屋内，丁小柔把拖鞋捡起来，回头看，母亲和舅舅被她的样子吓了一跳。她收起凶恶的目光，把鞋子穿上，抱歉地笑笑。

3

电刀、针管、药剂、绷带……

飒飒开始准备今天上午最后一个包皮手术。

昨晚她又熬夜了，更新完帖子已经是凌晨，看着翻都翻不完的网友回复，她有种成就感。她觉得自己像一个说书人，向外界讲述一个神奇到有些离谱的故事。很多人深信不疑，很多人嗤之以鼻，对此，她并不在乎，她会挑拣出那些善意的留言鼓励，然后每天转发给丁小柔。这个帖子，她不止一次推荐给丁小柔，但丁小柔一直拒绝看，她说里面的内容会提醒自己有多愚蠢。

手术对象的资料她已经看过：郑泽，男，二十五岁。

飒飒走进房间，就看到郑泽躺在手术床上。这人长得够帅的，飒飒心想。头发梳成三七分，额头光洁，眼里透着一丝玩世不恭，鼻梁挺拔，很有种衣冠禽兽的样子。

飒飒发现他的腿在抖。

“别怕。”飒飒淡淡说着，抓住他的两条腿，顺势往前拉了拉，那架势，有点像屠宰场的工人。

“先生，您选择的是最贵的无痛割包皮手术，所以请您不要担心。”出于职业习惯，她再次安慰道。

郑泽显然还在担心：“都是骗人的，无痛人流也会痛啊。”

飒飒没再说话，掀开“遮羞布”一看，她忽然想到一个成语：大开眼界。

“看够了吗？”郑泽问她。

“看够了。”飒飒说。

“那就开始工作吧。”郑泽说。

配药，打针，上电刀，止血，缝线，包扎，一气呵成，行云流水，这将是飒飒职业生涯中的经典案例。

飒飒把一份资料递给郑泽：“先生，这是手术后注意事项，上面有我电话，我会定期对您进行电话回访。”

“好的，谢谢。”郑泽有点行动不便。

“先生，我还没做自我介绍呢。”飒飒说。

“我知道，你是一名医生。”郑泽看着她。

飒飒故作深沉：“不，其实，我是一个作家。”

她的话让郑泽莫名其妙地想笑，他走到门口，又转身看向她，眼里恢复了平日的活泼神采：“作家，再见。”

家里，杜丽丽和杜丽明就昨晚迟信“上门讨债”的事情进行了深入的探讨。

杜丽明说：“那个迟信穿得不错，工作也体面，看面相，不像贪钱的人。”

杜丽丽对此深表认同：“这件事特别可疑，咱们家小柔从小到大，还没带男人进过家门呢。”

“对，而且小柔很紧张，好像有什么事瞒着我们一样。”杜丽明说。

“就是啊，有什么话不能当着大家的面说，两口子才会关起门来吵架。”杜丽丽说完最后半句话，突然愣住了。

姐弟俩大眼瞪小眼，杜丽丽得出了结论：“丁小柔恋爱了。”

这个结论一出，两人都吓了一跳。

“姐，我看他俩还挺配的。”杜丽明说。

“你知道什么，昨天我悄悄跟着那小伙子下了楼，他开的也不是什么好车。而且你没听他说吗，不是北京户口，租房住，跟咱们小柔哪里配了？”

“咱家连车都没有，房子不也是租的吗？”杜丽明说。

“你懂什么，反正咱家小柔不能跟他来往。”

“姐，说不定咱俩都想错了，他俩之间什么事儿都没有呢？”杜丽明说。

“没有事儿更好。小柔年纪也不小了，她自己不努力，那就咱们当长辈的来努力。看来这回我的人脉要派上用场了，一定要给女儿找个好归宿才行。”

几天后，在杜丽丽的威逼利诱下，丁小柔决定奔赴人生中第一场由母亲张罗的相亲现场。

丁小柔说不清这是一种怎样的心情，没有一丁点儿的期待和热情。她想起自己还是小学生的时候，学习好的同学总是很快放学回家，享受童年，学习差的自己总是被老师留下，很晚才被准许离开，伴着初升的星星，内心孤独至极。丁小柔觉得此刻的自己跟年少时回家路上的心情很像，被生活挑挑拣拣，年纪大了，人生就更加被动。纵使她穿上最漂亮的服装，抹上几百块的唇膏赴约，还是觉得自己如同一件待价而沽的商品，似乎尽全力在保质期内出手才不枉所有人的殷切期待，也唯有如此才能体现出她人生的价值。

地铁上，她突然很想给迟信打个电话。

“喂？你在干吗？”

“出外景呢，我在郊区。你呢？”迟信问。

“我一会儿有个饭局，也在路上呢。”丁小柔说。

“你是不是有事儿啊？”对方又问。

“我能有什么事儿，不聊了，我到站了。”丁小柔挂了电话。

走在熙攘的换乘通道上，她蓦地想起一句话：相见亦无事，别后常忆君。

却原来，自己只是想听听他的声音。

丁小柔有些搞不懂自己了，为什么在内心这样荒凉脆弱的时候，会想着打电话给一个数天前还大吵大闹互相讨厌的人呢？

见面地点定在蓝色港湾一家咖啡店。

丁小柔进去的时候，人不多，抬眼就见母亲坐在那里。她穿着最隆重的衣服，头发也精心打理过，就连笑容也是精心准备过的——不认识的人第一眼印象，会觉得她是上流社会的贵妇。

丁小柔又把目光移到对面那个人脸上，登时倒抽一口凉气。她顺势把腰弯下去，躲在了一盆绿植后面，咬着手指，不停重复：“怎么办？怎么办？”

母亲对面坐着的男人，是郑总。

郑大业五十岁出头，穿着没有褶皱的衬衫，打着做工精良的领带，说话得体而且风趣，有种老男人特有的魅力。可即便是这样，母亲也不能把自己介绍给他啊。丁小柔心想：就算我再普通，再难嫁，再碍眼，我也是你杜丽丽的亲生骨肉，不是外边充话费送的。

而且，自己绝不能跟郑总见面。不用猜就知道，虽然母亲不会明说，但她的做派肯定让郑总以为她是“上流社会”的女士。上流社会的女士，却有一位普通的上班族女儿，这就很难说得过去，这个谎言很快会被识破，到时候自己也甭想在公司待下去了。

丁小柔只有一个念头，逃跑。她刚一转身，就撞到了一个人身上。

郑泽惊讶地说：“是你？”

丁小柔赶紧把他拉到一边，问：“你怎么也在这儿？”

郑泽笑：“我来相亲的。”

丁小柔用最快的速度梳理了对方这句话的信息量：难道母亲介绍给自己的相亲对象是郑泽？那郑泽是郑总的……儿子？

郑泽说：“我觉得特没劲，刚才找借口去了趟洗手间。你跟我来。”

说着，他把丁小柔拉到一边，从这个位置，能看到杜丽丽和郑总正在交谈着什么。

“先别惊讶，郑总是我爸。”郑泽说，“看到那个漂亮大婶了吗？穿得一身贵气，可我一眼就看出来了，全是假货。刚才听他们聊天，发现我爸对她好像有点意思，没准儿打算牺牲我的幸福，来亲上加亲呢。”

见丁小柔没吭声，郑泽问她：“你怎么了？”

“你也别惊讶，那漂亮大婶是我妈。”丁小柔说。

郑泽的嘴巴张着，半天才合上：“对不起啊，我没那个意思。”

丁小柔说：“别愣着了，赶紧走。”

“我还想跟未来的丈母娘说几句话呢。”郑泽说。

“神经病啊你。”丁小柔白他一眼，“你不走我可走了。”说着，她就要溜。

“行吧，我跟你一起走。”郑泽跟上来。

“快点儿！”丁小柔拉着他就走，慌乱中郑泽下身撞到身边的桌子，上面的花瓶哗啦啦掉下来，一片稀碎。

伴随着郑泽“嗷”的一声惨叫，他们瞬间成了全场焦点，杜丽丽和郑大业也看过来，都是一愣。

几分钟后，四人坐到了一起。

郑大业还有些难以置信：“丁小柔，你是杜女士的女儿？”

丁小柔还在犹豫着该怎么说，杜丽丽微微一笑：“是的，这是我女儿。”

丁小柔有点感动，以母亲的那份虚荣，如果此刻她否认，自己也是可以理解的，虽然还是会觉得难过。但是杜丽丽丝毫没有犹豫，握住丁小柔的手，眼神平静，语气温和地继续说：“她是我唯一的孩子。”

郑大业说：“这可真是缘分啊，你女儿在我公司上班，长得这么漂亮，难怪我平时看着小柔就觉得亲切。”

丁小柔心想：简直胡说八道，我跟我妈长得一点都不像。这个老男人太会说话了，净拍我妈的马屁。

杜丽丽也是老江湖了，主动出击：“小柔，郑叔叔平时在公司对你好吗？”

这话一出，郑大业就有点慌了。说不好吧，倒也谈不上，丁小柔毕竟是一个小员工，跟老板没利益冲突。说好吧，更谈不上，公司那么多人才，丁小柔压根儿排不上号。

“对我挺好的。”丁小柔说。

郑大业松了口气，还是忍不住好奇：“杜女士，你家业那么大，怎么让小柔在别人的公司上班？”

杜丽丽正不知怎么回答，郑泽说道：“爸，你不也让我在公司里当个小职员？还不许我讲咱们的关系。杜阿姨肯定是想让小柔自己出来接受锻炼，人家比你有魄力，不把孩子护在羽翼之下。”

杜丽丽笑道：“你们家儿子真够懂事的。”

“就是不省心，成天担心他不务正业，还是女儿好啊。”郑大业说，“所以我想让他早点结婚，踏实下来好帮着打理公司的事情。”

“郑泽才二十五，还太年轻，您真不用着急。”丁小柔说。

“联合国定义的青年是十五岁到二十四岁，照这么说，我已经步入了中年人的行列。爸，我觉得您让我早结婚是对的。”郑泽说完，瞥了一眼对面的丁小柔，嘴角翘起的弧度特别欠揍，好像在说，有本事来打我呀。

杜丽丽说：“你看他俩你一句我一句的，有来有往，多好。”

郑大业也说：“对，对，这就叫有共同语言！”

杜丽丽又说：“郑泽，你平时有什么爱好？”

郑泽想想，说：“挺多的，追美剧，游泳，打高尔夫，健身。”

杜丽丽说：“我们小柔喜欢看韩剧，跑步，看书，还有逛街。”

丁小柔趁机：“你看，我俩连个共同爱好都没有。”

郑泽笑：“这就叫互补，一模一样才没意思。”

丁小柔脸上在笑，心里在咆哮：互补个屁。

“郑总！”一个娇媚的声音传来。

丁小柔一个激灵，扭头去看，是Lucy。

Lucy来到近前，见丁小柔成了郑总的座上宾，不免有些纳闷。疑惑的表情在她眼中一闪即逝，她继续用惯常的语调对郑大业说：“郑总，这个文件您得现在就签，不然展会的场地可就不好弄了。”

郑大业接过文件，扫了一遍，接过Lucy递来的笔，签了字。

Lucy笑着说：“郑总，没什么事那我就先走了。”

这时，杜丽丽说道：“郑先生，我还有事，要先走。你呢？”

郑大业旋即明白了对方的意思——要给丁小柔和郑泽创造独处的机会。

郑大业起身：“正好一会儿还有个会，我也走了。”

丁小柔暗中抓了母亲的手，杜丽丽视若无睹，对郑泽笑道：“你们聊。”

“阿姨慢走！”郑泽起身，礼貌送客。

Lucy的目光扫过丁小柔，又扫过杜丽丽，含笑跟着离开了。

丁小柔颓然坐回座位，感觉魂儿也被母亲带走了。

郑泽说：“你傻了？”又伸出三根手指，问，“这是几？”

“三。”

他又亮出两根手指，说：“这是你。”

丁小柔捡起一个抱枕就想扔他："你才二呢！"

郑泽赶忙说："你还生气呢？"

"你刚才故意往桌子上撞的，别以为我不知道。"丁小柔说。

"我说我不是故意的，你信吗？"郑泽又用低到听不清的声音嘀咕，"谁疼谁知道。"

"你怎么了？"

"没怎么……"

"郑泽，你到底怎么想的？你也看出来了，咱们两家差距悬殊，根本不可能。回头你爸知道了我妈的真实情况，肯定也不会同意的。"

郑泽脸上有了少见的严肃："其实我也讨厌相亲，感觉这种事儿只应该出现在古代文献里。我爸特别热衷于给我介绍女朋友这件事，我烦都烦死了。但是这一次我是认真的，我真的想跟你谈一次恋爱。"

丁小柔如临大敌，她没想到对方冷不丁就表白了。

"你的意思是说——"丁小柔想着该怎么拒绝对方。

"所以我想问，你那个诅咒到底是不是真的？"郑泽话锋急转，叫人大为意外。

丁小柔心里暗自庆幸，多亏没把话说完，不然，"自作多情"的帽子怕是扣上了。

"你也知道了？"丁小柔问。

郑泽点头："全公司的人都知道了。"

"那你爸……郑总也知道了？"

"嗯。"郑泽说。

丁小柔就什么都明白了，刚才她还在想，郑大业那种久经商场的人精，怎么会看不出自己和母亲的破绽？现在她想通了，郑大业未必是多么倾慕母亲，而是看破不点破，顺水推舟促成儿子的恋爱，然后再让郑泽提出分手，三天之内，他就会得到幸福。多精明呀，这才符合一个商人的逻辑。

她忽然悲从中来，是因为母亲一戳即破的虚荣，是因为自己无力改变现状的愤怒，是因为一个阶层和另一个阶层的失衡。

但是那又怎样，她不需要这份虚假的尊重。

丁小柔说：“你真的想跟我谈一场恋爱？我可以满足你。”

郑泽点头。

“但我必须告诉你，诅咒是不存在的，你得不到自己想要的结果。”丁小柔盯着对方的眼睛，“现在，你还坚持吗？”

“坚持。”郑泽回答。

丁小柔重新抖擞精神：“我们恋爱吧？”

“好啊。”

丁小柔举起咖啡，以此代酒，两人捧杯，她仰头喝下。

“该你了。”她说。

“说什么？”

“说我们分手吧，这句话必须由男方来说。”丁小柔告诉对方。

郑泽脸上又浮现出他的招牌坏笑。

“我不。”

4

迟信说谎了。

他没有去郊区，没有出外景，他坐在车里，静静盯着一处高级住宅单元楼门。

蒋媛就住在这里面。

一段长期的感情结束后，不会是一刀两断那么清爽，总是需要几个回合，就像那些共同拥有的东西，难以一一划分清楚。总会有那么一个时候，对方已经讲清楚，自己也想明白了，可还是控制不住想要再次挽回。

他想了很多挽回的方式，最后还是觉得开诚布公，还是只问那一句“回到我身边，好吗”，如果蒋媛执意不肯，他会掉头离开。

刚才丁小柔联系过自己，电话里，她一如往常的语调，却还是让他觉得反常。想着早晚要跟她说“我们恋爱吧”，迟信想把通话内容聊得暧昧一些，只是一想到对方真挚的样子，还是犹豫了。犹豫的结果就是丁小柔挂了电话，这样也好，他想，少一些亏欠，这场闹剧会更好收场。

十点的时候，蒋媛从楼道里走了出来。

迟信已经打开车门，一只脚准备探出的时候，他全身忽然僵住了——他看到佟亮紧随其后走了出来。

佟亮自然地伸手揽着蒋媛的腰，蒋媛停下脚步，两人默契十足地一吻。

仿佛冰山迸裂，燥热的天气里，迟信如同坠入漂满浮冰的湍流中，他感受到了彻骨的寒意。

迟信几乎是颤抖着下车，从后面跟上去，一脚将佟亮踹在了地上，对方摔了个狗啃泥。

蒋媛惊叫着：“你干吗？！”

迟信没说话，上前又是两拳，打得佟亮鼻血淋漓。

迟信问她：“你什么时候跟他在一起的？”

蒋媛把脸摆向一边：“我们已经分手了，没必要回答你。”

佟亮在蒋媛的搀扶下站起来：“你想知道啊？那我告诉你，我和蒋媛在你们分手的一年前就在一起了。”

蒋媛目光闪躲，迟信知道不必再问，她的细微反应已经证实，佟亮所说不假。

真相的冲击力如此巨大，如同凌迟，用小刀一下下切削着迟信的心脏，和着被骗的屈辱和旧日的甜言，血肉模糊。

“告诉你，从大学起我就喜欢蒋媛了，你不过是大我一届，占了先机。所以我告诉自己，要努力，一定要比你成功。像你这种人，拿什么给蒋媛一个未来！”佟亮一擦鼻血。

“蒋媛，你告诉我，你是怎么想的？”迟信呆呆地看向蒋媛。

“迟信，还记得大学时，你跟我说过的话吗？你说你会成为出名的主持人，那时候我以为你会是我的大英雄。可是这么多年过去，未来遥不可及，我不能再等了。”蒋媛流下眼泪。

“蒋媛，我——”

蒋媛打断他的话，声音颤抖着说：“别让我恨你。”

是啊，感情撒手而去的时候，任何的相见都成了对方的负担，任何挽留的冲动都有了图谋不轨的罪名，任何不舍的词汇都成为禁忌。在你担心她过得好不好的时候,她却一心希望你赶快离开自己的世界并且好走不送，像丢掉一件被嫌弃的旧物。

他终是明白了，爱一个人是习惯，不爱是改变，从物理学上来讲，改变一个状态需要一个外力的施加。这个外力不是佟亮，而恰恰来自蒋媛，心死在一瞬间完成。

迟信看了蒋媛一眼，转身走了，将足足九年的过往卸在了身后。原来真正决定放手时，心中城池轰然坍倒，表面却依然平静。

他一次都没有回头。

晚上九点多，丁小柔刚回家吃了饭，正在刷碗的时候，收到了迟信的微信。

迟信：见面好吗？

丁小柔看了看客厅正在做瑜伽的母亲，回：不方便，要不明天？

迟信：那我来你家。

丁小柔心惊胆战：你在哪儿？我马上出门。

丁小柔一手拿镜子，一手拿口红在沙发上坐下来，唉声叹气：“哎呀，真是烦人，不出去了！”

杜丽丽问她：“这么晚了出门干吗？”

杜丽明笑道：“约会吧？”

杜丽丽又看看女儿手里的口红，问：“郑泽？”

丁小柔没正面回答：“我现在就跟他说，太晚了，明天再见。”

杜丽丽喜形于色：“一点都不晚，现在的小姑娘都可爱夜生活了，去吧，去吧！”

丁小柔心里想笑，母亲这把自己往外赶的狂热劲儿，就算门口刮着十级大风，自己也非走不可。

丁小柔顺利出门。

刚到小区门口，就见一辆车子打了前闪。

丁小柔走过去，见迟信坐在车里。

“你怎么来这儿了？”

“我找你，总不能让你跑远路。”迟信说。

“算你有良心。”

丁小柔上了车，迟信也不说话，但那种显而易见的低气压弥漫在车内。

“找我有事？”丁小柔忍不住问。

“你吃饭了吗？”迟信问。

丁小柔下意识地摸了下自己有些撑的肚子，说：“没呢。”

“边吃边说吧。”迟信发动车子。

那家馆子不好找，原本以为在宣武门内大街上，两人走走停停，眼看都快到前门了，才在一条小胡同里找到。

夜里十点半，正是人多的时候，烤鱼店坐满奔波了一整天的年轻男女。

两人都嗜辣，又开始选配菜，几乎是同时指向了土豆片这个选项，两支铅笔的笔尖碰到一起，发出微弱的沙沙声响。

迟信在上面打勾。

丁小柔又想着给宽粉打勾，迟信的笔尖再次同时移动过来。

一旁等待点餐的服务生都乐了。

迟信板起脸，说：“我就不信你还能选到我想吃的。”

丁小柔觉得这人真幼稚，口味一样还要被他嫌弃，于是快速在一处配菜上打了勾，也不让迟信看，便让服务员走了。

炭火锃亮，肉香绕梁。

迟信为丁小柔夹了鱼肉。

“吃烤鱼，我更喜欢吃草鱼。”

“我也喜欢，”丁小柔说，“因为刺多，我就想，如果都没刺了，轻轻松松能吃进嘴里，就少了很多期待。人生也是这样，过程复杂些，老了才有的回忆。”

迟信问她：“你是在安慰我？你知道我遇到什么事了？”

丁小柔说：“能猜个大概。你这种人，工作不排第一，赚钱不排第一，姐姐又疼你，能打败你的只有感情了。”

迟信说：“记得我之前还说你是一只猪，男朋友脚踏两条船你都没发现，我现在郑重地跟你道歉，其实我才是猪，而且是最笨的那种，她跟别人好了一年，我都不知道。”

“我跟你讲个故事吧？关于我一个朋友的。”丁小柔面色红润，尽管开着冷气，店内还是热气腾腾。

“少来，一般开头就说关于‘某个朋友’的故事的时候，‘某个朋友’说的就是自己。”迟信说。

“好吧，就是我自己的故事。”丁小柔浅浅地笑。

她放下手中筷子，在一盏灯光笼罩下，开始了回忆。

“我高中的时候，喜欢过一个男孩子。喜欢到什么程度呢，就是每天都会想方设法见到他，假装上厕所经过他班级门口，课间操隔着很多人远远看一眼，放学后尾随他一小段路程，我知道他的生日和喜好，知道他剪短头发露出耳根的样子很好看，知道他手指修长字也写得漂亮，在我心里，就好像跟他谈了一生那么长的恋爱，可实际上，他都不知道我叫什么，甚至不知道我的存在。后来他考上大学，走了。暑假返校后，我重走了每一个遇见过他的地方，触摸他碰触过的桌角、栏杆，还有水房的水管，在心里默默一遍又一遍地说再见。后来，我鼓起勇气，去大学里找他，想告诉他我的心情，不管他接不接受，我不想让自己有遗憾，然后我看到他有了女朋友，而且很幸福。那天在回去的地铁上我忍不住哭了，我怕没有他的人生会很艰难，我再也不会喜欢别的人。事实上，几个月后我就恋爱了，然后失恋，越挫越勇，如今，我早已经习惯了没有他参与的人生。”丁小柔说话的时候，嘴角一直带着淡淡的笑意。

“你想告诉我什么？”迟信问她。

“很多时候我们远比想象中的自己要强大，当我们以为离了某个人就活不下去的时候，其实是恐惧没有人来爱自己。然而这世界上有太多值得被爱的人在等着你，所以，不必惊慌。”

迟信沉默了一会儿，才说：“你的理解很深刻。”

丁小柔笑：“久病成医，咱们共勉吧，明天会好的。”

明天还会好吗？生活会善待我们吗？听着对方安慰的话，迟信禁不住想。其实在见丁小柔之前的几个小时，他被通知回到了一趟电视台。

佟亮因为面部受伤，无法录制节目，主任因此大发雷霆。主任将小区内的监控记录放给迟信看，问他还有什么话要说。迟信无话可说，他知道自己又被佟亮算计了。在此之前，他收到过一条陌生信息，上面留了蒋媛的最新住址。现在想来，是佟亮发的，佟亮知道场面会失控，所以在迟信攻击自己时没有任何反击。监控将迟信的“暴行”拍得一清二楚，而佟亮的状词是：迟信因为工作的原因，对他怀恨报复。

迟信明白，佟亮这回吃定了自己。佟亮太了解他，知道他无论如何不会对外说出“女友背着自己跟人好”这样的话，因为他绝不会做任何对蒋媛不利的事情。

所以他无话可说。

主任当着节目组全员的面，撤去了迟信组长的职务，并且严厉发话，再有这种情况出现，直接走人。迟信颓然地坐在座位上，笔在手中紧紧握着，一言未发。对面的佟亮一脸笑意地看着他，嘴角挂着难掩的轻蔑。

饭后，迟信送丁小柔回去。

下车的时候，丁小柔突然说要带他去一个地方。

两人顺着河岸，走到了那棵银杏树下。

“带我来这儿干吗？”

丁小柔也不回他，仰头看着树，开始朗诵：“爱情是什么？我呸！”

“这是……歌词？”迟信问。

“一首诗，一个没名气的诗人写的。”

“嗯，我好像知道他为什么不出名了。”

“你不是打算重新开始吗？”丁小柔问。

迟信点头。

丁小柔把迟信往树跟前拽了拽：“每回我要告别一段过去的时候，就会来这棵银杏树下，告诉它，然后轻装上阵。你也来试试。”

迟信说：“银杏树你好，我要重新开始新生活了。”

丁小柔皱眉头：“你声音这么小，树根本听不到。”

迟信皱眉：“心诚则灵。”

丁小柔说：“这样吧，只要你大声说出自己心声，我保证马上会有意想不到的事情发生！”

“要是什么都没有呢？”

“随你处置。”

迟信故意说：“就你，有什么好处置的。”

“赛脸①了是不是？你到底说不说？”丁小柔催道。

“信你一次。”迟信抬头，对着树说，“银杏树，我要开始——”

“再大点声儿！你说梦话呢？”丁小柔说。

迟信吐了口气，大声喊道：“银杏树，从明天开始，我要放下以前，好好工作好好生活！”

迟信说完，情绪有些激动，又大声补充道：“还有我旁边站着的这个人，也要加油！”

话刚说完，两道灯光照过来。

“干吗的？大半夜不睡觉跟这儿扰民！”两个保安追了过来。

迟信还没反应过来，丁小柔就拉着他的手开始跑。

保安在后边一路追：“哎，你俩站住！”

①方言，通常用来指小孩出于顽皮而纠缠着别人闹着玩又不听制止的行为。或用来批评不知趣的大人。也有蹬鼻子上脸的意思。

两人沿着河边，又上桥，一直跑到了丁小柔家小区门口。

见没人再追上来，迟信喘着粗气说："还真是意想不到的事情。"

丁小柔问他："怎么样，跑这一路，心情好些了？"

迟信忽然明白了丁小柔的用意，她那么用心地浇灌已经快要枯萎了的自己。他很想说句感谢的话，又觉得矫情，于是点了点头。

"好了，我得回家了。"丁小柔摆摆手，回去了，光照下她拎包走路的背影慵懒又笨拙可爱。

迟信一直看着她的身影消失在灯光尽头，才坐回车内。

掏口袋的时候无意中带出了刚才的账单，迟信看到丁小柔选的第三道配菜是大虾。

那是他最喜欢的食物。

5

吃早饭时，母亲又开始追问丁小柔昨晚约会的事情。

丁小柔吞吞吐吐不愿多提。

"别以为我不知道，郑泽在公司跟你关系很好。"杜丽丽说。

"您别乱说。"丁小柔接过舅舅撕成两半的油条。

"我怎么乱说了，人家亲口告诉我的。"

"谁告诉你的？"丁小柔顺嘴说。

"那个露西。"

丁小柔一惊："Lucy？"

"对，就是那姑娘。"杜丽丽说。

"您怎么跟她认识的？"

"那天我们不是一起从咖啡店走的嘛，你们郑总有事先走了，Lucy就非要送我回来。"

"您上了她的车？"丁小柔心扑通直跳，Lucy有没有跟母亲说些什么？

"上了呀，不过就坐到路口。"杜丽丽说。

“她都跟你说什么了？”丁小柔问。

“也没说什么，就说你们是同事，关系不错。”

丁小柔松了口气，谢天谢地，看来 Lucy 没告诉母亲关于诅咒的事情。

“那个 Lucy 是不是抢了你男朋友啊？”杜丽明忽然问。

丁小柔寒毛都竖起来，看着舅舅。

杜丽明笑了：“要不怎么说起她你就一脸的苦大仇深呢？”

丁小柔大叫：“舅舅，您以后说话能不能别大喘气啊！不吃了。”

丁小柔拎起包出了门，身后传来杜丽丽姐弟的对话声。

杜丽明：“开个玩笑而已……”

杜丽丽：“甭理她，谈个恋爱就开始膨胀了。”

第二天早上，丁小柔在街边的水果店挑了些草莓、石榴和木瓜，然后进了地铁。

正是早高峰时间，地铁里人挤人，丁小柔好不容易把手机举起来，开始给迟信发微信。

丁小柔：干吗呢？

迟信没回。

丁小柔：我在去医院看望甄正的路上。

十分钟后，睡得迷迷糊糊的迟信才缓缓睁眼，从枕头底下摸出了手机。当他看到屏幕上丁小柔的微信后，噌地坐了起来，然后开始飞快地穿衣服。

迟信把车子开上路，才开始给丁小柔打电话。

人挤人的地铁上，丁小柔接通电话，语气格外温柔地“喂”了一声，就听到迟信用很凶的播音腔说：“去医院怎么也不提前跟我说一声！”

特别紧张时，说话的方式会自动切换到“播音腔”，这是迟信的一个秘密。这么多年，他一直想改掉这个习惯，结果都以失败告终。为了不在人前出糗，他遇事会先让自己平静，或者等到不那么紧张的时候再开口说话。现在，他在丁小柔这里露了破绽。

丁小柔吓一跳，身旁的乘客投来审视的目光。

丁小柔继续保持温柔：“我这不是提前跟你说了嘛，干吗发那么大火？”

迟信声音缓和下来：“医生让甄正静养，你就别去了。”

丁小柔不理解：“甄正住院再怎么说也跟我有关系，我去看他是应该的。你应该在开车吧？我可是坐地铁哟，地铁不堵车的，看看谁先到！”

迟信被挂了电话。

绝不能让丁小柔知道她身上的诅咒是存在的。一想到丁小柔那故作坚强的眼神，这个念头在迟信心里就更加强烈。

他赶紧给甄正打了电话，想电话通知对方，结果那家伙手机关机。

一路上，迟信几乎是见缝插针，虽然引来不少司机的叫骂，倒也顺利，结果车子开到距离医院两个路口的地方时，还是遭遇了堵车。

迟信把车子开到了路边，然后下车，从路边找了一辆共享单车，抬腿就骑了上去。

那天早上，很多人都看到一个年轻男人，骑行在私家车的海洋中，车座有些低，他的大长腿显然伸展不开，他奋力地蹬啊蹬啊，风吹乱头发，紧抿着嘴角，一脸严肃，却又带着认真的可爱。

迟信没白折腾。

赶到病房时，甄正正跷着二郎腿看小说。

迟信几乎是扶着门框，差点没站住。

甄正说：“又不逢年过节的，怎么就跪上了，我这也没准备红包啊。”

“闭嘴。”迟信喘着气走进病房，“你手机没开。”

“明珠说我老玩游戏，对心脏不好，我索性就关机了。”甄正问，“怎么啦这是？”

“一会儿丁小柔来看你。”迟信说。

“好呀，我正想着谢谢她呢。”

“你一会儿绝对不能告诉她你找到女朋友了。”迟信说。

“为什么啊？”

迟信有点心虚，声音含糊：“我没告诉她。”

甄正盯着迟信，恍然大悟：“你不会是……喜欢上她了吧？那蒋媛呢？”

“别瞎说，她最近特倒霉，不能受刺激，我就是同情她，”迟信又说，“至于我跟蒋媛，已经彻底结束了。”

甄正说：“好，我明白了。”

“还有，丁小柔跟你女朋友认识，你现在就给她打电话说一下。”

“明珠今天休班，你放心吧。”

“放心什么啊？”一个声音从身后响起，两人慌张地看过去。

丁小柔拎着水果出现在门口，跟同病房一个老大爷擦身而过。再一看，飒飒也跟在丁小柔身后走进来，穿着医院的白大褂。

丁小柔看着两人一脸的不自然，问：“我不会吓到你们了吧？”

甄正笑道：“小柔、飒飒，你们来啦？”

丁小柔说：“我还以为你不欢迎我呢。”

“怎么会啊，你来看我，我高兴还来不及呢。”甄正赶忙说。

飒飒说：“甄正，你可有点不够意思啊，住进我们医院也不打声招呼，要不是小柔告诉我，我都不知道咱们就住上下楼。”

甄正笑：“你挺忙的，日理万机，我就没联系你。”

飒飒回他：“我怎么觉得你开黄腔呢？”

甄正一怔，旋即笑道：“不好意思，我差点忘了你是干吗的了。”

大家都忍不住笑了。

“我真后悔告诉你围着操场跑十圈的事情，本来是想着能多给你点动力的，没想到差点害了你。”丁小柔指着放在床头柜上的袋子说，“我带了点水果，都是适合你吃的。”

甄正有点激动，已经把迟信的话抛在了脑后，他突然握着丁小柔的手说：“小柔，我真的特别感谢你！”

丁小柔诧异：“为什么啊？”

迟信在一旁清了清嗓子，甄正又反应过来，强忍着想要分享喜悦的心情说：“我也不知道为什么，反正就是特别想感谢你！”

丁小柔也被对方的真诚打动了，紧紧握住甄正的手：“话说回来，我其实也特别想感谢你。你一天找不到女朋友，我就多一天相信那个诅咒是不存在的。”

这话一说，气氛有点尴尬。

丁小柔也觉得有点不妥，于是两手握拳：“我们一起加油！加油！加油！”

迟信说：“一会儿医生过来检查，可能会有些不方便。”

他想着先把这两个女人支走，好再严肃地跟甄正重申一遍，绝对不可以说漏嘴。

丁小柔说：“那正好，我让飒飒带着我去洗水果。”

飒飒拎起一个袋子，两人手拉手走了。

迟信这才松了口气，回头瞪向甄正。

走廊里，飒飒说：“姐妹儿前两天遇到一男的，来我们这儿做手术，特别帅。”

“长什么样啊？”

“我又没他照片，不过我记了他的电话。”飒飒嘻嘻一笑，“给他做手术的时候把我吓一跳，怎么说呢，简直就是个人形三脚架。”

“你干脆别叫郭飒了，改叫黄飒得了，色情！”丁小柔笑道，“那你可得好好把握，争取把那三脚架早日拿下。”

“我觉得有戏，他对我挺热情的。”飒飒说。

“他不光对你热情，你要问他你漂不漂亮，他绝对会说你特别美，知道为什么吗？”丁小柔问。

飒飒摇头。

“得把你哄开心啊，你要是生气了，手术能有好嘛。”丁小柔笑。

飒飒追过来打她：“叫你乱说，我有那么没医德吗？”

两人把水果洗干净，拎着从休息室出来，刚走没几步，就听到身后有人叫："飒飒！"

丁小柔和飒飒一回头，就见贺明珠拎着一个保温桶，朝她们走来。

丁小柔和贺明珠同时认出了对方，两人拉着手，不胜欢喜。

"原来你就在这医院工作啊。"丁小柔说。

"你跟郭飒是朋友啊？"贺明珠说。

"对，我俩是冤家。"丁小柔笑。

飒飒也笑："明珠你忘了，当初你在医院群里说要组织失恋小组聚会，我就让我这姐妹儿去了。"

"哈，原来是这样！"贺明珠恍然大悟。

"你今天不是休班吗？"飒飒问。

"对，我过来有点事。"贺明珠说道。

飒飒把丁小柔推给贺明珠："那你们聊吧，我一会儿还有一例手术。"她说完就溜了，丁小柔跟贺明珠一起往电梯方向走。

贺明珠说："小柔，你来这儿找飒飒的？"

丁小柔摇头："不是，我来看个朋友。"

"你去几楼啊，我去五楼。"

"巧了，我也是五楼。"丁小柔笑。

两人一路到了五楼，丁小柔又问对方："你去哪个房间啊？"

"505。"贺明珠说着，脸上是藏不住的幸福。

"巧了，我也是505！"丁小柔突然回想起，刚才进甄正病房时，有个同病房的老大爷跟自己擦肩而过。

"去看你爸啊？"丁小柔脱口而出。

"不是，去看我男朋友。"贺明珠脸上的幸福快要溢出来了。

话音刚落，丁小柔的一只手就抓住了她。

贺明珠也停下来，看着她。

丁小柔咽了下口水："明珠，我知道以前那些经历对你伤害很大。"

"没事儿，都已经过去了。"贺明珠笑着挣开丁小柔，"我现在很幸福。”

丁小柔又一把抓住了对方的胳膊，然后整个人弓起身子，想要增加阻力拖住对方。

“明珠！我们刚认识没多久，按理说没这个资格说你。”丁小柔着急地说，“我知道失恋很痛苦，可你也不用这么着急吧？”

贺明珠着急着赶路：“遇到喜欢的人，能不急嘛我？”

两人一个走一个拖，挣扎着就到了 505 门口。

迟信还在向甄正三令五申，绝不可以在丁小柔面前说漏嘴，就见甄正对着门口开心地笑了。

贺明珠扬了扬手里的保温桶：“亲爱的！”

甄正做了一个飞吻的动作：“MUA！”

然后迟信就看到了出现在贺明珠身后的丁小柔。

丁小柔也看着他，两人面面相觑。

6

午饭是四个人一起吃的。

就在医院的餐厅。

甄正和贺明珠坐在一起，对面是丁小柔和迟信。

丁小柔还有些没缓过劲来，一旁的迟信也没好到哪里去，刚才突发的状况让他这几天的刻意隐瞒前功尽弃。

气氛有些怪怪的。

甄正从齿间发出小心翼翼的嗞嗞声，他咂一下嘴，先说话了：“小柔，你不会怪我们吧？”

丁小柔被从懵懂的状态中唤醒，看看甄正，又看看有些局促的贺明珠，装成心大的样子说：“怎么会呢！你能恋爱我高兴还来不及呢！再说，你还是跟明珠谈恋爱！”

甄正眼睛有了神采：“真的？你真这么想的？”

丁小柔继续装："当然！"

贺明珠也如释重负，她抓起丁小柔的手，很认真地说："小柔，你等于是我和甄正的红娘，打今儿起，我和你天下第一好！"

丁小柔说："看来我是真的赚大了，不光促成了一对有情人，还交了一个好朋友！"

甄正重新若有所思地说："好是好，可这样一来，就证明你的诅咒是存在的了。"

迟信听了这话，终于开始沉不住气，他忍不住看了看身旁的人。

丁小柔知道迟信在看着她，她的目光没有跟对方交接，从刚才开始，她似乎都在有意回避跟迟信的任何交流。

丁小柔继续安慰着对面的两人："甄正你说错了，如果诅咒真的存在的话，你们走到一起只是印证了这个事实，跟你们没有任何关系，所以，请你们一定要好好地在一起。"

"小柔……"甄正显然是被感动了。

贺明珠眼睛湿润，喃喃说道："小柔，谢谢你。"

丁小柔也被搞得有些伤感，于是笑着说："谢我呀就来点实际的，这顿饭你们请了！"

那顿饭大家表面上吃得轻松，其实心里都有些沉重，特别是迟信，简直味同嚼蜡。他不时看一眼身旁的丁小柔，她始终面带笑意，跟对面的情侣说说笑笑，热情地互动。

丁小柔离开医院的时候，都没有告诉飒飒，她觉得心里乱乱的，连发个微信语音的力气都没有。她不想甄正和贺明珠有任何负担，始终隐藏好自己的情绪，所以刚才有多开心，此时就有多失落。祝福是真心的，难过也是真心的，这两种情绪搅拌在一起，其中的复杂感受，只有自己最清楚。

迟信从后面追了过来。

"去哪儿啊？"他问她。

"回家。"丁小柔答着，脚步却没停下。

“我送你啊。”

“不用。”丁小柔依旧没打算停下。

迟信直接走到前面，把她拦下来。

他说：“对不起，我知道我不应该骗你。”

丁小柔似乎没有想说话的欲望，她只是轻轻绕过迟信，继续走路。

迟信又跟上来：“我知道你最近一直没什么好运气，我只是想让你能过得开心一些……”

丁小柔停下来看着他，声音平静中带着疲惫：“迟信，我一点都没有生你的气，也知道你是为我考虑，我生的是自己的气。”

迟信看着她。

她继续说：“为什么别人能得到幸福，而我不论怎么努力，都无法得到。”

“没关系啊。”迟信的轻快语气让丁小柔差异地抬起头，他继续说，“至少还有我这个没得到幸福的人陪着你。”

丁小柔望着他，头一次觉得迟信的目光如此真诚。她仿佛又回到十几岁时遇到他的某个瞬间，少年的目光，清澈又羞涩。她突然想到，也许迟信始终没变，是忙碌的现实让他把真诚的部分隐匿了起来，在合适的时候他仍会展露自己的光芒。

丁小柔忍不住笑了。

迟信也笑了：“所以，可以让我送你回家了？”

丁小柔问他：“你的车呢？”

丁小柔跟着迟信到了早晨扔车的地点，玻璃上贴的罚单触目惊心。

迟信边发动车子，边对丁小柔讲：“为了赶在你之前到医院，我这牺牲可够大的。”

丁小柔不打算领情：“甭想我赞助你一分钱，早上电话里你吼我那事儿还没说清楚呢！”

迟信忍不住皱眉：“你们女人是不是都特爱记仇啊？一吵架，陈芝麻烂谷子的事儿都能拿出来再说一遍。”

丁小柔“扑哧”一声笑了。

迟信有点蒙：“你笑什么？”

丁小柔问他：“你着急的时候说话怎么是播音腔？”她说完又忍不住笑，“你这算不算职业病啊？”

迟信觉得特丢人，又不能承认，只好嚷道：“我大学可是播音主持专业的，早晨第一个电话都这么打。”

丁小柔看破不说破，学着迟信的播音腔回道：“是吗？那你好棒棒！”

迟信一个哆嗦，起了一身鸡皮疙瘩，心想这回栽了，自己有把柄落在这女人手上了。

丁小柔提醒他：“你想什么呢？专心开车。”

迟信咬着牙：“我在想，刚才为什么不让你自己回家。”

丁小柔并没让迟信把自己送到家门口，而是在距离小区还有几百米的路边下了车。

“你这小心翼翼的样子，跟做贼似的。”迟信嘲笑丁小柔。

“这叫小心驶得万年船，上回你擅闯我家，让我妈误会了咱俩的关系，可把我害惨了。”

“咱俩一点都不配啊。”迟信故意说。

“是啊，我妈也说你配不上我。”丁小柔说着，没注意到迟信一脸的无语，“所以她又给我——”她突然把话打住，觉得还是不提郑泽的好，于是朝迟信挥挥手，“再见！”

这时候，安全带解不开了，丁小柔试了几下，还是无法脱身。

丁小柔抱怨：“就这安全带，真要是车内起火跑都跑不掉。”

迟信怼回去：“自从被你撞过以后，这车是越来越神经了。”

丁小柔来劲了：“跟我有什么关系，说到神经我可比不上你，之前你那车屁股上贴了个标语，说什么宝宝在车上，请多关照。你婚都没结过，哪来的孩子？”

迟信一脸平静地回她：“我就是宝宝。”

丁小柔看他两秒，突然说：“行吧，你赢了。快来帮帮我！”

迟信凑过来，故意把安全带往自己这边一拽，她整个人都朝向了他。

两个人唇齿相向，差点就要亲上。

彼此都是一瞬间的错愕。

丁小柔瞪大眼睛，心里想着阿弥陀佛哈利路亚真主阿拉救苦救难的观世音菩萨，你们哪个好心来把这段快进一下啊？！

“小柔？”一个声音在车窗外响起。

舅舅正俯身歪着头，看着车内两人。

两个人赶忙分开。

“舅舅！我们不是您想的那样！”丁小柔说。

“对！不是！”迟信的播音腔又出来了。

杜丽明一脸纳闷：“我想的哪样？”

丁小柔又解释：”我的安全带打不开了，迟信在帮我！”

“对对！”迟信应和。

“你看！”丁小柔说着又摁了下安全带的按钮，向舅舅展示自己没有撒谎。然后，安全带就打开了。

杜丽明一脸谜之微笑，看着他们。

十几分钟后，丁小柔、迟信和舅舅坐在了一家咖啡店内。

杜丽明脸上的表情，分明在说：你们就继续装吧，明明就是在谈恋爱！

丁小柔希望迟信先开口，于是暗中用脚踢了踢他，哪知道舅舅拍了拍自己的裤腿说：“小柔，你踢我干吗？”

丁小柔说：“对不起啊舅舅。”

她又对迟信使眼色，迟信终于决定开口了：“舅舅，我……”

杜丽明依然眼里带笑：“你这也太着急了，上来就跟着喊舅舅。”

丁小柔脸上一臊，迟信更是尴尬。

“叫我明哥。”杜丽明说。

“明哥，是这样的——”迟信又要开始说，被杜丽明打断了。

“你们什么都不用说，我也年轻过，也是从你们这个年纪过来的，我懂。”杜丽明说道。

“我们只是朋友！”迟信解释。

“对，我们真的只是朋友。”丁小柔跟着附和。

杜丽明说：“小柔，你别紧张，舅舅其实觉得你俩在一起挺好的，关键是你妈她不同意，所以你妈才想方设法给你介绍了那个男孩子。”

迟信扭头，看着丁小柔：“你去相亲了？”

丁小柔不知怎么回答：“我是被逼着去的。”

杜丽明笑：“还说你们没在谈恋爱，这一问一答只有情侣才会这么说。你去相亲了？我是被逼着去的。你居然背着我去相亲？你听我解释！我不听我不听我不听！”

舅舅真的是电视剧看多了，丁小柔有点不想解释了，再说也只能是越描越黑。

迟信也被杜丽明说得目瞪口呆。

杜丽明安慰他：“你也甭着急，我们家小柔是身在曹营心在汉，她虽然去相了亲，但看得出她在乎的人是你。”

丁小柔快哭了，说：“舅舅，我谢谢你啊。”

杜丽明笑：“别太感动，我比你们也大不了几岁，说到底咱都是同龄人。放心吧，我会支持你们的！”

丁小柔说：“舅舅，你把我们叫来，就是为了表示支持的？”

杜丽明脸色严肃起来：“小柔，舅舅对你好不好？”

丁小柔不假思索：“这还用问吗，当然好了。”

杜丽明又说：“小柔，舅舅只是想告诉你，无论什么时候，无论我在哪里，舅舅的心都会跟你在一起。”

迟信一怔，还以为对方得什么病了。

丁小柔说：“您把话说完，别大喘气。”

杜丽明说："一旦哪天你妈妈对我严刑逼供，我要是一个没忍住把你俩的事儿说出来，你可别怪舅舅。"

丁小柔什么都明白了："得，不用严刑逼供，我妈只要不让您晚上去跳广场舞，您就一五一十全招了。"

丁小柔转头看迟信："你跟我来一下。"

迟信跟着她到了一处安静角落。

"现在我舅舅认准了咱俩是一对儿，这事绝对不能让我妈知道，否则她会变本加厉催着我跟那个男的相亲。"丁小柔说，"我不喜欢他。"

"等等，这事儿好像跟我没关系吧？"迟信说。

"可我要说的这件事，就跟你有关系了！"丁小柔说完，又返回了座位上。

丁小柔郑重地说："舅舅，我想把迟信他姐介绍给你。"

迟信一听这话傻眼了，刚要说话，被丁小柔打住了。

没想到杜丽明特感兴趣："就是水煮大头儿子那个？"

丁小柔点头："您不是一直觉得对方是个有生活情趣的人吗？"

杜丽明狂点头。

丁小柔继续吊舅舅胃口："唉，还是算了吧，我对您这么好，您没准儿哪天就把我出卖了。"

"不会的！"杜丽明连忙表决心，"我们要勇于和邪恶势力作斗争！"

"看来只有把您也拉下水，才能解决问题。"丁小柔感叹。

"这叫苟富贵，勿相忘，舅舅没白疼你！"

丁小柔继续谈判："那咱们可说好了，甭管你们成不成，都不能跟我妈告密！"

杜丽明伸过手来："合作愉快。"

这时，迟信起身把两人的手分开："两位，这事儿你们问我了吗？那可是我亲姐！"

第四章

婚礼和婚礼

「希望所有让人难过的爱情，都不是真正的爱情。」

1

丁小柔走得有些提心吊胆。

她最早是从前台妹子闪躲的眼神里看出了端倪。虽然她很不习惯对方每天见面时夸张的问候，但今天前台妹子的反应足以说明问题。

紧接着就是小钰，小钰见到她，努力地挤出一个有些勉强的微笑，然后埋头继续做事。

丁小柔刚想坐下，就见刘永博朝自己走了过来，宽大的身子快要把整个工位都要覆盖。

“丁小柔,郑总找你。”刘永博的声音透着冷淡和坏事临近的死亡气息。

丁小柔的心开始七上八下。

她在心里捋着接下来可能要发生的事情：首先，郑大业知道了自己和母亲的真实情况，他应该是那天相亲时就知道了。然后他装着什么都不知道的样子，极力撮合郑泽和背负诅咒的自己恋爱，现在他的目的达到了，就决定卸磨杀驴——要开除她。

嗯，一定是这样的。

丁小柔深呼吸一口，像个走上刑场的战士，她努力让自己的背影好看一些，给那些想要看笑话的同事瞧瞧自己的铮铮铁骨。

郑大业在看文件，见丁小柔进来，停下手头工作看着她。

“知道找你是为什么吗？”郑大业开口了。

“知道。”丁小柔回得嘎嘣脆。

“有人跟你说了？”

“这个还用别人说吗？”丁小柔说，“郑总，我知道您对我有意见，特别是在上次我们私下见面后。我是什么样的人，我母亲是什么样的人，想必您已经看得很清楚。”

郑大业说：“我今天找你来——”

一定要抢在他开口前提出辞职！丁小柔心里在争分夺秒。

“郑总！”丁小柔说，“我虽然没为公司做过多大贡献，但问心无愧，所以我现在郑重告诉您，我要辞——”

郑大业将一份文件递了过来。

“你先看看。”郑大业说。

丁小柔接了过来，翻开。

刚看了个开头，丁小柔就愣住了，然后将目光投向郑大业。

郑大业脸上开始出现喜色：“公司针对你之前提出的建议，决定调整门店的橱窗陈列风格，并开出专项资金支持各门店的橱窗改造，接下来，国贸、王府井、西单、青年路的几家门店将成为首批接受橱窗改装的门店。”

丁小柔听着，有些不敢相信，可是她又的的确确看到了文件上的内容。

“郑总……”丁小柔说话有些困难。

“你刚才说，你要辞什么？”郑大业问她。

“啊！我是说，为了咱们公司的发展，我上刀山下火海，万死不辞！”

郑大业笑道：“是吗，刚才我还吓一跳，以为你要辞职呢。你要走了，负责橱窗设计的事情，又得重新找人了。”

丁小柔激动起来：“郑总，您是说，要我来参与橱窗设计？”

郑大业点头：“我看了你的资料，你大学是学习服装设计的，而且选修过装潢设计，并且有过获奖作品。所以，我想问问你有没有兴趣参与？”

“太有兴趣了！”丁小柔说。

尽管觉得高兴，丁小柔心里还是有些疑问，郑总对自己突然的肯定，跟母亲有没有关系？

郑大业好像看出了她的疑虑，说：“橱窗改造的决定是公司的股东们一致通过的，也是对你个人能力的认可，所以你尽管去好好做，不要有额外的负担。另外，公司决定将橱窗改造规划到设计部门，所以你也要跟着从销售部转到设计部。”

丁小柔听后，心里总算舒坦了，认认真真地向郑大业鞠了一躬：“谢谢郑总！”

郑大业又说：“我跟郑泽的关系，公司除了你和 Lucy 没人知道，暂时不要对外说。”

“您放心。”

“还有，你跟郑泽的事有没有进展？”郑大业问。

“郑总，我想问您一件事，您知道我被诅咒的事吗？”

“知道啊，无意中听说了，但是我不信那个。”郑大业笑，“你啊，可能是以前运气不太好。希望你跟我儿子会有个好结果。”

“郑总，您希望我跟郑泽走到一起？”丁小柔有些吃惊。

“对啊，我跟你母亲都很希望你们在一起，今后两家的事业也可以强强联手。”郑大业说。

原来这才是对方真正的想法。丁小柔特别想告诉郑大业真相，告诉他自己的母亲并不富有，所有的产业不过是一家不起眼的毛线店。但是话到嘴边，她又说不出了，母亲的虚荣让她举步维艰。

出了办公室，刚才还一脸沉重的同事们，向丁小柔爆发出热烈的祝贺——之前他们是商量好了有意来吓唬自己。

热闹散去，丁小柔去了休息室，准备泡一杯咖啡，等热水的空当，王特走了进来。

已经多少天不再联系了？丁小柔记不清了，她只知道当初恐惧得撕心裂肺的痛苦并没有持续太久，时间真的是治愈一切的良药。

丁小柔没有慌乱，更没有刻意躲避，她目光盯着热水器，希望红色的提示灯可以快些亮起，然后盛一杯沸腾的水，若无其事地离开。

“小柔，祝贺你。”王特先开口了。

丁小柔冲他礼貌地一笑，没说话。

王特感受到了她的冷漠。

“小柔，我最近一直在想一个问题，我当初的决定是不是正确的。”王特轻声叹了口气，“你知道我是从小地方来的，想在这个公司站住脚，就必须有个靠山，所以才狠心跟你分手。”

丁小柔静静听着，要是刚分手那会儿，听到这样的话，她真的会哭得稀里哗啦，然后再次犯贱，不计后果扑进对方的怀抱。但是现在，她隐隐觉得有些恶心。以前会在心里祈求，拜托让我离这个人近一点，现在会在心里祈求，拜托让这个人离我远一点。

她看着王特，如同在看一场技艺精湛的表演。

王特深情地看着丁小柔，说：“小柔，你能再给我一次机会吗？”

这时，Lucy 悄无声息地走进了休息室，双手抱前斜倚在门框上，脸上是若有似无的冷淡倦怠。

丁小柔装着没看见 Lucy，说道：“你这么做对得起 Lucy 吗？她对你多好啊。”

王特不知中计，抱怨道：“好什么，她把自己当老佛爷，我天天得供着她才行，一不顺心就对我大吼大叫，我这一天到晚过得提心吊胆的。”

丁小柔又说：“我倒是觉得 Lucy 挺好的，我跟她比简直差远了。”

“她跟你比才差远了，年纪又大，脸还不是原装的。”王特继续抱怨，

"我其实早就跟她过够了！"

王特说着上前，想要握住丁小柔的手。

丁小柔顺势闪开："你怎么能这样呢，我们已经分手了，你跟 Lucy 好不好是你们的事，跟我没关系。"

Lucy 走了过来，王特听到声音转头，脸色登时变得蜡黄。

"啪——"

Lucy 给了王特一巴掌。

"Lucy，你听我说——"王特急着解释。

Lucy 眼中冒火："晚上回去再说，顺便商量一下取消婚礼的事情。"

"Lucy！"王特有些急了。

"我不想再说第二遍。"Lucy 说道。

王特知道于事无补，也知道中了丁小柔的计，生气地看了她一眼，狼狈地出了休息室。

房间里只剩下丁小柔和 Lucy 两个人。

似乎是为了挽回一点颜面，Lucy 说："你以为王特真的后悔了？他昨天刚从我这儿听说你家里的情况，今天就迫不及待来找你了。"

尽管已经知道王特的为人，但听到这个真相，丁小柔还是有些震惊，原来有些人真的会把前途和金钱排在感情前面。

Lucy 继续说："你藏得够深的，有个这么有钱的妈，平时可一点都看不出来你是个富二代。"

丁小柔笑笑，还是没说话。

"难怪你这么有手段，你妈妈也是个厉害角色，郑总爷俩算是被套牢了，真是有其母必有其女啊。"

丁小柔说："论抢人的手段，我比你差远了。刚才的话，我就当你是在夸我喽。"

Lucy 也不生气，看着她："你真以为自己能跟郑泽在一起？以为自己会当上公司未来的老板娘？别做梦了。别忘了，你可是被诅咒的人。"

“诅咒”二字像一记重锤，砸得丁小柔眼花耳鸣。恍然间，Lucy 的眼神让她觉得，就是对方在公司里散播了自己被诅咒的消息。可是，Lucy 又是如何知道的？

丁小柔迎着对方嘲笑的目光，说：“当不当得上老板娘不知道，但我知道你当不成我上司了。我转到设计部的文件，还需要你来签个字呢。”

Lucy 气得说不出话来，想当初以为把丁小柔赶出公司易如反掌，到现在她脱离自己的管辖跳到别的部门，她感到前所未有的无力。

红色提示灯亮了，丁小柔接下一杯热水，从容朝外走去，留下 Lucy 一人在休息室里抓狂。

中午的时候，丁小柔走进了一家餐厅，迟信已经等在里边了。

丁小柔在他对面坐下，问：“人呢？”

迟信伸手指了指某处。

丁小柔看过去，只见在远处靠窗的位置上，坐着杜丽明，他正在专心地织毛衣。经过的服务员见状偷笑，杜丽明却毫不在意。

“你姐呢？”丁小柔问。

“一会儿就到。”迟信说，“你能不能跟你舅舅说说，别织毛衣了。”

“织毛衣怎么了？难不成让他绣花啊？谁说男人就不能织毛衣了？”丁小柔翻了个白眼，随即又乐了，“其实绣花他也会！”

迟信听得头疼：“我怕我姐配不上你舅舅。”

丁小柔安慰他：“这个就看缘分吧。对了，你是怎么说动你姐来相亲的？”

迟信说：“这事儿我也有些纳闷。你也知道，她之前结过婚，那段婚姻让她非常痛苦，所以离婚后这些年她一直不想谈感情，这也是之前我为什么这么拒绝从中撮合的原因。我把你舅舅的情况简单跟她说了一下，没想到她看过你舅舅的照片后连声说太巧了，当即同意了见面。”

“这有什么好纳闷的，我舅舅很帅的好不好。”丁小柔说。

“我觉得事情没这么简单。”迟信说。

话音刚落，店门口悬挂的那串风铃响了起来。

只见一身 LO 娘装扮的迟姗走了进来：大翻领、泡泡袖、蝴蝶结、蕾丝蓬蓬裙都透露出主人的别致审美。

迟姗把蕾丝遮阳伞收起，朝窗边走去。

今天迟姗的打扮比第一次丁小柔和她见面时还要夸张，更加粉嫩，少女感爆棚。丁小柔对迟信说："我现在有点担心我舅舅配不上你姐，这身行头太华丽了。"

迟信似乎习以为常："看缘分吧。"

迟姗优雅地走到杜丽明对面，刚要开口，杜丽明头也没抬说："我在等人，一会儿再点喝的。"

迟姗有点不乐意，坐下来："我也在等人。"

杜丽明抬头看她，赶紧又翻出手机上的照片，忽然说道："对不起啊，我一下没认出来。"

迟姗回他："我照片跟本人差别这么大吗？"

杜丽明连连摆手："一点都没差！"

迟姗表情刚有缓和，就听杜丽明真诚地说："我乍一看你穿的，还以为是服务员，你知道吗，有那种专门的女仆餐厅。"

迟姗深吸一口气，努力对杜丽明做出一个微笑。

咖啡上来后，杜丽明开始找话题。

"我之前吃了您制作的锅底，特别好吃，我尤其喜欢那个大头儿子的锅底造型。"

"谢谢。"迟姗说，"听迟信说，你是做毛线生意的？"

"对，我跟我姐开了一家小店，我平时没事就喜欢织毛衣。"说着杜丽明忽然笑了，"一说织毛衣我就想起来一个笑话，前些天我坐地铁，有个女的跟你的打扮风格很像，她下车的时候包钩住了我的毛线，结果把我一整条快要织好的围巾给拆了！"

笑容重新回到迟姗脸上，她似乎有意地问："那女的好看吗？"

杜丽明想了想，说：“她戴着口罩呢，就是摘了也不好看，胖乎乎的，一把年纪了还装嫩。”

迟姗脸色有些不对劲。

杜丽明也发现了，赶忙补充：“跟你比不了。”

迟姗从包里掏出一个口罩，戴上，问他：“我跟她像不像？”

杜丽明脱口而出：“太像了！”说完他意识到什么，赶紧又摇了摇头，“不像！”

迟姗摘掉口罩，装回包内，对杜丽明说：“那个不好看，胖乎乎的，一把年纪还装嫩的人就是我。很抱歉让你在地铁上抱着一个裸体模特。再见！”她又从包里掏出一大把理顺的毛线，放在桌上，“还给你的毛线！”说完她起身，拿起遮阳伞，头也不回地走了。

另一边丁小柔还在跟迟信斗嘴。

迟信说：“我可是为了你把我姐都骗这儿来了！”

丁小柔反驳：“什么叫骗啊？你这是为了你姐的幸福，别说得跟自己做出了多大牺牲一样。照你这么说，我舅舅为了自己的幸福不照样连亲姐都背叛？都是当弟弟的，做人的觉悟怎么就差这么大呢？”

这时，迟信忽然看到姐姐出了店门，赶忙起身追了出去。

丁小柔不知道出了什么状况，只好赶去舅舅那里，想要问个究竟。

杜丽明正坐在座位上，还没从刚才的突发状况中缓过神来。

“舅舅，你们怎么了这是？刚才不还聊得好好的吗？”

杜丽明看着丁小柔，有些委屈：“小柔，你还记得我在地铁上抱过一个裸体模特吗？”

2

那天晚上，丁小柔是在不停地批评和安慰舅舅中度过的。

杜丽明少有地没出门跳广场舞，这让杜丽丽多少有些担心，于是追问发生了什么。

丁小柔替舅舅解围："最近跳舞的时候，舅舅总会莫名觉得伤感，可能是太投入了，所以决定休息一下。"

杜丽丽说："不伤感才怪。你想啊，他天天跟那些老太太跳舞，瞅左边，一六十多岁的，再瞅右边，一七十多岁的，多绝望啊。"她最近心情不错，郑大业对她越来越热情，女人的直觉告诉她，两个人之间也许要发生点什么。

杜丽丽又对弟弟说："伤感归伤感，广场舞咱还得接着跳，不然怎么发展客户。"

"妈，舅舅正难过呢，您别老是客户客户的，显得特没人情味儿。"丁小柔忍不住埋怨母亲。

"我没人情味儿是吧？行，明天你舅不去，你就代替他去跳广场舞。"杜丽丽下命令。

丁小柔立马说道："我觉得还是叫我舅去比较好。"

杜丽明腾地起身，进了自己房间。随着房门一关，屋里传出一句话："你俩都没人情味儿！"

同一时间，迟姗火锅店中，迟信也在安慰姐姐。

迟姗拿起眼前的纸巾盒，扔向迟信："还笑！你亲姐被人这样侮辱，你还有心情笑？"

迟信干咳两声："姐，我倒觉得明哥这人挺实在的。"

"还明哥？你们什么时候走这么近了？"迟姗说，"我本来还寻思，这件事这么巧，我俩一定是有缘分的，哪想到对方是个神经病。一上来说我打扮得像服务员，然后又说我又老又丑又胖！"

迟姗说着转了个圈，指着自己这身 LO 娘打扮："迟信，你说实话，我这身打扮哪里像服务员了？"

迟信说："不像，一点都不像！姐，这身打扮太适合你了！我说的都是实话，你看我真诚的眼睛。"

迟姗被哄得开心了，说："那个杜丽明简直是不知好歹，我是出于对他的尊重，才穿得这么隆重。不就是会织毛衣嘛，有什么了不起的。”

姐弟俩正说着，店内一位男顾客走过来，对迟姗说：“你是服务员吧？加水。”

迟信看到姐姐的面部肌肉在抽搐。

出于顾客至上的理念，迟姗努力挤出一个职业性的甜甜微笑，转过身对顾客说：“好的，您稍等！”

顾客走后，迟姗抓起一壶热水，刚要走，又回头看了眼迟信：“一会儿再跟你算账。”

迟信紧张起来：“姐，我又怎么你了？”

迟姗说：“我觉得你没有跟我说实话。”

迟信打了个哆嗦。

这天晚上，又几乎是同一时间，丁小柔接到了贺明珠的电话，迟信接到了甄正的电话。

电话里，甄正和贺明珠无比幸福地说：“我们要结婚了。”

周五下班后，原本定好一起去看伴娘礼服的，丁小柔刚从公司出来，又接到飒飒电话，说有患者来科室闹事，她暂时走不开。

丁小柔想了好几个人选，最后还是给迟信打了电话。

两人约在西单老佛爷商场所在的街口见面。

一见面迟信就发觉丁小柔有些不对劲，士气低落。

“怎么了这是，看上去忧国忧民的。”迟信问她。

“你说现在这些人怎么那么随便呢？前几天嚷着这婚不结了，现在又说婚礼如期举行。”

迟信一惊：“甄正跟贺明珠吵架了？我看着他们感情很好啊。”

“不是说他俩，我是说王特和 Lucy。因为相亲的事情，Lucy 以为我们家很有钱，就把这事儿给王特说了，结果王特就来找我复合，还说了 Lucy 坏话，结果全被 Lucy 听到了。他们吵得很凶，当时都以为这婚结不成了，结果今天下午，Lucy 特意在群里发信息，要大家别忘了下周去参加婚礼。”

“这多好啊，俩极品结合，等于是为民除害。”迟信说。

“话是这么说，可这件事让我对自己身上的诅咒产生了质疑。我以为，只要跟我分手后，前男友们找到的都是一生挚爱。如果Lucy是王特的挚爱，他为什么还要为了前途而愿意抛弃对方？”

迟信沉默了一下，说：“我觉得挚爱这个词因人而异，是相对而言的。有的人专情、长情，那么挚爱的含金量就高。有的人滥情，他最爱的人其实是自己，那么挚爱的含金量就低。就像王特，他选择跟Lucy在一起，未必是爱得多深刻，而是他知道，Lucy是最适合自己的人选，是相对最爱的那个。一定程度上来说，Lucy就是他的挚爱。”

“你这么一说我就想通了，人跟人尚且不同，更何况爱的程度了。”丁小柔若有所思。

迟信总结陈词：“所以说放心吧，你的诅咒稳稳地还在。”

丁小柔吼他：“要你说！”

迟信忍不住笑：“你怎么想起那两个人了？”

“甭提了，我也是刚发现，甄正的婚礼跟王特是在同一天。”

“这有什么。”迟信说着，发现对方欲言又止，试探着问，“两场婚礼在同一个地方？”

丁小柔点点头，随即叹了口气。

“你可真行，同一天参加两任前男友的婚礼。”迟信笑。

“去去去，”丁小柔说，“我才不要参加王特的婚礼！”

说话间，两人走进了一家婚纱礼服店。

店内装修奢华，几套质地考究的婚纱在玻璃橱柜中透出迷人的气息。店员服务热情，才一进门就微笑着送上替换的拖鞋。

丁小柔看着店内漂亮的婚纱，心情也跟着好起来。她特别希望能有个机会，站在高台上试穿一件中意的婚纱，任由那层层叠叠的裙裾像波纹一样散开来，然后克制着内心的狂喜，对着镜子来一个端庄温柔的回眸。

“请问两位想看什么款式的婚纱？如果店内的款式还不能让您满意，我们也可以电脑选图，本店会根据您的要求进行专门定做。”店员妹子笑得很甜，一脸喜气。

店员妹子一定是把她跟迟信当成情侣了。

这么一想，丁小柔心内竟有些莫名的开心。

她因为害羞，而有些扭捏，正准备否认的时候，迟信抢着说：“我们是朋友。”

丁小柔忽然又觉得扫兴，甚至还有点生气，对店员说：“带我看看伴娘礼服。”

店员做个手势：“好的，两位这边请。”

两人进了伴郎伴娘礼服区，丁小柔随手挑选着，不时拍下照片，准备发给飒飒一起参考。

迟信突然想起什么，问：“甄正的婚礼选在宏园宾馆，你知道吗？”

“我当然知道了。”丁小柔说。

“我以前做司仪的时候去过，因为是草地婚礼，入口只有一个，你想好怎么避开你公司那些人了吗？”

丁小柔停下来，看着迟信：“我这么聪明，能连这个情况都想不到吗？”说着她从包里掏出一块类似尼龙布料的东西，抖开后，上面还有三个窟窿。

迟信吓一跳：“这是什么？”

“这叫脸基尼，最早是海边游泳的大妈们发明的，戴上以后能防晒。”丁小柔得意地晃晃手中的脸基尼，“戴上这个甭说是同事了，就是我打我妈跟前经过，都纵使相逢应不识。”

迟信接过来打量，一脸的嫌弃：“这不就是抢银行丝袜的改良版吗？”

丁小柔把脸基尼夺回来，将手里拎的几套伴娘礼服一伸：“你来帮我挑挑，哪套最好看？”

迟信认真地比较了一会儿，然后指着其中一件藕粉的礼服说：“这套。”

“好的。”说着丁小柔把迟信选中的那套礼服挂回了原处，然后扬了扬手中剩下的几套，“就试这几套了！”

丁小柔脸上带着报复的快意神色，大摇大摆地从迟信身旁走过，一闪身就进了试衣间。

迟信觉得无奈又好笑，也拿着两套西装，进了隔壁的试衣间。

试衣间是个奇妙的地方，方寸之地，却是片刻属于自己的王国。丁小柔仿佛又回到了少女时期，不停变换着身上的衣服，一会儿幻想自己是超模，在镜前叉腰摆 Pose，眼神肃杀，一会儿又幻想自己是《新龙门客栈》里风骚的老板娘，轻轻露出锁骨和香肩，一只手前伸撩起裙脚，露出白皙大腿诱惑世间男人。

丁小柔的表演欲望在试衣间里得到了极大满足，她取出脸基尼来戴上，镜子里的自己只露出眼睛和嘴巴，看上去很煞风景。接着她又从眼睛的洞口中扯出一绺头发，怪异的样子把自己都给逗乐了。

这时，丁小柔听到外边传来窸窸窣窣的动静。

同事小钰和前台妹子走进了隔壁试衣间。

两人一边换衣服一边聊着。

前台妹子问：“你说她为什么叫咱俩当伴娘呢？”

“Lucy 那样的为人，哪有什么朋友。要不是在她手底下干活儿，我才不愿意干这差事。”小钰说着，背对着前台妹子，“帮我把拉链拉上。”

前台妹子帮小钰拉上拉链：“你猜丁小柔会不会来参加婚礼？”

“绝对不会，Lucy 恨都恨死她了。”小钰很肯定地说，“丁小柔那人吧，表面上看挺坚强的，其实特别尿，而且心软得不行。咱俩不就是个例子嘛，咱们以前对她多差啊，最近一对她热情起来，她真把咱们当朋友了。”

前台妹子说：“就是啊，要不是为了那诅咒，让她跟我男朋友谈一场恋爱，我才懒得跟她套近乎呢。”

小钰说：“我跟你一样的想法，所以咱们还得继续跟她好，不达目的誓不罢休。”

“我还是有些怀疑，她那诅咒到底灵不灵啊？”

“当然灵了，我告诉你一件事，你可千万不能说出去！”小钰突然有些警惕起来。

“你说吧，除了你，这公司我哪还有朋友？”前台妹子迫不及待想要知道。

“丁小柔被诅咒的事情是Lucy用小号在群里发的！”小钰说道。

隔壁试衣间里，丁小柔一动不动听着。

“真的啊？”前台妹子惊呼，“我也怀疑过是Lucy，除了她还能有谁这么讨厌丁小柔呢。不过她是怎么知道诅咒这件事的？难道是丁小柔告诉了王特，王特又告诉了Lucy？”

小钰神秘一笑，摇摇头：“告诉你吧，丁小柔有一个本子，上面记录了她的历任男友，每一个都是在跟她分手后三天内找到了挚爱，然后很快结婚。Lucy无意中看到了本子上的内容，开始她也不信，就试着去联系了本子上的那些男人，结果发现诅咒真的存在。”

前台妹子也觉得惊讶：“原来是这样……”

小钰说：“我再告诉你一件事，你听了会三观尽碎。其实Lucy跟王特才是一对儿！Lucy知道诅咒的事情后，就让王特去跟丁小柔谈恋爱，然后再分手，这样他们就可以永远在一起了。丁小柔以为Lucy抢了自己男朋友，其实自己才是小三！”

丁小柔感觉自己摇摇欲坠，脑中有杂音嗡嗡作响。

“真的假的！”前台妹子既兴奋又觉得不可思议。

“骗你干吗，这可是Lucy亲口跟我说的！”小钰答道。

“那丁小柔够惨的，被骗了这么久。”前台妹子感慨。

“谁叫她笨呢。”小钰声音冷漠。

试衣间的这段对话，丁小柔全部听到了。

迟信也全部听到了，他虽然觉得可气，却更担心丁小柔此刻的感受。这个一心想要寻到一份真爱的女孩子，被不怀好意的成人世界狠狠地算计了。

丁小柔将头上的脸基尼摘了下来，她面色苍白，有几分悲恸。镜子里的自己头发乱糟糟，唇色也显得突兀，模样可笑。她恍然觉得老了几岁，一种茫然无助的挫败感紧紧将她围绕。

她默然换下衣服，从试衣间里走了出来。

丁小柔径自来到店门口，店员悉心的询问声她全然没有听进耳中，一个人坐在台阶上，魂不守舍地穿着鞋子。

迟信也跟了过来，一边换鞋子一边关注着身旁的丁小柔。从她低垂的眼睑和竭力控制节奏的呼吸中，他就可以判断出她的心里在经历着怎样肆虐的一场风暴。

丁小柔穿好鞋子，准备起身，余光瞥到了一旁的两双高跟鞋。她将两双鞋子拎起来，径自走出了店面。

天已经黑了，街道上车来车往，行人匆匆交织而过，两侧巨大的楼体液晶广告霓虹闪烁。丁小柔捏着两双鞋，健步如飞，她来到街边的垃圾桶前，毫不犹豫将它们扔了进去。

随后，她又从包里掏出脸基尼，一并丢进了垃圾桶，然后转身，眼神坚定，对着追上来的迟信说："我改主意了！"

3

丁小柔想要寻获蛛丝马迹。

她清楚不能光听小钰一面之词，真相是什么还得亲自验证。

丁小柔先是找到 Lucy 的微博，从头开始翻看。账号上的内容有限，她很快翻遍了几年的微博，根据女人独有的嗅觉，她隐约感觉到对方有个男友，但具体是谁却一无所获。

就在一筹莫展的时候，丁小柔忽然想起一件事来。有次开部门会议，Lucy 感叹现在年轻人交友途径广泛，光是那些 APP 就数不过来，不像他们那时候，认识新朋友，大都是通过人人网。

丁小柔登录人人网，开始查找 Lucy 的主页。

Lucy本名叫刘玉花，一个透着浓浓泥土芬芳的名字。她本人也对自己的名字很是介怀，从不允许外人当面叫她名字，一律要以Lucy代替。听说有次年会上，Lucy玩嗨了，无限伤感地说："以后当了母亲一定要给孩子好好起名，你们根本不知道一个随便起的名字会给孩子带来多大的阴影。"

Lucy还说"其实我以前还有个名字,不叫刘玉花,比现在的好听多了。"

大家都催着问她以前叫什么。

"刘娥。"Lucy说。

丁小柔输入Lucy的名字和毕业院校，很快进入了Lucy的人人网主页。她翻着那些相册，终于在其中一个命名为"我们俩"的相册里，看到了Lucy和王特的合影：他们站在一条风情街上，亲密相拥，脸上写满恋人间专属的甜蜜，身后是觅食的鸽群和来往行人。

照片的发布时间是两年前。

一整个相册翻下来，再看过那些日志，丁小柔大致了解了两人的感情经历：Lucy是王特的师姐，早几年毕业，王特大学期间各种花销基本是靠Lucy。王特多情，爱在外招惹其他女生，虽然两人没有因为这件事分开过，Lucy却对此很是头疼。

我爱这个男人，虽然我明白他最爱的是自己。Lucy在一条状态中写道。

所以你们才决定联起手来祸害我。丁小柔心想，我呸，就你们高尚！等着瞧吧，为了自己的幸福不惜牺牲别人人生的家伙，都不配有好下场。

话是这样说，真要是让丁小柔去做，又是另一回事了。她在心里假设了无数种在婚礼上报复Lucy和王特的办法，每一种都让她血压上升，呼吸急促，可临到去实践的时候，她又退缩了。她垂头丧气地趴在床上，终于肯承认自己就是个意淫的高手，行动的矮子。

最终，她还是决定放弃。

三天后，转眼就到了Lucy和王特大婚的日子。

前一晚，丁小柔辗转难眠，她心里明白这跟明天的婚礼有关，脑子里一直在想，要是真碰上那俩人会有多尴尬，这让她不禁有些怀念那个被自己扔掉的脸基尼了。她几乎凌晨三点就起床化妆穿好衣服，又在百无聊赖中重新睡回到床上。

好不容易迷迷糊糊睡着的时候，她听到家门外传来了敲门声。

杜丽明慌忙从卫生间里出来，把门打开，就见飒飒急慌慌地走了进来。

"舅舅早啊。"飒飒边说边朝丁小柔房间走。

"飒飒，来这么早有事吗？"杜丽明问。

"大事。"飒飒说。

飒飒敲敲门，又拧了下把手说："丁小柔你给我开门！"

屋内丁小柔把头埋在枕头底下，继续睡。

这时，杜丽丽也从自己房间走了出来："飒飒，到底什么事？"

飒飒说："今天一姐妹儿结婚，请我和小柔当伴娘，这都几点了她还跟家里睡大觉。"

杜丽丽一听，赶忙说："当伴娘是好事儿啊，当了伴娘的人就能很快把自己嫁出去的！你等着。"

杜丽丽回到房间，很快拿了一串钥匙来，然后捏着其中一把，三两下就打开了房门。

飒飒冲进来，二话没说把丁小柔从床上拖了起来，然后绑架一样把她往外带。

杜丽丽有点担忧："飒飒，好歹你也让她洗洗脸啊。"

飒飒说："不用，她人到场就行，太漂亮了会抢风头，新娘也不高兴。"

丁小柔嚷："我还没吃早饭呢——"话都没说完，就被飒飒一手扯着头发拉出了家门。

一到小区门口，丁小柔又吓了一跳，只见穿着婚纱的贺明珠正坐在驾驶座上。

"新娘亲自来接伴娘，没听说北京有这风俗啊？"丁小柔说。

“上车！”贺明珠一挥手，飒飒就把丁小柔推上了车，车子随即发动。

一上去，丁小柔才发现车里还有一个不认识的女孩。

飒飒的眼神有些让人害怕，她盯着丁小柔，突然一声令下：“脱！”

陌生女孩和飒飒就开始风卷残云地为丁小柔脱衣服！

眨眼间，丁小柔就只剩一套内衣穿在身上。

“你们这是干吗啊？！”丁小柔有些抓狂。

飒飒又从身后拿过几个手提袋，与陌生女孩对视一眼，对方立刻默契地从里面掏出了衣服和鞋子。

又是一阵忙乱，丁小柔换上了新衣服。

这时，陌生女孩打开了随身的小箱子，里边是各种化妆品和化妆工具。

丁小柔终于忍无可忍，说：“你们跟我说清楚，到底要干吗！”

贺明珠说：“这姑娘是我今天的跟妆师，现在专门为你化妆。”

丁小柔说：“那不对啊，我的伴娘服不是身上这件啊！”

飒飒说：“伴娘服等会儿再换，你先去参加那对贱人的婚礼。”

“我不去！”丁小柔反应迅速。

“不去也得去。”飒飒每次说话这么平静的时候，就代表她主意已定。

丁小柔问：“迟信是不是跟你们说什么了？”

“那个回头再说，你记着，一会儿就去 Lucy 的婚礼，想干吗干吗，我跟明珠会帮你。”飒飒说。

“我不想去。”丁小柔说着，把头别向一边。

飒飒说：“丁小柔你就屃吧，自己被人骗成这样，还想着大事化小，小事化了？你当是广结善缘呢？你这是助纣为虐！你以为人家结婚是喜事你忍着恶心放他们一马算了，人家男欢女爱策马奔腾的时候管过你的死活吗！”

车外是一片喧嚣，车内是一片安静。

贺明珠转过头说：“小柔，今天这婚礼你得去，你不去会憋屈一辈子。”

丁小柔的目光呆呆看向虚无的某处，心中有鼓点响起，从隐隐约约到清晰激昂。

过了一会儿，她对化妆师说：“请给我化妆吧，用你最好的水平。”

北京天气出奇地好。

阳光照射在草地上，温暖又舒适。现场以白色和粉色为主，和着微风，空气里都是甜甜的味道。

Lucy 和王特盛装守在路边，迎接参加婚礼的来宾。Lucy 面若桃花，今天的妆容她十分满意，三十几年的人生里，她觉得自己从未如此美丽过。

两人正跟大家寒暄着，忽然人群里起了一阵嘈杂，大家的目光纷纷移向了正前方：一辆豪车在路口停下，车门打开，一只精致的高跟鞋率先探到地面上，紧接着是一条白皙修长的腿，然后只见一个穿着蓝色短裙的美女从车上走了下来。

“丁小柔！”伴娘小钰忍不住脱口而出。

从所有人惊讶的目光中，足以知道此时的丁小柔带给他们的惊艳。他们怀疑，眼前这个美不胜收的人，真的是那个平时默默无闻的女孩吗？

Lucy 心中又升起一股怨气，这个丁小柔居然敢在自己的婚礼上出现，恐怕是来者不善。她下意识看了眼身旁的王特，只见他的眼睛已然发光，痴痴盯着对面的丁小柔。Lucy 用尖细的脚跟向他踩去，痛得他龇牙咧嘴。

丁小柔拿着手包，缓步自信朝人群走来。

下车前，飒飒对她说：“把自个儿当明星，把眼前的路当红毯，把那群人当成粉丝！”

贺明珠对她说：“小柔你大胆地往前走，我们一直在你身后！”

都什么人啊，丁小柔心想，我前脚刚下车，你们后脚就把车开走，这不把我往火坑里推嘛。还有那个迟信，告密完了就玩失踪，真是不仗义。

后悔肯定是来不及了，丁小柔朝那对新人走了过去。

短短的一小段路程，对丁小柔来说格外漫长。一步一步，就像是走在一帧帧往事的画面上，那些她曾在王特身上倾注过的真心，那些自以为是的幸福，那些被 Lucy 奚落的瞬间。

贺明珠说得对，如果今天不来，她丁小柔真的会憋屈一辈子！

几乎是一秒钟切换到了愤怒模式，丁小柔的鞋跟仿佛变成锐利的刀锋，脑袋上长出恶魔的犄角，浑身上下怒火升腾。

很快，王特看出了不对劲，迎上前用商量的语气说：“小柔，有什么话我们可以私下里说——”

王特话没说完，丁小柔飞起一脚直踹对方裆部，王特双眼瞪大，双手捂裆，惨叫着倒地。

人群中发出惊呼声。

Lucy 见状，慌得连连后退，丁小柔上去一拳打在了她过分夸张的胸上，伴着一声尖叫，丁小柔仿佛听到了塑料袋破裂时汩汩涌出的水流声。

这场打斗可以说是行云流水，酣畅淋漓，看着倒地的一对男女，丁小柔终于露出了舒展的笑容。

“丁小柔？”

王特的声音钻入耳朵，她像是被一股力量从遥远的地方拉回现实。

丁小柔看着眼前安然无恙的王特和一脸冷笑的 Lucy，知道刚才自己不过又是一场幻想。

在场的人都看着她，不知道她那舒展的笑容是出于什么原因。

丁小柔多希望自己勇敢一点，将刚才的假想完美变成现实，哪怕是做不到，众目睽睽之下也要揭露这两人的居心叵测，才算是不枉此行。

丁小柔张张嘴，说出口的却是：“恭喜。”

丁小柔听到了心里轻若无声的叹息，她到底没有自以为的那样勇敢和决绝，也有些愧对飒飒跟贺明珠的期待。

王特热情地回她：“谢谢！”

一旁的 Lucy 脸上始终挂着不明不白的笑，像是在嘲笑丁小柔不战自败。

Lucy 说：“其实，我真应该好好谢谢你。”

真是意味深长的一句话。Lucy以为丁小柔还蒙在鼓里，以为丁小柔体会不到这句话里的深意，她当然“感谢”丁小柔，“感谢”丁小柔的诅咒成就了她的幸福人生。

人群很快又热闹起来，一对新人转身继续忙着应酬，丁小柔被欢快的人群包围。她决定趁着这股欢乐的气氛离开，奔赴另一场婚礼，那里有她的朋友们，那里的空气才能让她自在呼吸。一会儿见了面，她会装作若无其事的样子告诉飒飒跟贺明珠，自己肯出现在Lucy的婚礼上就是胜利，至少她已经昭告全公司：自己问心无愧，才不是缩头乌龟。

刚走没几步，身后不远处的礼台上突然响起一个熟悉的声音：“大家好，婚礼正式开始！”

丁小柔循声望去。

礼台上，一个西装笔挺的男人，梳着帅气发型，手拿话筒，正一脸微笑地看向丁小柔。

是迟信。

4

王特亲吻Lucy的时候，台下响起了掌声。

丁小柔安静地坐在来宾席中，就在刚才，迟信冲她眨了眨眼睛，她知道其中必有事，于是留了下来。

司仪迟信对着台下说：“下面是新人问答时间。”

迟信把一个话筒递给王特：“新郎，你会爱新娘一生一世吗？”

王特不假思索：“当然。”又对着Lucy说，“我一生只爱你一个人。”

撒谎的最高境界是什么呢？就是王特这样吧，感情真挚，神情动人，连自己都能骗过去。

迟信问：“这话你对几个人说过？”

台下一片笑声。

“只对她一个人说过。”王特语气肯定，攥紧对面Lucy的手。

“放屁！”台下一个年轻女人站了起来，全场顿时骚动，议论纷纷。

王特见了对方，眉头皱起，似乎很是意外。

女人指着台上的王特说：“王特，你有健忘症吗？半年前，你他妈也对我说过这句话，你说一辈子只爱我一个，这才过去多久，你先给忘了！”

迟信赶紧控场：“这位小姐，我们这里是婚礼现场，请您不要扰乱秩序。”

这话似乎把对方激怒了，女人掏出手机，当众播了一段视频。视频中，王特跟女人以老公老婆相称，王特用真挚的口吻对女人说“我一辈子只爱你一个人”。

就在这时，来宾席上又有一个大学生打扮的女孩站了起来，她大声斥道：“王特，你还是不是人？我前脚刚为你打掉了孩子，后脚你就玩起了失踪，居然还结了婚！”

两个怒火中烧的女人一起朝王特逼近。

王特抓着 Lucy 的手，被 Lucy 一把甩开，他战战兢兢地后退，躲到了迟信身后。

迟信把他推出去：“我只负责主持婚礼，不负责替人挨揍。”

两个女人怒吼着冲上前，对着王特就是一通抓挠，片刻过后，王特脸上就是一道道血痕，惨不忍睹。

Lucy 的人生中从没受到这样的奇耻大辱，失控的场面让她变得歇斯底里，她无意中瞥见了迟信悄悄亮出的“胜利”手势，然后又顺藤摸瓜，发现这手势正是冲着台下丁小柔做的。

Lucy 冲下台去，对着丁小柔就是一巴掌。

“啪”的一声脆响，把在场的人都吓了一跳。

这一巴掌力道实在不小，打得丁小柔晕头转向，脚下不稳险些跌倒。

“我知道你跟这个司仪认识，你们串通好了来搅局的吧！”Lucy 说着，又扬起了手。

迟信冲上来，捏住了 Lucy 的胳膊，他看到丁小柔白细的脸上浮现出充血的手印，不禁皱眉。

Lucy 嚷：“是男人就不要掺和女人的事！”

迟信说：“你做坏事的时候也没因为对方是女孩子就心慈手软啊！”

“迟信，你放开她。”丁小柔的声音不大，但透着不容拒绝的力量。

迟信不知该如何是好。

丁小柔又重复道：“放开她吧，我们之间的事情就交给我们来解决。”

迟信只好试探着松开了手。

Lucy 的邪恶在瞬间释放，她的手再次甩向了丁小柔。

又是“啪”的一声脆响。

丁小柔的头狠狠垂下。

“小柔！我们来了！”飒飒的喊声响起，只见她拿着一支水枪和贺明珠一起冲进了人群。

现场来宾自动组成人墙，防止两人冲进来。飒飒跟贺明珠横冲直撞，不要命一样跟对方混战成一团。

飒飒一马当先：“你们再不闪开，我就不客气了！”

几个 Lucy 平日的小姐妹呛声：“别客气，来呀！”

贺明珠是行动派，上前薅住其中一个的头发就撂在了地上，飒飒也顺势把面前那个推倒在地。

飒飒对迟信喊道：“话筒给我！”

迟信火速把手中的话筒递到了飒飒手中。

飒飒手拿话筒：“在场的各位！你们都知道我闺密丁小柔是王特的前女友，可实际上，王特和 Lucy 在此之前就已经是情侣，他们相信丁小柔身上的诅咒，想要获得幸福，所以王特跟丁小柔恋爱后又提出了分手！”

听到这声音，全场顿时鸦雀无声。

一旁的王特赶忙指使身边人：“快把音响拔了！”

迟信见状，第一时间冲过去，用身体护住音响，不让对方得逞。开始迟信还跟对方比画两下，来一个打一个，来两个打一双，后来眼见人越来越多，他索性不管了，趴在了音响上，任凭那些拳头砸下，死活护住音响插头。

“可是我们小柔毫不知情，很长一段日子都在为这段从一开始就充满欺骗的感情痛苦着。”飒飒说着一指 Lucy 和王特，“无辜的她还要忍受 Lucy 的各种欺负！”

Lucy 禁不住一个哆嗦，仍旧强撑着气场：“你以为随便说些谎话，大家就会信吗？简直可笑！”

贺明珠嚷道：“臭娘们儿，你再嘚瑟信不信我抽你！”

飒飒拦下贺明珠，说：“我这里有你和王特隐瞒恋情的充分证据，大家要是不信，我可以把证据发给你们！”说完，她大喊一声，“小柔，有仇报仇，有冤报冤吧！”

那把水枪被飒飒抛出，在空中划过一道弧线。

丁小柔接在了手里，她转身将枪口对准了 Lucy。

Lucy 开始还故作镇定，很快就意识到不妙，转身想要逃。

已经太迟了。

丁小柔扣动扳机，一股水柱喷出，击中对方面部。

Lucy 发出一声惨叫。

现场所有人都被这声惨叫镇住，包括迟信，包括正被四处追打无法脱身的王特，所有人心里都是咯噔一下，一场惨剧要发生了。

Lucy 整个人蜷缩在地上，打起滚来，嗓子里发出阵阵干号。

大家惊恐地看着眼前一幕，担心一会儿 Lucy 放下手来，便会露出一张血肉模糊的脸。

叫了大概有十几声，Lucy 突然不再号叫，她从地上站起身松开手，依旧是那张完好如初的脸。

Lucy 欣喜若狂：“哈哈，不是硫酸！哈哈，吓死老娘了！”她带着劫后余生的狂喜，用手擦着脸上的水渍。

丁小柔激将对方：“有本事不要擦。”

Lucy的泼皮劲儿上来："凭什么，你说不擦就不擦啊？老娘偏要擦！我擦我擦我擦！"说着她又示威一般在脸上猛擦了几下。

擦着擦着，Lucy注意到周围人的脸色有些不太对劲。

丁小柔说："对你来说，这个比硫酸还可怕，是卸妆水。"

Lucy愣愣看向众人，大家都忍不住笑出声来——Lucy的脸一半已经卸妆，大小眼对比明显，而且肤色一边黑一边白，如同阴阳脸。

Lucy一直自诩天生肤白，这个谎话在众目睽睽下不攻自破。

"丁小柔，你给我等着！"Lucy颜面尽失，捂着脸，夺路而逃。

同一天，稍晚些的时候，丁小柔又参加了甄正和贺明珠的婚礼。

迟信作为伴郎，又身兼司仪的身份为两人主持了婚礼。我不能恋爱的原因小组全员到齐，丁小柔和他们坐在一起，有种格外的亲切感。

迟信问甄正："你为什么爱她？"

甄正想了想说："别人都喜欢仙女，我却打小就喜欢侠女，哪怕今天结婚，我老婆还抽空去为姐妹儿打抱不平，作为一个男人，这让我觉得特别有安全感。"

全场大笑。

迟信又问贺明珠："你为什么爱他？"

贺明珠笑笑，拉过甄正的左手，亮给大家看："因为他永远没办法对我竖中指。"

又是一片肆意欢快的朗朗笑声。

迟信还没开口宣布新郎新娘互相亲吻，情到浓处的两人就迫不及待吻在了一起。

见此情景，同一桌上的女职员突然起身，仰头一杯酒下肚，俯下身子强吻了身旁的大学男生。

一片掌声中，丁小柔是最用力的那个，顾不得两只手掌已然拍得通红，顾不得眼泪开始簌簌往下掉。

有时候，你没缘由地突然被感动，可能是因为今天的气候宜人，也可能只是因为空气里弥漫的青草香气,所以你无法自控地在人群中悄然落泪。

泪眼婆娑中，丁小柔看到亲吻的甄正夫妇，众人的笑脸，吻在一起的女职员和大学男生，忧心忡忡望向自己的迟信……

心中有个声音在喃喃说着："希望所有让人难过的爱情，都不是真正的爱情。"

她在一片欢乐的背景中无声痛哭。

5

这家烤羊蝎子店迟信以前常来，屋内和院中都能坐人，桌连桌，人挨人，尤其是夏天的夜里，格外热闹。

丁小柔呆坐在座位上，神情还有些恍恍惚惚。

迟信也不说话，拿起一串用柳枝串起的肉串，故意大口嚼着。

丁小柔看着他，面有不悦，她终于没忍住说："板筋给我留点儿。"

迟信专心吃东西："都这样了也没忘了吃。"

丁小柔指着自己身上的伴娘礼服："为了能穿下它，我一天都没敢吃东西，能不饿吗？！"

丁小柔充满怨念地拿起一串板筋，刚要吃，忽然想起什么，问道："是你告诉飒飒 Lucy 和王特合起伙来骗我的事？"

迟信说："我是跟甄正说了，让他帮我出主意，然后他转头就告诉了贺明珠，所以飒飒也知道了。"顿了顿，他又感叹，"那俩女人可真能打。"

丁小柔带点骄傲："当然。飒飒不用说，你还记得那次吃饭吧，明珠说要和我天下第一好，我现在才知道她可不是随便说说的，好家伙，姐妹儿有难了她可是真上，薅别人头发的时候我看着都疼。"

迟信说："你们女人打架最凶残了，跑外景这些年，这样的场面我见过不少，再碰上还是胆战心惊。"

丁小柔笑了笑，问道："你怎么就成了 Lucy 和王特的司仪了？"

迟信说："像我们这种混个脸熟的外景主持，隔三岔五会给人主持婚礼赚点外快，这家酒店和我们是合作关系，正好轮到我。”

丁小柔看着他，表情好像在说“你继续编啊”。

迟信见被识破，只好说：“本来是我一个同事做这场婚礼司仪的，我临时跟他换了。”

“这么说，那两个王特的前女友也是你找来的？”

迟信点头：“王特这种人，风流债肯定不少，我就顺藤摸瓜，还真被我找到了。”

丁小柔又想起迟信白天因为她被人摁在音响上打的情形，又看着他眉骨和嘴角的瘀青，不禁又红了眼眶。

“谢谢你啊。”她说。

迟信赶忙强调：“千万别感动，我可不是为了你啊！我就是看不惯王特这种人渣逍遥自在，必须得给他教训才行。”

这人平时看着人精一样，有时候却是真的傻，我说你做这些是为我了吗，简直欲盖弥彰。想到这里，丁小柔心里顿时一乐。

她继续吃着手里的烤板筋，忽然发现迟信在看着自己。

迟信认真地说：“你今天很漂亮。”

丁小柔又低头看了眼自己的礼服：“这么贵，当然漂亮了。”

说完，她就意识到，迟信夸的是她本人，跟衣服无关，于是低头猛嚼了几口吃的，用难掩喜悦的声音低声回道：“被你夸奖还真不太习惯。”

这时，路边一辆洒水车经过，伴着《生日快乐歌》的节奏，细密的水汽在闷热的空气里纷纷扬扬。丁小柔起身，走到路边，对着渐渐远去的洒水车喊：“谢谢！我很快乐！”

迟信从后面走过来，问她：“今天是你生日？”

丁小柔点点头。

“怎么也不说一声。”迟信有点怪她的意思。

“今天是甄正和明珠的大日子，大家都很忙，我就没跟着添乱。”丁小柔笑笑。

迟信心中生出一股怜爱的情绪，眼前这个丁小柔懂事得让人心疼。她总是小心翼翼，不愿成为别人的负担，又害怕被人嫌弃，于是拼了命地对别人好，为别人考虑。

“以后对自己好点儿。”迟信说。

“啊？”他没头没尾的一句话让丁小柔摸不着头脑。

“没什么。”迟信岔开话题，“赶紧回去吧，不然咱们的位置要被撤了。”

两人重又回到座位上，迟信为丁小柔倒了一杯啤酒。

迟信说：“有什么生日愿望，可以告诉我。”

丁小柔说：“还没想好，等想到了就告诉你。”

丁小柔夺过迟信手里的酒瓶，为他也倒满：“干杯！”

两人碰杯。

丁小柔说：“经过今天这件事呢，咱俩也算是患难之交了，交换一个彼此的秘密怎么样？”

不等迟信开口，丁小柔又说道：“我每次只要一进试衣间，准会遇上倒霉事。”

丁小柔说得不假，少女时期进入试衣间，惨遭诅咒，前两天进试衣间，又得知了毁心情的真相。

迟信说：“我这么光明磊落一个人，没有秘密。”

丁小柔说：“你一个大男人，不会想要赖吧？”

迟信纠正：“谁要赖了，我答应跟你交换秘密了吗？”

丁小柔催促：“少来！一个人没有秘密，那还能叫人吗？快说，快说！”

眼见这回是躲不过去了，迟信只好说：“我告诉你，你可千万不能跟别人说，这个秘密除了蒋媛，谁都不知道。”

“好的，我不说。”丁小柔已经迫不及待。

“我特别紧张的时候，说话就会变成播音腔。”

丁小柔的反应倒是很平淡，她淡淡地“哦”了一声，低头喝酒，又忽然被酒呛到，忽然哈哈大笑起来：“对不起啊，我也不想笑的，可是哈哈哈，你这个播音腔到底怎么回事啊？”

迟信尴尬的脸都变了颜色，丁小柔边说着身子边往后仰，后背撞到了邻桌一个小太妹打扮的女生。

小太妹噌地就站了起来，皱着眉，撇着嘴嚷：“干吗呢！”

丁小柔慌忙站好，打量着对方：年纪不过十六七岁，还显稚气的脸上却硬摆出成人的恶劣模样，刚开始发育的身体被裹在紧身暴露的T恤里，眼妆更是嚣张跋扈。她的对面，坐着一个差不多类型的小太妹。

丁小柔说：“对不起啊，小妹妹。”

“叫谁小妹妹呢？”小太妹说着把桌上仅剩的几串烧烤扔到了地上，“看到了，你把我吃的都碰地上了，这顿饭算谁的？”

“你这不是碰瓷嘛！”丁小柔说。

迟信赶忙上前，对小太妹说：“这顿饭算我们的，不好意思啊。”

丁小柔不赞成迟信的做法：“她们太过分了！”

小太妹鼻子一哼，说：“老女人。”

另一个小太妹帮腔：“就是！”

原本拼命按捺住的火气，再次蹿了起来，丁小柔怼迟信说：“你别拦我，我还不信治不了一个小丫头！”

迟信劝她：“别闹了。”

丁小柔小声附在他耳边：“放心，你看我怎么镇住她们。”

她眼睛再看向小太妹时，已经满是杀气，她在对方跟前站住，顺手从桌上摸起一个空酒瓶，然后“啪”地在桌沿上一砸，玻璃四溅，酒瓶碎裂。

丁小柔手里攥着瓶颈，边缘上参差不齐的玻璃碴子像是狰狞的獠牙。

小太妹下意识地往后退了一步。

丁小柔得意地一笑。

紧接着，周围几张饭桌上，那些赤裸着上身的男人纷纷站了起来，怒目瞪着丁小柔和迟信。

丁小柔傻眼了。

那群身上文着各式图案的男人朝两人围拢过来，一个个凶神恶煞，气息灼人，好像不留下一条胳膊半条腿就没法儿离开一样。

丁小柔的心扑通直跳，她在心里狂骂自己，刚才非要较这个真干吗，现在闹成这个局面，真不知该怎么收场了。

丁小柔深吸一口气，忽然把手中的瓶颈放在了迟信嘴边：“来，给大哥们唱首歌！”

迟信用播音腔回她：“我不会！”

丁小柔说：“快点儿！”

迟信继续播音腔：“我真不会！”

丁小柔说：“这是我的生日愿望！”

迟信再也找不到拒绝的理由了，于是用播音腔唱：“祝你生日快乐，祝你生日快乐，祝你生日快乐——”

“别他妈唱了，真难听！”为首的一个男人吼道。

“揍他们！”那个小太妹说。

一群人瞬间围拢过来，迟信一把将丁小柔护在身后：“有事好好商量，你们别碰她！”

丁小柔又绕到了迟信身前，用玻璃瓶颈冲那群人比画着：“你们都别过来啊，告诉你们，我狠起来连我自己都害怕！”

她说着开始挥动手中的武器，并转着圈，试图将自己的领地扩大，寻找逃跑的突破口。

谁知刚转了没几圈，她就忽地倒地，沉沉睡了过去。

第五章

一条守望雨季的“非洲肺鱼”

「在非洲，有一种叫非洲肺鱼的鱼类，雨季时，它们在淡水里用鳃呼吸，到了旱季，它们会钻进泥土中，用自己的分泌物和着泥土做成“茧”，用鳔当作肺呼吸。就这样，它们可以在干涸的泥土中生存长达数月，以假死的状态等到下一个雨季的到来，那时它们会冲破泥土，用一个优美的托马斯回旋，重新回归淡水中。」

1

丁小柔醒来的时候，发现自己在车上。

她下意识警惕地扫视了一遍车内，又透过车窗向外打量着。

“你没事了？”迟信问。

丁小柔“嗯”了一声，还有些担心：“那些人呢？”

“走了。”

丁小柔心里直犯嘀咕，那些人根本不是善茬，怎么会轻易就走了呢？刚才自己昏倒后，难道迟信跟他们之间经历了一场恶战？

丁小柔看向迟信，发现他脸上没有新伤的痕迹，身上的衣服仍旧干干净净的。

“他们怎么就走了呢？”丁小柔不解。

“一见你突然那样，以为出了人命，都吓跑了。”迟信说，“没想到啊，你这猝睡症还有这功效。”

丁小柔埋怨："我都这样了，你还开我玩笑。"

她又想起什么来，摸摸自己的脸和头发，坐正了身子问道："刚才……我睡着的时候……"

"放心吧，我没亲你。"迟信说。

"哎呀，你能不能别打岔，我是说，我睡着的时候没有做什么失态的事情吧？"

"没有。"迟信说得很干脆。

丁小柔放下心来。

"也就是打打呼、磨磨牙什么的。"迟信云淡风轻地说。

让我一觉睡过去算了，丁小柔想，这也太丢脸了。她用手捂着脸，快要被自己气哭了。

迟信笑着安慰她："我刚才跟你闹着玩儿的，你还当真了？"

丁小柔把手从脸上拿下来，问他："你刚才说的到底是不是真的？"

"真的啊。"迟信又说。

丁小柔彻底抓狂了，大声吼："迟信你是不是神经病！"

迟信忍着笑，继续开车。

丁小柔没好气："一会儿在路口就把我放下来。"

迟信说："你也太小心了，防家里人跟防贼似的。"

丁小柔说："我是不想这么早就回家，一回去我妈准问今天当伴娘怎么样，我总不能说挺好的，不光打了一架还没抢到捧花吧？"

迟信说："你又要去那个地方？"

丁小柔看着他，点了点头。

"反正我回去也没事，跟你一起去吧。"迟信说着，打了方向盘。

时间不算晚，河对面还有附近的居民在乘凉，间或有几声孩童的嬉笑声，隔着一湾水面娓娓传来。

丁小柔走到那棵银杏树下，仰头望望，又看向迟信。

"还记得我跟你说过一个不出名的诗人吗？"

迟信点点头。

“他是我爸。”丁小柔淡淡说着，脸上挂着淡淡的笑容。

迟信有些意外：“从没听你提起过他。”

丁小柔说：“是呀，父亲在我们家是个被禁止提起的称呼。我的成长中，没有父亲的参与，只有母亲和舅舅。他们那代人的恋爱故事好像都大同小异，有人说媒，两人互相满意就开始交往，然后是结婚，生下我，再然后就是性格不合，争吵不休，父亲离开了这个家。”

迟信没有打断她，安静听她继续说下去。

“他应该是我见过最不靠谱的人了，酷爱诗歌，一心想成为著名的诗人。可是他的天分，你也看到了，注定是无所成就。他过的并不好，却还不死心，自费出版了一本诗集，只有一千册，反正我是没见过。”

“那本诗集叫什么？”

“《四惠站是换乘站》，我妈说没准根本就没有这本诗集，是他瞎编的。”

“有意思的名字。”迟信又问，“那他现在在什么地方。”

“已经不在了。”丁小柔语气平静，仿佛在说别人的故事，“两年前他患病，临终前要我在这棵树下撒一把他的骨灰。”

“为什么撒在这棵树下？”

“在我出生的时候，他亲手栽种了这棵银杏树。”丁小柔说。

迟信仰头打量着，这棵静默的银杏树已经在这里站了二十多年的岁月。

“他对你充满了愧疚和爱。”迟信说。

“愧疚是为了让他自己心安，至于爱，一点儿也没看出来。”丁小柔又换了一种轻快的语气，“知道我人生最庆幸的是什么吗？”

“什么？”

“在这样残缺的环境里长大，却依然热爱这个世界。”她说，声音里透着不服输，又有些无奈。

“在非洲，有一种叫非洲肺鱼的鱼类，雨季时，它们在淡水里用鳃呼吸，到了旱季，它们会钻进泥土中，用自己的分泌物和着泥土做成‘茧’，用鳔当作肺呼吸。就这样，它们可以在干涸的泥土中生存长达数月，以假死的状态等到下一个雨季的到来，那时它们会冲破泥土，用一个优美的托马斯回旋，重新回归淡水中。”

“为什么突然说起这个？”丁小柔问。

“因为你就像这种非洲肺鱼，不管是顺境逆境，都有办法适应，并且坚强地挺过来。”迟信说。

“我有你说的那么厉害吗……不过话说回来，像我这种整天倒霉催的人，真怕哪天就英年早逝了，毕竟人生啊太不如意了。”丁小柔自嘲。

“肺鱼在正常情况下可以活很久，美国芝加哥有个水族馆，里面一条肺鱼活到了九十岁。所以啊，你也会长寿的，要好好地生活。”

“谢你吉言，我争取长命百岁。”丁小柔笑笑说，“听说这一片有新的规划，很多东西会被运走，包括这些树，也不知道还能再见到它几次。”

旋即她闭上眼，倾听着，晚风从银杏叶间吹过，像是极轻微的叹息。

那声音迟信听了，只觉得怅然。

2

丁小柔没有辞职，而是选择继续留在了公司。

她明白职场瞬息万变，如果这一次自己低头离开，那么以后不管去到哪里，不过是换个地方继续人生的失败。

不消说，她与 Lucy 的婚礼大战已经传遍了公司上下。郑大业也听说了这件事，更加觉得把丁小柔调到设计部是明智的选择，而 Lucy 又是自己得力干将，这手心手背的事情，他也不好评论，只得睁一只眼闭一只眼，由它过去。

当丁小柔踩着铿锵的脚步声出现在公司时，正在跟手下布置任务的 Lucy 还是愣了一下，她们就这样隔着一道玻璃墙互相望着，Lucy 眼中没有喜怒，冰冷得甚至没有感情，然后她移开视线，继续开会。

一个隐约的预感出现在丁小柔脑海中，这个霸道的女人不会就这么算了，她在寻找机会，彻底将自己击垮。那又怎样呢，丁小柔想，既然没离开公司，我就不怕任何事情，好的坏的，全都来吧。

婚礼事件后，飒飒更加关心起丁小柔的恋爱大事，据她分析，丁小柔之所以陷入诅咒的漩涡中无法脱身，根本原因是她的要求太高。

“我要求高？”丁小柔觉得好笑，“我那些前男友你哪个不知道？里边矮的、丑的、家里穷的我都集全了，你还说我要求高！那你说我是不是找一个要饭的，要求就低了？”

飒飒手一拍：“哎，你这个思路对了！”

“对个屁。”丁小柔说，“我现在恨不能把你嘴巴封住，你气都把我气死了。”

飒飒说：“别生气呀，听我跟你说，你以前有些男朋友质量是不高，但还不够差。”

丁小柔说：“你什么意思啊，我怎么觉着你要把我往火坑里推呢？”

飒飒说：“你想什么呢，我是说，你应该继续贯彻之前跟甄正约会的那个方针。”

“什么方针啊，我怎么越听越糊涂。”丁小柔说。

“就是奔着那些很难恋爱成功，或者条件不怎么样的男人去约会，然后分手，以他们的情况，分了手想找个接盘的，难了去了。这样一来，不就证明你那诅咒是不存在的了吗？一旦你这心魔去了，以后的人生就顺风顺水起来了。”

“我觉得这事儿有难度，你想啊，咱们出去跟人讲想找些歪瓜裂枣的来恋爱，谁来呀？来的不就承认自己档次低了吗？”丁小柔分析。

“这你就甭操心了，我郭飒这白衣天使可不是白当的，人选的事情就包在我身上了。”飒飒又笑道，“在你重新开启约会模式前，要不要再跟迟信试试？”

丁小柔装傻：“我跟他不合适。”

飒飒笑："我觉得也是，他那么帅，你当务之急是找些歪瓜裂枣。"

飒飒果真说到做到，很快就为丁小柔安排了一场约会。

对方是一个秃顶的中年男人，四十多岁。

按照丁小柔的计划，对方一见是这么年轻的女孩，肯定会心花怒放，丁小柔再适时提出"恋爱然后闪电分手"的事，对方是完全有可能愿意配合的。

事实上，完全不是这么回事儿。从见到丁小柔的那刻起，秃顶男就显出了极度的不耐烦，话有一搭没一搭地说着。丁小柔还在心里琢磨要不要跟对方提那件事的时候，秃顶男抢先找了个借口，走了。

丁小柔跟飒飒抱怨，这是不是代表自己进军中老年男人市场也失败了，飒飒鼓励她不要沮丧："一个老男人不待见你没什么，资源咱有的是。"

于是丁小柔又在飒飒安排下见了一个特丑的男人，临见面前，飒飒还特意把丁小柔的衣领往下猛扯了一下，露出了更明显的事业线，飒飒管这叫"舍不得奶子套不着狼"。万万没想到，特丑的男人也对丁小柔没任何兴趣，一边应付着丁小柔一边打手游。

丁小柔约会的第三个男人是个大胖子，约在一家素食餐厅见面。这胖子是个光头，左手一串星月菩提和黄水晶，右手一串金刚菩提，脖子上挂一块鸡油黄蜜蜡，手里还盘着俩核桃。

丁小柔看得目瞪口呆："大哥，您在哪儿高就啊？"

胖子说："潘家园古玩市场。"

丁小柔恍然大悟，"哦"了一声。

胖子问："怎么？"

丁小柔说："感觉这些东西跟您的气质特别搭。"

胖子得意："不是有句话说，你身上的气质藏着你走过的路，读过的书和爱过的人吗？我觉得特别对。别人一见我，就觉得我身上有种超凡脱俗的气质。"

丁小柔说："是吗？那你到底经历了什么？"

胖子挥挥手："不值一提。"

"那就不提了。"丁小柔说。

"那我就说说？"胖子的大手往桌子上一放，如同惊堂木，"我以前是做烧烤的，整天串肉串，串大腰子，我觉得特别残忍，就决定改行，但是我串东西上瘾了，别的也不爱干，就到了潘家园开始串珠子。老妹儿，你说我这人是不是特别不忘初心？"

丁小柔只好说："对，您特别长情。"

胖子听了很受用，对服务员说："给我来个水煮肉片、辣子鸡丁、铁板牛柳，还有东坡肉。"

点完菜，胖子对丁小柔说："我信佛，吃素。"

一顿饭艰难捱过去，丁小柔心想，总算可以跟对方商量正事了，没想到对方先说话了："谢谢你，我想我要恋爱了。"

丁小柔说："其实，我也正有这个意思，但我要先跟你说实话——"

胖子不等丁小柔把话说完，悄悄地告诉丁小柔："我爱上了楼梯口那个美女。"

丁小柔看过去，一个跟胖子体型差不多的女服务员正朝这边羞赧地笑着。

她突然觉得生无可恋，把刻意拉低的衣领又提了上来。

频频受挫，让丁小柔意识到，自己寻找幸福的路上又出现了新的状况，那就是无论对方是谁，条件如何，都不会想要跟自己谈恋爱。

这个变化无异于晴天霹雳，如果说之前还能够恋爱，现在自己已经变成了恋爱绝缘体。而至于为什么会出现这样的局面，这个问题困扰了丁小柔好几天，直到她再次见到出差回来的郑泽。

当时丁小柔正在电脑前看橱窗的设计草图，郑泽突然就出现了，趴在工位的隔板上，贱兮兮地冲她笑。

"我回来了。"郑泽说，这句话让丁小柔一个哆嗦，他的亲昵口气，俨然是把她当成了情侣。

“回来就好好工作，没事儿少往我这儿跑。”丁小柔说。

“听说我不在的这些天，你干了件大事。”郑泽饶有兴致地看着她，“难怪刚才见到 Lucy 我说结婚快乐，她看我的眼神儿不太对劲。”

丁小柔懒得跟他闲扯：“没事的话，我要工作了。”

“有事。”郑泽说，“中午一起吃饭吧。”

“不吃。”丁小柔拍了拍桌上的橱窗设计稿，“没看到吗，这么多工作还等着我呢。”

“是我爸请你，”郑泽顿了顿又说，“还有咱妈。”

丁小柔压低声音说：“谁跟你咱妈啊！是你爸想请我妈，顺带着也叫上我吧。我说你们爷俩真行，老子带着儿子一起泡妞。”

郑泽笑：“这多好啊，爱情亲情两不误。”

丁小柔说：“反正我不去。你爸是我老板也不行，中午是我的私人时间。”

郑泽说：“那行吧，看来我中午只能看着爸爸泡妞了。不过我真担心你不在的话，我嘴里没个把门的，把咱妈的事情给说漏嘴就坏了。”

郑泽说完，假模假式要走人，丁小柔赶忙把他喊住：“你等等！”

郑泽回过头，问她：“怎么了？”

丁小柔压着火：“我去。”

“算了，我看你也不是心甘情愿的，别勉强了。”郑泽说着，又要走。

丁小柔说：“不勉强，我心甘情愿。”

郑泽问：“真的？”

丁小柔感觉牙都快咬碎了，脸上带着微笑：“真的。”

郑泽又问：“那是谁妈？”

丁小柔说：“咱妈。”

郑泽心满意足：“行了，批准你重回组织。”表面上虽是一脸嬉笑，他的心情却不免有些复杂，他禁不住又回想起那个缠绵悱恻的夜晚。

郑泽和丁小柔是同一批入职的员工，正式入职前有过为期一周的短期培训，全程都在一间酒店内进行。培训结束那晚公司新人集体联谊，郑泽和丁小柔喝得烂醉，后来又结伴回了房间。

第二天醒来时，郑泽发现自己一丝不挂地躺在丁小柔的床上，丁小柔却不知所终。他回想起那晚的事情，也禁不住心跳加快：自己跟一个女孩度过了难忘的夜晚，意识不清的情况下，他只记得两人肌肤相亲异常疯狂，女孩的腰窝上有两颗紧紧相邻的醒目黑痣。尽管过程已经模糊，但他很肯定，昨夜的激情绝不是一场梦境。

郑泽又回头看了眼忙着工作的丁小柔，心里忍不住犯嘀咕：丁小柔，是你真的不记得那晚的事情，还是在有意地回避我？

3

杜丽明下了决心。

最近这些天，他总是睡不踏实，一闭上眼，就总能看到一件洋娃娃一样做工繁复的裙子忽远忽近，飘来飘去。

他还做了一个梦，梦见自己变成王子，走到睡着的公主身边，公主就穿着那条裙子。杜丽明低头，准备吻醒对方，就在嘴唇即将落下的时候，公主睁开眼，厌恶地把他脸推开说："我醒了。"

说话的公主正是迟姗。

杜丽明觉得荒唐又气愤，他为什么会梦见她，一个三十多岁还喜欢把自己打扮成洋娃娃的女人。

开始的时候，他以为之前的闹剧会随着时间过去被自己忘记，可实际上，迟姗的模样，特别是她皱眉生气转身离开时的样子，开始越来越频繁地出现在他脑海中。

杜丽明不想再这样下去，他决定去找迟姗，把话说清楚。

还不到十一点，火锅店已经陆续来了客人。迟姗正在厨房里检查新到的食材和火锅底料，忽见经理进来说，有人要见她。

"长什么样啊？"迟姗问。

“看着挺斯文一男的，”经理想了想，又补充，“还有点娘。”

迟姗一听，就知道是谁了。

杜丽明正等在外面，见迟姗走来，他一下变得紧张。

“说吧，找我什么事？”迟姗声音不冷不热。

杜丽明原本想说的原话如下：“上次的事情，我真诚地向你道歉，希望你不要往心里去。知道你是个爱憎分明的人，但我也绝没有你想的那么差劲。好了，我想说的话说完了，希望你店里的生意像锅底一样红红火火。再见。”

可是话到嘴边，他却连一句完整的话都说不出来。

迟姗看着他，有些不耐烦：“没事的话，我就去忙了。”

“我觉得你穿那种裙子，挺漂亮的。”杜丽明突然说，“可能会有人不理解，但是没关系，自己喜欢最重要，就像我喜欢织毛衣一样。”

迟姗估计也是没想到对方会说这种话，眼神明显温和下来：“谢谢。”

杜丽明借着刚才的勇猛，还想说“迟姗，我好像喜欢上你了”，可是话到嘴边，却变成：“虽然我们两个可能不太合适，但我们还是可以做朋友的，而且我们家小柔在跟迟信恋爱，搞不好我们以后还是亲戚。”

这话说完，杜丽明特别想抽自己一嘴巴，怎么就不太合适了？不试试怎么知道！

迟姗说：“我也很喜欢小柔这孩子。我就这么一个弟弟，只要他喜欢，我没意见。”

杜丽明说：“为了他们俩的事情，我们一起努力吧？”

迟姗做了个 OK 的手势：“没问题。”

杜丽明还想说点什么，忽然看见姐姐杜丽丽走进了火锅店，身后还跟着丁小柔，紧随身后的是郑大业和郑泽父子！

杜丽明仅用一秒的时间做出了判断，姐姐带着外甥女来相亲了。

迟姗看到杜丽明眼神飘忽，刚要回头，却被对方一把拉住了手腕：“走，咱们找个地方，好好谈谈俩孩子的未来！”

迟姗想要挣脱：“不用这么着急吧？”

杜丽明坚决不松手：“当然着急了！咱们到那边说去。”

不由分说，杜丽明拉着迟姗朝另一边走了。

丁小柔也没想到，郑大业会选在这家火锅店吃饭。一路上她都在琢磨，照这个进度下去，下次再吃饭自己对郑大业都要改口叫爸了。她必须要想点办法，让郑泽跟自己提出分手。想来想去，她决定先向迟信寻求帮助。

丁小柔原本是想靠着母亲坐的，谁知郑泽抢先一步说：“阿姨、爸，对面是沙发，你们坐那儿舒服。”

杜丽丽和郑大业没多客套，挨着坐到了一起。于是，郑泽挨着丁小柔坐了下来，脸上一副乖乖仔的模样，让杜丽丽见了更是喜欢。

郑大业说：“我这人对吃没什么研究，就是喜欢吃个火锅，觉得一桌人围在一起，热气腾腾，说说笑笑，特别有家的感觉。”

郑大业说到“家”的时候，还特意看了杜丽丽一眼。杜丽丽没接话，但对方话里行间的意思，她全然知晓。

郑泽说：“记得以前，我爸妈没离婚的时候，我们一家经常去吃火锅。后来这些年，我爸再没主动约人一起吃过火锅，今天还是头一回。”

丁小柔心里啧啧，郑泽这人真是会说话，不但勾勒出郑大业情深意重的一面，还着重说了郑大业对他母亲和他的看重。

杜丽丽说道：“我平时从不吃火锅的，一来油水大，不利于保持身材，二来辛辣的佐料太多，容易上火，刺激皮肤。这个小柔是知道的。”

丁小柔赶紧接话：“对，我妈几乎不碰这个。”心里却在想，您明明是无辣不欢。

眼见着郑家父子有些尴尬，杜丽丽又说：“但是见你们父子俩盛情难却，我决定豁出去了，咱今天就来个红油麻辣锅怎么样？”

丁小柔听着，心里暗暗佩服母亲的说话之道，一句话又把沉闷的气氛搅活了。不但告诉对方，你们的好意已经接受，但我们娘俩也不含糊，今天舍命陪君子了。

一来二去的对话，是高手间的过招。

丁小柔起身：“你们先坐着，我去下洗手间。”

她走到人少的地方，给迟信打电话，他不知道在干吗，一直没有接听。

另一边，迟姗被杜丽明突然的热情搞得手足无措。杜丽明从丁小柔的生辰八字开始说起，一直说到她的小学成绩。迟姗并不知道，此刻杜丽明正打算就这么按照编年体说下去，一直聊到丁小柔今早喝的棒渣粥，吃的烙饼，就想这么一直撑到丁小柔那边酒足饭饱离开。

迟姗终于还是忍不住打断了他：“我觉得这些话，你更应该说给我弟听，毕竟以后搭伙过日子的是他们俩。”

杜丽明说：“要不这么着吧，我请你去隔壁咖啡店坐会儿，咱们再共商大计怎么样？”

迟姗说：“现在真不行，店里事情多，不瞒你说，我现在就要忙了。咱们下次再聊。”

不由分说，她转身就走了。

杜丽明眼见没把对方拖住，只好给丁小柔打电话，让她想办法离开火锅店，千万别被迟姗发现。杜丽明电话拨过去，却显示“您拨打的电话正在通话中”，他急不可耐。

迟姗原本打算回一趟办公室的，经过窗口时看到上菜的服务员有些忙不过来，于是主动端起了一个托盘。迟姗根据机打菜单，到了杜丽丽的桌前。

郑大业聊兴正酣：“吃火锅就如同一场测试，你跟对方的兴趣爱好是否一样，一试便知。”

迟姗笑着接话：“这位先生说得对，有的人明明不爱吃辣，为了迎合对方勉强吃了，过后会是拉肚子、长痘、上火。这跟谈恋爱是一样的，不合适就不要勉强，跟合得来的人一起吃饭才舒服自在。”

这原本是迟姗的一番感慨，她并不知道此前杜丽丽“舍命陪君子”的那番话，但“迎合”两个字却让杜丽丽听了很不舒服。

杜丽丽面带微笑：“或许那不叫迎合，而是愿意为了对方改变自己，这也是一种付出，不要说得那么功利。”

郑大业赶忙说：“你说得对。”

郑泽感受到了杜丽丽微妙的情绪变化，于是说：“杜阿姨，您看他们这锅底，制作成各种卡通形象，挺有创意吧？”

杜丽丽说：“前段时间，我女儿带回家两个这样的锅底，造型比这个精致很多，真是人比人得死，货比货得扔啊。”

迟姗深知自己得罪了这位女士，心里不爽，但也不好再说什么。

看着迅速融化的锅底，杜丽丽吸了口气，接着说：“不过味道要比我们小柔拿回去的好。”

一桌人又都轻松起来，迟姗用勺子撇出锅里的浮沫。

“郑泽，我们小柔心最软了，你虽然是个男孩子，也要偶尔撒撒娇，会让你们的关系更加亲密。”杜丽丽主动献策。

“真的啊？”郑泽问道。

杜丽丽神秘一笑：“你试试就知道了。”

这时，丁小柔走了回来。

郑泽拍拍椅子，很自然地说：“亲爱的，你怎么去了那么久？”

丁小柔皱眉坐下，一抬头，与迟姗的目光正好对上。

两人都有些蒙。

那声“亲爱的”让迟姗很是意外，就在十几分钟前，杜丽明还信誓旦旦地告诉她，丁小柔正在跟迟信谈恋爱。

迟姗回避了丁小柔想要打招呼的冲动，低头为大家继续上菜。

“亲爱的，我想吃肉肉。”郑泽这男人，肉麻起来真是要了命了。

丁小柔面带微笑，低声告诉他：“自己没手啊。”

可当她的目光看向母亲时，杜丽丽殷切的目光让她有些招架不住，她想起来这儿的目的，就是为了不出乱子，让母亲安心，于是夹了一片涮肉，放进了郑泽的碗中。

郑泽依旧不动手，张嘴发出一声“啊”，跟嗷嗷待哺的雏鸟一样。

丁小柔知道迟姗对自己产生了误会，还是拿起筷子，蘸着酱料把肉片放进了郑泽嘴里。迟姗再也看不下去了，突然把手中的一盘涮菜往桌上一搁，转身就走，这让杜丽丽等人觉得莫名其妙。

迟姗走到一处拐角，就见杜丽明迎上来——他还没离开。

迟姗一肚子火正找不到地方发泄，对杜丽明就说："难怪刚才你拉着我东扯西扯，原来是给外甥女争取时间好跟别人谈情说爱啊。"

"迟姗，这里面一定有误会。"杜丽明说，"小柔不喜欢那个男孩子，是我姐硬要小柔跟对方处对象。"

"什么叫误会？我都亲眼看见她跟那男的有多亲密了！"迟姗越说越气，自从迟信跟蒋媛分手后，她一直担心弟弟的感情问题，希望他经此磨难后可以感情顺遂，再也不要被别人骗。

"杜丽明，我之前还以为你是脑子有点问题，现在我觉得你人品也有问题！"迟姗说，"你们这是欺骗懂不懂？居然还跑到我店里来约会，也太欺负人了吧！"

不管杜丽明怎么解释，迟姗都不肯相信，她告诉杜丽明，自己会把今天的事情原原本本告诉迟信。

这顿火锅让丁小柔心力交瘁，她的心情就像涮鸭肠的手法——七上八下。好不容易挨到结束，在回公司的车上，她一路闷闷不乐。

"郑泽。"丁小柔叫他。

"嗯？"郑泽问她，"怎么了？"

"你能告诉我，为什么不跟我分手吗？"丁小柔的声音很疲惫。

郑泽用少有的严肃目光在她脸上扫了一眼："你真的不记得那件事了？"

"哪件事？"丁小柔更加纳闷。

"那天晚上……"郑泽说，"我们……"

"那天晚上，我们怎么了？"丁小柔说，"拜托你说话语气能不能别这么暧昧？"

“没什么。”郑泽一耸肩，话题就此打住。

丁小柔绝望了，她明白只要郑泽不愿说，自己就永远甭想知道答案，就像让对方主动提出分手一样困难重重。

她预感自己这条非洲肺鱼的雨季，并不会太早来临。

4

迟信不接电话，是因为正在开会。

开会的内容就是，如何尽快深度挖掘“被诅咒的女人”这条新闻。主任环视全场：“今天我要表扬一个人，迟信。”

主任难得露出笑容：“他已经找到了那个被诅咒的女人。”

全场开始议论纷纷，佟亮也在场。

迟信并没有看佟亮，但他知道此刻的佟亮，表情一定不怎么好看。

“而且，迟信还跟对方成了朋友，并且详细地写了一篇相关的文字报道。经过讨论，台里决定在合适的时候做一场专题报道，相信收视率一定飙红！希望迟信再接再厉，不断为我们带回更多劲爆内容！”

主任说完，带头鼓掌，会议室里掌声一波波响起。

迟信坐在位置上，接受同事们的祝贺。对于这样的场景，他已经在心里期待了多时。在自己被蒋媛背叛，又被除去组长职务的时候，心中一个声音告诉自己，人生无非是感情和事业两件事，感情没了，那就好好发展事业，抱紧其中一个好过颓废度过余生。

此刻，隔着好几个人，迟信都能感受到佟亮不忿的情绪和狂躁的心跳。然而他没有一丁点儿报复后的快感，只觉得十分失落。

直到从会议室出来，看到丁小柔那些未接来电，他才明白，那份失落来自对丁小柔的愧疚。她把他当朋友，他却把她当成利用的工具。

两人约在节目组附近的一家餐厅见面。

丁小柔把今天吃饭的事情原原本本跟迟信说了一遍。

迟信反应平淡：“我已经知道了。”

“你姐跟你说的？”丁小柔问。

迟信点头。

“也对，换成谁都不想自己的亲人被骗。”丁小柔又说，“她误会了咱俩的关系。中间我还去找过你姐，员工说她跟一个男人出去了。”

“那男的是你舅舅。”迟信说。

“我舅舅？他怎么去你姐店里了？”丁小柔说，“我之前还收到他的未接来电，回过去，舅舅只说了句一言难尽，让我去问你就什么都知道了。”

“大体就是你舅舅去店里找我姐，两人解除了之前的误会，然后你舅舅说咱俩正在恋爱，我姐听了还挺高兴的，结果回头就看到你跟别的男人约会。”迟信说道。

“冤枉啊，我是被逼的。”丁小柔觉得委屈。

“你冤枉？人家拿枪逼你去约会了？”迟信说。

“比拿枪逼着我还要可怕。”丁小柔叹了口气，“你不知道，我妈这人有点虚荣，明明我们家很一般，她非要摆出阔太太的架势来，搞得我们郑总好像对她动了心。我是特别不想这样，好几回都想跟郑总说实话，但我真的特别怕我妈当众被揭穿。”

“可是一直让她这样下去，最后还是会伤害她自己。”迟信明白，一谈到上一辈人的话题，任谁都会头大。

“我有时候觉得我妈挺可怜的。”丁小柔黯然，“不管是作为一个母亲还是作为一个姐姐来说，她都尽职尽责。所以不管你怎么看待她，她都是我最爱的妈妈。”

“我虽然跟她接触不多，但能感受到她对你很在乎，还有你舅舅，也很疼你。”迟信安慰着，“如果你妈的事情暂时解决不了，就先把自己的事情解决好。”

丁小柔一听，又变得垂头丧气：“哪那么容易……”

迟信说：“你就跟他好好说，你们不合适，直接分手。”

丁小柔：“你忘了我之前跟甄正那件事了？必须是男方主动提出分手

才可以。”

“那又怎样，大不了你来提分手，无非是他不能在三天内找到一生挚爱。”迟信说。

“事情要是这么简单倒好了。”丁小柔说，“我也是这两天才发现，如果郑泽不主动提出分手，那么就不会有人想要跟我谈恋爱了。”

“你这纯粹是心理作用。”迟信说。

“飒飒给我介绍了好几个男的，一个赛一个难看，结果你猜怎么着？愣是一个都没看上我的！”

“不意外啊。”迟信又脸色一变，嗓门陡然太高，“你又去相亲了？你是不是有病啊！”

丁小柔看了下四周：“你小点儿声！我相亲你激动什么？”

迟信一时语塞，着急着解释：“你对待感情不严肃，作为你的朋友，我觉得可耻。”

丁小柔说：“那是诅咒没发生在你身上，你才这么觉得。真要是碰上了，你也会一门心思拯救自己，哪还顾得上可耻不可耻。再说了，我相亲一不偷二不抢的，怎么就可耻了？”

迟信退无可退：“反正就是不行！”

一句话喊出来，气氛有些许的微妙。

还是丁小柔先转移了话题：“不如你帮帮我，想办法让郑泽跟我分手。”

迟信还带着情绪：“想让我帮你，门儿都没有。”

丁小柔眼珠一转，嘴巴一噘，装出委屈的模样：“我命苦啊，以前好歹还能谈恋爱，现在连恋爱的权利都被剥夺了。现在你也不帮我，我就一个人孤独终老，自生自灭吧……”

迟信观察着对方，发现丁小柔还真哭了。

丁小柔原本就是想搏点同情，没想到一提“孤独终老”“自生自灭”这两词，难过的情绪就排山倒海袭来，止也止不住，眼泪也跟着涌了出来。

迟信递了纸巾过去，他见不得她这样。

“行行行，我帮你还不行吗？”这场较量，迟信认输。

“谢谢你！”丁小柔瞬间恢复平静，“对了，上回你说我像非洲肺鱼，我回去百度了一下，那东西长得实在是太丑了，所以我问你，你是说我长得像非洲肺鱼，还是品格像非洲肺鱼啊？这个你得说清楚。”

迟信看她一眼，幽幽吐出四个字：“自己体会。”

这天晚上，对于杜丽丽来说，心情格外复杂。

她坐在卧室灯前，例行涂抹上护肤品，再辅以面部按摩。她的指尖在眼角处停下，细细感受着卸妆后难掩的皱纹，她明白，衰老在一天一天朝自己靠近。

她人生最自信的部分来自于自己的美貌，让她带着这份命运的馈赠在人群中闪耀。而她人生最不自信的部分同样来自于这份命运的馈赠，让她有了对人生太多的不切实际的奢求，也由此产生太多求而不得的痛苦。

这些年，追求过她的男人太多，在严格筛选下，大都还是有钱的男人。她不敢说自己没贪求过他们的东西，而他们呢，未必是真的爱上她，无非是生着一张大美人脸的徐娘，比起那些二十几岁的女孩更多了些岁月的温柔和进退的分寸。当然，她会在跟那些人暧昧一段时间，或者在她普通人的身份被发觉以前，决绝地离开。这样，她的来龙去脉就成了那些男人心中的一个谜，同样，她并不会有任何的不舍。

可是这个郑大业似乎不太一样。

第一次见他，是在一家高级健身房里，彼时她正仰身躺在瑜伽球上，一放眼，倒置的瞳孔中就看见教室外经过的郑大业。中年男人，有着不错的体魄，一双炯炯的眼睛里依然透出小伙子一般的神采。

再次见面，是在高尔夫球场。她那时尚在空窗期，一个人恹恹地靠在遮阳伞下，看着远处的球友挥杆。郑大业跟两位朋友边走边谈事情，两人的目光再次撞上。郑大业礼貌地冲她微笑，她优雅地卸下墨镜，回以同样的笑容，两人依旧没有说话。

直到有一天，健身房外大雨滂沱，她拿了雨伞准备冲入雨幕，恰逢郑大业的车经过，执意要送她返家。车外一片汪泽，车内两人独处，她知道了这个男人大致的情况：四十八岁，离异，有一子，做服装生意。

她很清楚，第一次见面，就开诚布公地说出自己的婚恋状况，意味着对方想要跟她进一步接触。于是破天荒地，她也说了自己的家庭状况。以前她跟所有男人都是同样的说辞：独身，独居。这一次，她告诉郑大业的是早年离异，有一女，弟弟也跟着她生活。

最初的特殊“对待”，一直延续到交往的过程中，她没有接受过郑大业任何价值不菲的礼物，没有要求对方提供任何人际关系上的便利，就连吃饭，她都坚持AA。

她以为这样就很好，暧昧不明，又不互相牵制，这个年纪的男女，爱情本就不是必需品。直到今天在火锅店吃饭回来的路上，郑大业突然很郑重地对她说：“我们两个的关系是不是可以更进一步？”

她没有回答，她内心震颤不已，这句话她早已想要听到，但又不愿对方说出口。她怕他知道她的真相，知道她是个说谎成性的女人。

郑大业以为自己的话太唐突，又或者她无意与自己更进一步，只是碍于两方子女的事情，不好回绝，于是又说：“我刚才激动了，你别往心里去。”

此刻，杜丽丽看着镜中的自己，回想着白天郑大业的话，开始有些后悔了，她后悔把女儿介绍给郑大业的儿子。两个年轻人最后真要是走到了一起，她这边的情况迟早要被拆穿，到时郑大业会怎么看她？那个温柔典雅的女人形象会荡然无存，原形毕露的自己活脱脱像一个小丑。可要是女儿跟郑大业的儿子没成，她又觉得不甘心，她始终希望女儿能有个物质丰盛的未来。

她进退两难。

平生，她第一次为自己的虚荣感到羞愧，以及隐隐的担心。

5

“丁小柔，你可真会挑地方。我们是约会，又不是看望病人。”郑泽环视一下四周。

绿树成荫，假山掩映，一池绿水摇摇晃晃——这里是位于医院的疗养区，不时有病人来此散步。一个上了年纪的病人正坐在长椅上，一旁摆着iPad，病人看得津津有味。

“这里不挺好吗，你爸和我妈那个年代，男女见面都是穿上最得体的衣服来这种环境清幽的地方。”丁小柔纠正对方。

“人家那是公园。合着按你说的那样，咱俩得穿着病号服来这儿才最得体。”郑泽说，“说吧，你叫我来这儿有什么事？”

丁小柔刚想张嘴，又一副愁眉苦脸地叹口气：“还是让他来跟你说吧。”

“怎么着？谈恋爱你还要找个发言人啊？”

丁小柔没回答，转身朝一旁张望。突然，她眼睛一亮，说道：“他来了。”

只见穿着白大褂的迟信姗姗走来，手里拿着一份档案。这件白大褂还是丁小柔从飒飒那里借来的，被迟信穿在身上还挺像那么回事。迟信也不知道从哪儿找了一副眼镜，戴上一看，竟有种斯文败类的诱惑。

丁小柔上前打招呼：“医生，您来了。”

迟信冲丁小柔点头，然后看着郑泽。

郑泽注视着眼前这个跟自己身高相仿的年轻男人，一瞬间觉得似曾相识，他觉得自己在哪儿见过对方。

丁小柔介绍：“这位是迟医生，这是我——”

郑泽挺了挺胸，抢先说：“男朋友，我叫郑泽。”

丁小柔尴尬地看了眼迟信。

迟信伸出手：“你好。”

“你好。”郑泽跟他握手，又问丁小柔，“这位就是你的发言人？”

丁小柔点头，对迟信说：“医生，您跟他说吧。”

迟信说道：“郑先生，丁小姐患有猝睡症，您是知道的？”

郑泽说：“知道啊。”

迟信的脸色变得严肃起来：“最近一段时间，丁小姐频繁发病，我们为丁小姐进行了一次全面体检。”

迟信停下来，看着郑泽。

郑泽有些着急：“你接着说。”

迟信看看一旁低头，沉默不语的丁小柔，继续说：“检查的结果很不理想，丁小姐得了绝症。”

郑泽呆住了。

丁小柔趁机开始哭起来，声音拔高。

迟信把档案袋递给郑泽：“这是丁小姐的病历档案和诊断书。”

郑泽默默接过来，拆开看着。

“丁小姐只有三个月的时间了。”迟信说。

“还有没有别的办法？”郑泽问。

迟信摇摇头：“三个月已经是乐观估计。”

郑泽的心一下沉到了谷底，自始至终，他都不知道该如何定义自己与丁小柔的关系，虽然他很清楚，他对她的感觉不是爱。如果不是那晚发生的事情，他更愿意跟这个乐观又傻乎乎的姑娘做一辈子的好朋友。可即便是这样，一想到这个曾经活蹦乱跳的女孩，很快就会和这个世界告别，他还是陷入了深深的难过之中……

郑泽深吸一口气，又缓缓吐出，把目光投向别处，随即他的眼睛一亮——那个病人的 iPad 正在播放《民生播报》，迟信正在进行外景报道。

郑泽想起来了，大概几年前，那时候他还在读大三，因为连续半月三十多度的高温，男生宿舍集体要求学校安装空调，这件事当时闹得很轰动，电视台也前来采访。当时一个外景主持随机采访了郑泽，问他对此怎么看，还要郑泽别紧张，他们不会录像。郑泽就说本校住宿费比外校高出一大截，不安空调等于是抢劫。结果就是郑泽的采访隔天就上了《民生播报》，事情的影响就是他的毕业证晚拿了整整一年。那个骗了他的外景主持就是迟信。

郑泽把目光收回，又看看迟信，嘴角浮现一抹不易察觉的笑意。他突然握住丁小柔的双手，神情激动地说："小柔，放心吧，我一定会陪你走完剩下的人生！"

丁小柔触电般缩回手："不用！"

郑泽一把又抓回她的手："怎么不用，这种时候我不陪你谁陪你！"

迟信有点看不下去，上前把两人的手分开，说道："郑先生，丁小姐现在不能受刺激。"

郑泽说："小柔，你放心，你有什么心愿我都会答应你！"

丁小柔和迟信心里同时一阵窃喜。

丁小柔又装模作样抽泣两声，楚楚可怜地说"你能跟我提出分手吗？"

郑泽也认真看着她说："不行。"

丁小柔心里骂了一万句脏话，真想把那个假病历抢过来，再让迟信脱下白大褂，然后收工算了，她万万没想到，这个郑泽会如此难缠。

郑泽说："小柔，你也不为我想想，我现在跟你分手，别人会骂我的！我一定会好好照顾你！"说完，他上前，把丁小柔的脑袋摁进自己怀中，紧紧抱住。

丁小柔快要窒息了，咳嗽着挣脱开："真的不用你照顾，我还有家人，他们会陪着我，你只要跟我分手就可以了！"

郑泽压根不接话茬："这么说，阿姨已经知道了？"

丁小柔略作思考，点点头。

郑泽拿起手机，就开始打电话。

丁小柔一惊："你给谁打电话？"

郑泽说："给阿姨啊。"

丁小柔大声道："不能打！"

郑泽把手机举高，防止丁小柔抢手机，说道："出了这么大的事情，阿姨心里一定特别难受，我得第一时间安慰她才行。”

电话通了，郑泽对着手机说道：“阿姨，我是郑泽啊，关于小柔得绝症的事情我也是刚知道——”

他话没说完，手机突然被迟信抢走了。

丁小柔从迟信手里拿过手机，赶忙说：“妈，您甭听郑泽瞎说，我们正在玩‘真心话大冒险’呢！”

丁小柔忽然脸色一变，呆在原地，只听手机里传来人工女声：“您好，这里是10086……”

看着呆若木鸡的丁小柔，郑泽“扑哧”一声笑了。

“主持人，演技不错啊。”郑泽对迟信说道。

丁小柔没想到对方已经识破，结巴着问：“你……你已经知道了？”

迟信指了指丁小柔身后的方向。

丁小柔看过去，长椅上的iPad正在播着《民生播报》，她突然后悔找迟信来扮演医生的角色。

郑泽说：“下次找人不要找这种熟面孔，成功的几率不高。”

他说完，正准备走人，迟信忽然说话了：“你既然不喜欢她，就让她自由，而不是纠缠。”

郑泽停下，看着迟信：“我还一直没问，你跟丁小柔是什么关系？”

迟信迎着郑泽的目光，那句“我喜欢她”几乎在一瞬间就要脱口而出，还是丁小柔化解了局面。

她说：“迟信是我朋友。”

“朋友？”郑泽玩味着这个词汇。这可以是一个肝胆相照对酒当歌的称呼，也可以是欲盖弥彰暧昧不明的称呼。刚才迟信的种种反应，无一不在告诉郑泽，这个朋友属于第二种。

“你要做的根本不是消遣一个自己根本不喜欢的人，而是快马加鞭，去找到那个对的人。”迟信说。

郑泽笑了，挑衅一般看着迟信，问他：“敢不敢跟我赌一把？”

第六章

和最喜欢的人才可以去的地方

她仿佛又看到多年前，那个在学校食堂里看见心上人走来时，慌忙躲避的少女丁小柔，说起爱的时候，眼角眉梢依稀还是当年的动人模样。

1

酒吧。

音乐震耳欲聋，舞池中央，两个打扮妖冶性感的女子，正缠在钢管上，如蛇一般扭动着诱惑的身体。

台下，年轻的男男女女在放声尖叫，他们在外界承受的种种压力，一并在这里通过呐喊和舞蹈得以宣泄。

听完郑泽的讲述，迟信终于明白对方为何对自己充满了敌意和戒备。

卡座中，迟信对郑泽说："我记得自己报道过那则新闻，但确实不记得采访过你了，毕竟时间太久，那时候我还是新人，为了报道能播出也是绞尽脑汁。"

郑泽相对而坐，一旁围着好几个他的朋友，男男女女，都一副看热闹的神情。

郑泽说："没关系，今晚一切都在酒里了。"

话音刚落，一个女招待就砰砰砰连着开了三瓶酒，然后动作娴熟地将桌上的两排酒杯倒满。

丁小柔一脸担心：“郑泽，你这是要干吗？”

“喝酒啊。”郑泽淡淡说道。

“郑泽，当年的事情，我有不对的地方，你见谅。”迟信说着，拿起一杯酒，咕咚仰头喝下。

郑泽很清楚，迟信之所以摆低姿态，无非是希望自己松口，否则，这个满是傲气的家伙，怎会对自己服软？

迟信把空酒杯放下，以示诚意。郑泽却没有任何表示，依旧微笑看着对方。迟信心领神会，又拿起一杯酒，往嘴里灌。

就这样，迟信连续喝了五杯，郑泽才点了点头。

“郑泽，差不多就行了，迟信不是你以为的那种人，他人不坏。”丁小柔替迟信说话。

“我没说他是坏人啊，只是想看看他的酒量。”郑泽说着，又冲女招待使了个眼色。

女招待甜甜一笑，又把那几个杯子倒满酒。

“郑泽，你又要干吗？”丁小柔担心地看着迟信，他已经有些不适。

“我们走吧！”丁小柔想要把迟信拉走，却被他拒绝了。

迟信已然明白了郑泽的意思，于是说道：“我要是把这桌上的酒都喝了，你怎么办？”

郑泽说：“答应你的任何要求。”

“好！”迟信眼睛紧紧地盯着郑泽，“我把酒都喝光，你主动跟小柔提出分手。”

“我答应你。”郑泽说。

“迟信！”丁小柔说，“你会喝死的，我们不玩了！”

“丁小柔，”迟信的眼神有点迷离，他意识还算清醒，在酒精的激励下情绪有些亢奋，“你遇到事情能来找我，我挺开心的，今天我必须帮你。”

丁小柔望着他的眼睛，里面星星点点，好像盛着一整个星空，她承认，就是这简简单单一句话，自己被感动了。眼前的迟信虽然早已不再是那个青涩的男孩，却依然有着打动丁小柔的力量。

迟信站起身，端起酒杯就开始喝。

与此同时，飒飒和贺明珠正分别坐在两辆出租车上，朝着同一个地点狂奔。半小时前，丁小柔在闺密三人群里发了语音，说了自己遇到的事情，然后要两人速速前来支援，最后她把所在酒吧的方位发在了群里。

贺明珠刚度完蜜月从普吉岛返回北京，正和甄正躺在家里睡大觉，看到微信噌地爬了起来。甄正迷迷糊糊问她："老婆你干吗去？"贺明珠一边找家伙一边说："去杀个人。"

飒飒坐在车上，不停地往身上贴着文身。文身贴是她在医院拐角的十元店里买的，足够以假乱真。她先是在锁骨上贴了朵艳俗的红玫瑰，又在两只胳膊上分别贴了龙和虎。司机一边开车一边偷瞄她，飒飒亮了亮自己的文身，问："师傅，我就问你害不害怕？"

十几分钟后，几乎是前后脚，飒飒和贺明珠赶到了酒吧。

此时酒吧内，围观的人越来越多，迟信在起哄声中喝下一杯又一杯的酒。

还剩最后三杯的时候，迟信突然一头栽倒在地。丁小柔上前，想把迟信扶起来，对郑泽喊："你有完没完！"

郑泽耸肩："可惜啊，差点就赢了。"

正说着，一只手又伸上了桌子，迟信挣扎着站起身，拿起一杯酒，咕咚喝下。他的手又伸向下一杯，指尖还没碰到，就再次"扑通"一声倒在了地上，整个人一动不动了。

"都给老娘闪开！"贺明珠的一声怒吼传来，围观的人群自动让出一条路，只见飒飒和贺明珠杀气腾腾地走了过来。

贺明珠拉着丁小柔的手说："小柔，我们来了！"

飒飒挡在丁小柔身前，吼道："我他妈看看谁敢欺负我姐妹儿！"

飒飒说罢，女战士般逡视全场，最后目光落在了对面的郑泽身上，陡然一愣。

飒飒和郑泽几乎同时认出对方："是你！"

丁小柔意外："你们认识？"

飒飒秒变温柔小猫咪，整个人都害羞起来。她侧过脸，小声对丁小柔说："他就是我说那人形三脚架。"

丁小柔恍然大悟："哦……"

尴尬在郑泽脸上一闪而过，他很快恢复镇定，热情地对飒飒说："真没想到能在这里见到你。"

飒飒说："我也是，压根儿没想到会是你！"

郑泽转身跟朋友们介绍："这位是我的医生，我们特别熟！"

飒飒一听，更加高兴，连忙回应："对对对，我们特别熟，都是老熟人了。"说着，她又把贺明珠手里当武器的酒瓶夺下来，放在桌上，对丁小柔说，"我还以为会发生一场械斗呢，这下行了，大家都认识，有话好好说。"

丁小柔嘟囔："我一直跟他好好说，可是他不听。"

飒飒得意，又像是说给郑泽听："那是因为你们关系还没好到那个程度。"她转头看着郑泽，"郑泽，今天我在这儿，你跟小柔分手——"

"不行。"不等飒飒把话说完，郑泽就说话了，斩钉截铁。

一旁，郑泽的朋友们忍不住都笑出声。

当着这么多人的面被拒绝，飒飒有些下不来台，她努力挤出一个笑容，一挥手："行啦，我知道你在开玩笑。"

"我没开玩笑。"郑泽一脸严肃。

周围人又是一声爆笑。

贺明珠生气了："跟他废什么话！"

飒飒把贺明珠拦下，对郑泽说："敢不敢跟我去个地方？我有很重要的事情跟你说。"

在此之前，郑泽对飒飒的印象无非是一个为自己做过手术的医生，而且是一个热衷于电话回访手术恢复情况的医生，但是今晚，她仿似从天而降的女超人形象让郑泽看到了职业之外一个真性情的她。

郑泽迎着飒飒的目光，说道："好啊。"

飒飒继续说道："任何地方？"

明知道对方是在激将，郑泽还是决定应战："任何地方。"

后来郑泽自己说，那一晚的经历让他终生难忘。

郑泽单枪匹马跟着飒飒去了一家酒店，需要特别说明的是，这是一家主题情趣酒店。

开房时，飒飒特别自然地把头靠在了郑泽的肩膀上。

飒飒低声对郑泽说："不是情侣来这种地方，会很奇怪。"

郑泽也不示弱，牵起了飒飒的手。说不上为什么，两人手指相扣的时候，他有一种很奇妙的感觉，好像似曾相识一样。

"二位，想要哪个主题房间？"前台问道。

"护士。"飒飒说。

"行啊，本色出演。"郑泽笑道。

两人拿了房卡，坐电梯上了二楼。

一进门，就能看到医院的布景在灯光映射下，十分暧昧。

飒飒回头看他一眼："怎么，怕了？"

说实在的，郑泽心里有点慌，但仍旧嘴上逞强："舍命陪君子，天涯海角我都去。"

"别，咱们可是法制社会，我要你命干吗？"飒飒说。

郑泽说："行了，你不是有很重要的事吗？说吧。"

话音刚落，他就被飒飒推倒在椅子上，双脚被机关困住，然后两只手被飒飒顺势绑在了椅背上。飒飒快速在他的手上打了一个漂亮的绳结，然后背着手悠闲踱到他面前。

"你放开我！"郑泽大声喊。

飒飒不慌不忙地说："我想告诉你的就是，这家酒店的隔音特别棒。你就是喊破喉咙也没人管你。"

郑泽说："你这是非法拘禁，是犯法的你知不知道？"

飒飒假装受到惊吓："真的啊？警察叔叔要来抓我怎么办？好怕怕！"

"那你就赶快把我放了，看在丁小柔的面子上我不找你麻烦。"郑泽以为自己有救，态度也好了不少。

"可是刚才进来的时候，前台也以为咱们是热恋中的情侣。就是警察叔叔来了，也会以为我们是你情我愿哟！"飒飒说着，声音里透着得意。

郑泽知道自己上当了，难怪一进酒店飒飒就要跟自己装情侣，原来早给自己想好了退路。

郑泽有点泄气："你想干吗？"

"我想干吗你还不知道吗？"飒飒说，"我已经发了地址，一会儿小柔就到，你当面跟她提分手，我马上放了你。"

郑泽说："你可能不太了解我这人的脾气，别人越是要我做一件事，我越是不做。你跟丁小柔都犯了我这个大忌。"

正说着，门外响起了咚咚的敲门声。

"说曹操，曹操到。"飒飒撇下郑泽，去开门了。

丁小柔和贺明珠吃力地扶着瘫软如泥的迟信来到门口。丁小柔让迟信贴在墙壁上："乖，站好。"

丁小柔刚松开手，迟信又想倒地，贺明珠赶忙扶住他。

门开了，飒飒站在门口，丁小柔伸着脑袋就往里边打量。

"什么情况啊飒飒？怎么聊着聊着你们还开上房了？"丁小柔纳闷。

这时，屋里传来郑泽的求救声："丁小柔，是你吗？快来救我！我被绑架了！"

"你们谁都别管。"飒飒顺手把想一探究竟的贺明珠脑袋推了出去，"老娘今天非要让他见识见识我的厉害，你们就在这里给我候着！"

说完，门"砰"的一声关上，差点就撞上丁小柔的鼻尖。

“回头郑泽真要是告飒飒绑架就麻烦了。”丁小柔担心，“我真不该麻烦你们。”

贺明珠劝丁小柔：“放心吧，飒飒心里有数。再说，这是什么地方？情趣主题酒店！警察来了，也不能说这是绑架，顶多是个情趣捆绑。”

“啪！”一声脆响从房间内传出来，丁小柔和贺明珠同时打了个激灵。

只见房间内，飒飒手持皮鞭，啪地抽在了桌子上。

“你别乱来啊，你这是刑讯逼供！”郑泽已经有点语无伦次。

“我说了，我们是法制社会，我是绝对不会暴力对待你的。”飒飒说着，自言自语一般说，“你做手术到今天，是第十五天，伤口还没有很好地愈合。一般来说，成年男性在包皮手术后，应当尽量减少充血的次数，因为生理反应会撕扯伤口。啧啧，光是想想都觉得疼，而且你还是处在愈合期，痛感会加倍哟！”

郑泽更紧张了：“你想干吗？”

他隐约感到，眼前这个女孩，要用一种惨绝人寰的手段来对付自己了。

飒飒问他：“我再问你最后一遍，能不能现在就跟丁小柔提出分手？”

郑泽咬牙：“哼，威武不能屈，你放马过来吧！”

飒飒拿起手机，打开音乐播放器。

郑泽还在纳闷的时候，飒飒突然转过身去背对自己，做出一个定格的舞蹈动作。随即，一段迷幻性感的电子乐在屋内响起，飒飒开始随着节奏动起来，身姿撩人，动作魅惑。

郑泽马上明白了飒飒的意图，心里暗暗叫道：这女人也太狠了吧！

郑泽想要挣脱束缚，发现无济于事，正着急该怎么办的时候，飒飒又发了大招——依旧背对着郑泽的她，把外套脱了！

一身性感内衣的飒飒转过身，挑逗地回头看着郑泽。

郑泽的目光却紧紧锁在了飒飒的腰部，在那里，有两颗挨得很近的黑痣。他只觉得呼吸急促，那个夜晚的一切，一下子都变得无比真切起来。他终于明白，之前自己和丁小柔只是一场漫长的误会。

只是当下，由不得他分神，他眉头紧皱，担忧地盯向下身，用意念叮嘱自己千万不能向邪恶势力低头。紧接着，他突然想到了制敌的法宝——他把眼睛闭上了。

郑泽得意地笑："来啊。"

飒飒说："你以为闭上眼睛我就治不了你了？"说着她就靠了过来，坐在了郑泽腿上，舞得更加卖力，与此同时，嘴中发出一连串"不可描述"的声音。

郑泽终于睁开眼，再次看向自己下身，嘴里发出杀猪般的号叫。

这叫声让门口的丁小柔和贺明珠又是一惊。

丁小柔问："不会出事了吧？"

贺明珠也犹豫了："谁知道呢……"

丁小柔努力让迟信贴墙站好，刚要放开他去敲门，迟信的身体就软下来，死死地靠在了丁小柔身上。

迟信就那么抱着她，嘴里喃喃说着："我喝，我都喝……"

两人几乎脸贴脸站在一起，她能感受到他鼻中喷出的灼热气息。

她的脸红了。

这时房间门再次打开，飒飒伸出一只手，冲着丁小柔和贺明珠勾了勾手指："进来吧。"

两人架着迟信进了房间，把他搁在了沙发上。主题房间的装修让丁小柔咂舌，她看见郑泽坐在椅子上，神情很是挫败，像是刚饱受摧残过的小媳妇儿。

飒飒拉着丁小柔来到郑泽跟前："你跟她说吧。"

郑泽看着丁小柔，话到嘴边却怎么都开不了口。

飒飒也不说话，又摆出一个准备跳舞的 POSE。

郑泽大声说道："我们分手吧！"

飒飒提醒他："加主语，说清楚。"

郑泽照做："丁小柔，我们分手吧！"

这句话，丁小柔等了太久，她做梦都希望郑泽跟自己说这句话，终于成了现实。

“好啊，我们分手吧。”丁小柔回答。她只觉得神清气爽，好像背负的枷锁被完全卸下。

沙发上，迟信翻了个身，孩子一般笑了，不知道他梦见了什么，开心地说：“好啊。”

丁小柔和贺明珠把迟信重新扶起来，带他离开。

飒飒也正要走，被郑泽叫住了：“别把我忘了啊！”

飒飒走到他身后，把绳子解开，又霸气地用胳膊一蹭鼻子。

郑泽看着她，突然笑了。

“看什么看！”飒飒没好气地说。

飒飒丝毫没注意到，已经晕开的假文身将她抹成了大花脸。她继续凶他：“你还笑，没见过美女啊！”

2

周日。

潘家园旧书市场。

对迟信来说，这是一个阔别已久的地方。

记得读大学那会儿，周末他跟甄正几个同学来这里逛古玩市场，偶然间就走进了这条不算宽阔，甚至拥挤的夹道。

两侧全是出售各种书籍的摊位，中间留出一条路来，供人往来行走。书市只在周六、周日两天开放，平时均是铁柜紧锁，所以等待了一周的淘书人会抓紧时间，挑选自己中意的旧书。

这里二手书的种类繁多，有几十年前的杂志，有勾起童年记忆的漫画，有珠宝鉴赏画册，有难得一见的各类小说，还有外文书籍，只要留心寻找，总能买到心怡的书回去。

“老板，您这里有没有一本叫《四惠站是换乘站》的诗集？”迟信走到一个摊前，询问女摊主。

在此之前，他已经询问过了不少摊主，全部表示没有听过。迟信倒没觉得意外，如果大家都知道的话，丁小柔的父亲就不是一个不知名的诗人了。

“没有。”女摊主说，“现在读诗的人少，我们进了货也不好出手。”

迟信说声“谢谢”，准备继续打听，这时候，手机响了起来。

一看来电显示，迟信头都大了，是主任打来的。

同一时间，丁小柔正跟飒飒在卧室里说悄悄话。

两人敷着面膜，仰身躺在地板上，双脚抬起对在一起，做着蹬单车的动作。

这几天，飒飒过得特别堵心，归根结底就是因为郑泽。不知道为什么，那家伙就跟神经病一样，总是找各种借口来接近她，包括去医院挂号找她聊天，下班医院门口堵人，各种讨好她身边的同事。

飒飒说：“我之前转发过一个送唇膏的微博，结果他就假冒快递员送了我一整个系列所有色号的口红，我全给他退了回去。你知道吗，最气人的一次，就昨天晚上，他遥控无人机给我送零食，结果是我妈拉的窗帘，吓得她心脏病都快犯了！”

飒飒说得义愤填膺，好像两人有不共戴天的血海深仇一样。

“有人追不挺好吗？”丁小柔说。

“他那是追吗？他那是追杀。”飒飒说。

“说来也怪，你俩到情趣酒店开房的第二天——”

飒飒把对方的话打断：“什么叫我俩到情趣酒店开房啊，那是我为了救你于水火之中只身勇闯魔窟。”

“行行，我接着说，你勇闯魔窟的第二天，郑泽就在单位里把我拦住了，他突然问了我一件事，我们在入职培训结束那天晚上，你是不是也住在那家酒店？”

飒飒紧张起来："你是怎么说的？"

"照实说的呗，我说那晚你来酒店跟我睡在一个房间。你当时喝得一塌糊涂，我先把你安置好，自己又回到联谊会跟同事们喝到半夜。"

飒飒心里又是一惊。那天晚上，因为催婚的事情她和母亲吵了一架，她在外边喝得酩酊大醉，又跑去了丁小柔所在的酒店过夜。第二天醒来时，她就看见身旁一个赤身裸体的男人正背对着她。她没看清他的样子，她本能地不想把对方吵醒，于是蹑手蹑脚地准备离开，经过洗手间时，她看见了正睡在浴缸里的丁小柔。她悄悄地把丁小柔弄醒，捂着她的嘴和眼睛把她带离了房间。

飒飒不知道为什么房间的床上多了一个男人，而且她也不想知道，只希望这件事赶快过去，无论如何，酒后乱性都不是太光彩的事情。事实上，前一晚丁小柔和郑泽都喝到断片儿，结果就是丁小柔走进了浴缸，而郑泽误把丁小柔的房间当成了自己房间，直接睡在了床上。当然，床上还躺着同样烂醉如泥的飒飒。

飒飒面色凝重，把面膜揭下来："丁小柔同志，我很郑重地告诉你，我跟郑泽彻底没戏。且不说我之前把他整得那么惨，没准儿他想把我追到手再甩了我以此报复，就算他是真心的，我也不会跟他好，那样不又印证了你那诅咒吗？所以啊，绝对不行。"

丁小柔说："傻瓜，爱情这种事情，可从来不是你想怎样就怎样的，由不得人。"

"行了行了，别老说我，说说你的事儿。"飒飒又来了精神，"就是你跟迟信。"

"我想跟他谈恋爱。"丁小柔说。

飒飒以为自己听错了，随即又觉得高兴："好啊！姐妹儿支持你！"

"可是……"

"哎呀，有什么可是的！姐妹儿最近又听说了一办法，把喜欢人的照片放在枕头底下，睡他个七七四十九天，对方准保会爱上你！"

丁小柔打断她：“你快省省吧，上回就是听你的，说什么围着操场跑十圈，结果害得人家甄正差点就挂了。这回我要是再按你说的来，估计我也要挂。”

“这你就不懂了吧？为什么要围着操场跑十圈？为什么不是跑一圈？这本身就是在考验一个人的虔诚程度，俗话说精诚所至，金石为开，你自己的意念够强大了，事情才会朝着你预想的方向发展。我都怀疑甄正跟明珠走到一起，不是因为你那诅咒，而是因为我提供的方法。”

“你赶紧收起你那套歪理邪说，千万别到处祸害人了。”丁小柔告诉飒飒。

“那可有点晚了。”飒飒说。

“你又告诉谁了？”丁小柔紧张起来。

“你舅舅……”飒飒说得小心翼翼，特怕丁小柔冲过来跟自己打一架。

“我说呢，他这几天不对劲。”丁小柔回忆着。

“怎么不对劲了？”飒飒问。

“他最近毛衣不织了，广场舞也不跳了，天天一大早穿着裤头背心就往外跑。”

“啊！你舅舅有喜欢的人了？”飒飒的八卦之心又被点燃，抓着丁小柔就问，“对方帅不帅？”

丁小柔一推她：“什么乱七八糟的！”

飒飒一怔：“你舅舅不是Gay啊？”

“当然不是。”丁小柔说，“他可是笔直笔直的，我太了解他了。不过话说回来，他就是弯的，我和我妈也照样爱他，这都什么年代了。”

“那你舅舅喜欢的人长什么样啊？”

丁小柔有些心累：“你见过。”

飒飒一听，两眼放光：“我见过？”

丁小柔说：“迟信他姐。”

飒飒过了好一会儿，才说了句：“我靠！”

“飒飒。”丁小柔的声音很低，几乎快要听不见。

“怎么了？”飒飒知道，每回丁小柔这么低气压的时候，一定在很认真地说话。

“其实根本不是你想的那样。”丁小柔停顿了一下，“我是想跟迟信恋爱，再跟他分手，这样他就可以很快地找到幸福了。他是个很好的人，我希望他能够幸福。”

“他幸福了，你呢？”飒飒问。

“你不是不知道，我是个没办法得到幸福的人。”丁小柔冲她笑笑。

飒飒拉过她的手：“那你告诉我，你喜不喜欢迟信？”

丁小柔说：“Lucy 婚礼上，他为了我拼了命地护着音响时起，我就喜欢上他了。又或者，喜欢他的那颗心，从学生时代一直到现在，从来没有停止过跳动。”

这么说着，丁小柔觉得有些难过，她控制好自己的情绪，继续说：“我当然希望能跟他在一起，但是比起这样，我更希望他能够得到幸福，拥有一个开心的人生。”她握紧飒飒的手，“亲爱的，你会支持我的对不对？”

飒飒心疼地摸摸她的头，笑着：“只要能让你觉得心里更好过，我会一直在你身边。”

她仿佛又看到多年前，那个在学校食堂里看见心上人走来时，慌忙躲避的少女丁小柔，说起爱的时候，眼角眉梢依稀还是当年的动人模样。

丁小柔一鼓作气从地板上爬起来，就准备换衣服。

“你干吗去？”飒飒问她。

“去找迟信，跟他谈一场恋爱。”

“你就这么去找他啊？”飒飒说。

“不然呢？”

“大周末的要见面，你总得找点什么由头吧？你等着。”飒飒说着，把自己的包拿了过来。

迟信在旧书市场接到电话后，第一时间赶回了台里。这个周末，他本应该休息的，但是电话中主任的态度，让他意识到情况不妙。

果然，一进办公室的门，主任就开门见山，问道：“你的文字报告呢？”

迟信说：“昨晚不是发您邮箱了吗？我熬夜写的。”

“怎么，我还得谢谢你熬夜是不是？你看看你写的都是些什么？”主任用手指戳了戳桌上的一沓纸。

迟信心知肚明，他给主任的最新报告中，并没有什么有价值的东西。

“我要你把她的生活记录下来，也好为咱们接下来制作专题节目做准备，你倒好，净写些无关紧要的东西，她喜欢吃甜品，喜欢吃辣这种事有必要写进来吗？你是为了凑字数是不是？嗜甜嗜辣这种事，其他正常的女孩也会这样，有什么好写的！”主任很生气。

“她很正常。”迟信抬头，看着主任。

主任没想到迟信会这样跟自己说话，说是纠正，在主任看来已经是顶撞。

“行啊你，跟人相处处出感情来了？”主任边说边敲着桌子。

迟信没有些心虚：“没……没有。”

“没有就好。别忘了你接近她的目的是什么，是为台里贡献出高质量的新闻！”主任提醒。

3

丁小柔第一回走进电视台。

在签名登记后，她又央求一位迟信的同事才混了进来。

都说电视从业者都是拼命三郎，尽管周末时间，这里也是人来人往，一刻都不得闲。

她从电梯出来，穿过走廊，经过一块文化墙的时候，又倒着退了回来——她看见了迟信的照片，用两颗大头钉固定在上面。

这其实是《民生播报》节目组的公告栏，照片里，外景主持人迟信正坐在高脚凳上，抱着双臂，眼神睿智地看着丁小柔。

大脑中突然响起“叮”的一声，她想起临行前飒飒说的话来。一瞬间，某张照片里的工作人员突然换成了飒飒的大头贴，而且飒飒在照片里动了起来，她说：“把心上人的照片塞在枕头底下，七七四十九天，就可以让他喜欢上你！切记精诚所至，金石为开！”

丁小柔晃晃头，她知道自己刚才出现了幻觉，自言自语：“歪理邪说！我才不要信。”

她低头离开，走了没几步，还是退了回来。

“万一是真的呢？”她开始给自己找台阶下。她环顾下走廊两侧，很好，没有人注意到自己。她伸出手，将迟信的照片连大头钉一起拔了下来。

“小柔？”

丁小柔猛回头，看见迟信就站在不远的地方看着她。她迅速地把照片塞进了牛仔裤的后兜里，然后又伸出另一只手跟迟信打招呼：“Hi！”

迟信突然想起了什么，上前抓起丁小柔的手就跑。

丁小柔一边跟着跑，一边问：“怎么了这是？”

迟信也不说话，拉着她一个转身朝另一边跑去。两人刚离开，就见主任大步流星走了过来，只差一点点，他们就会被主任撞上。

而这一切，全部被角落里的佟亮看到，直觉告诉他，那个女孩跟迟信关系非同一般。

迟信带着丁小柔到了员工休息区，一直高度紧张的神经才算松弛下来，他这才开口说话：“你不该来这里。”

“打扰到你了？”丁小柔问。

“不是……”迟信说，“以后过来要提前跟我打声招呼，我好有个心理准备。”

丁小柔不解其中意思，摆摆手：“估计没下次了。”

迟信紧张起来：“你被发现了？”

丁小柔说："我被谁发现了？我是说你们单位门禁太严，我求爷爷告奶奶才混进来的。"

"哦。"

迟信在一张桌前坐下："你找我有事？"

丁小柔也坐了下来，突然，一阵刺痛从屁股上传来，她以令人难以想象的速度蹿了起来。

丁小柔的突然举动让迟信又是一惊："你怎么了？"

丁小柔痛得五官快要扭曲，但仍旧挤出笑容来："没事儿。"

"那你坐下说呗。"迟信看着她。

"不了，我站着说话更舒服，还能减肥。"丁小柔解释。

迟信也站起来："那行，我也站着说话，不然我坐着你站着太奇怪了。"

丁小柔从包里取出两张门票："798 明天有个艺术展，飒飒给了我两张票，你要不要去？"

迟信说："你也知道，我最近比较忙。"

"哦，我知道了……"

迟信把票接过来："但是我明天不忙啊。"

"你怎么跟我舅舅似的，说话大喘气儿。"丁小柔笑着说。

迟信刚要问明天什么时候见面，忽然神色一变，目光越过丁小柔看向她身后。

主任朝着这边走了过来，他来到桌前，一改平日的严肃，笑眯眯地打量着丁小柔。

"你是丁小柔吧？"

丁小柔不认识眼前的中年男人，但看他的气场和迟信的反应，猜测对方是台里的领导。

"我是。"丁小柔回答。

迟信心里"咯噔"一声，后悔把丁小柔带来这里，没想到东躲西藏的还是被撞见了。

“丁小柔，这是我们《民生播报》的负责人，也是我们部门的主任。”迟信介绍。

丁小柔打招呼：“主任好。”她心里实在纳闷，这人为什么会认识自己，又为什么过来打招呼。

“我见过你。”主任说。

“您见过我？”丁小柔想想，“是不是在哪个商场里边？我经常在那些地方出没。”

“照片上。”主任说，“你现在很出名啊。”

丁小柔明白了，自从自己“被诅咒”的秘密被Lucy公开后，很快全公司的人都知道了，接着自己的资料和照片就传到了网上，特别是最近，隔三岔五就有人认出她，对她指指点点。她对这种事看得比较淡，网上各种新奇的事情层出不穷，用不了多久，她的事情就会被更吸引眼球的新闻替代，一切都会重归平静，平静得就像不曾发生一样。

“主任您抬举我了。”考虑到对方是迟信的领导，丁小柔对他的态度自然更加客气几分。

主任特别热情，摁着丁小柔的肩膀就让她坐了下来：“来来来，我们坐下聊！”

丁小柔再次感到屁股传来一阵刺痛，她反弹一样站了起来。

主任好奇：“怎么了？”

丁小柔说：“我肠胃不好，刚吃过饭，站着好消化。”

主任说：“原来这样啊。”

迟信说：“丁小柔，你刚才不是说自己一直拉肚子，要去医院吗？”

“我？拉肚子？”丁小柔手指着自己，又看见迟信冲自己挤眉弄眼，虽然不知道对方为什么这样说，但随即领悟到此地不宜久留。

“对，我拉肚子！”丁小柔说，“哎哟，我这破肠胃，一吃辣准坏事儿！”她捂着肚子，“主任，不好意思啊，我得走了！我真不行了！”说完转身就走。

走了没两步，臀部又传来痛感，丁小柔绷紧臀部的肌肉，小心翼翼地继续走了。

“她不是肠胃不好吗？”主任说，“我怎么瞅着她屁股疼呢？”

迟信解释：“可能转移了？”然后他又装模作样提醒前面的丁小柔，“洗手间，出去左拐一直到头！”

丁小柔没回头，伸手做了个OK，一转身就不见了。

主任回头，看着迟信，精明的目光在审视着他。

4

夜晚的森林公园。

路灯下，有不少夜跑的人。

一身运动装扮的迟信和甄正边走边聊。

“你每天都走这么远的路？”

“是啊，回头等我身体再恢复一些，就每天坚持跑步。”甄正说。

“你悠着点儿，上回出事就是因为运动量太大。”迟信说。

“我知道，会有分寸的。”甄正说，“知道我为什么还要坚持跑步吗？”

“贺明珠嫌弃你胖呗。”

“哪有，我们家明珠点名不要我减肥，说我这种身材让她有安全感。”甄正笑。

“哟，侠女还需要安全感？”迟信也笑。

“侠女也是女人嘛，是女人就会有温柔的一面。”甄正说，“我坚持跑步是为了感恩。”

“感恩？”迟信纳闷。

“感恩命运。我总觉得上次住院属于因祸得福，因为生病住院，才遇到明珠。所以我今后都会坚持跑步，告诉自己爱情来之不易，我得珍惜。”

“是啊。太容易得到的爱情，经不起风吹雨打。”迟信突然想到了蒋媛。

“你今晚主动来陪我运动，有什么事，说吧。”甄正说。

“我问你一个千古难题，送什么礼物给女生好呢？”迟信说。

“谁呀？”

“你甭问，回答问题就行。”

“当然是送她最需要的。”甄正说。

“最需要的？”迟信想了想，“她消化不太好，一坐在椅子上，就立马站起来，只有站着的时候才舒服一些，我是不是应该送她肠胃药？”

“一坐在椅子上，就立马站起来？”甄正又问，“那她什么表情？”

迟信回忆了一下：“好像特别疼的样子，她是不是来大姨妈了？”

甄正说：“你等我一会儿。”他掏出手机打电话，“喂，媳妇儿，你们还在吃饭呢？”

电话里传来贺明珠的声音：“是呀，你推荐的这家馆子真不错，她们俩都吃嗨了！”

这时电话里又传来飒飒的声音：“甄正，你要不要过来跟我们一起？”

甄正说：“不了，不了，媳妇儿，你记得点他们店里那个冰激凌，特别好吃！”

“点了，小柔说味道特别正！”贺明珠说。

“那你们接着吃吧，么么哒！”甄正说完挂了电话。

“丁小柔没来‘大姨妈’。”甄正说。

“哦。”迟信说着就是一惊，抬头看着甄正。

“明明想送丁小柔礼物，还不肯明说。”甄正说。

“我倒是想明说，就怕你告诉你媳妇儿，你媳妇儿再告诉丁小柔，这送礼物的事儿就没什么惊喜了。”

“好像有点道理。刚才你也听到了，小柔吃了冰激凌，至少说明两个问题，一是没来‘大姨妈’，二是肠胃消化正常。”

“那她怎么回事？”迟信问。

“你别急，把她当时的反应给我演示一遍。”

迟信就近找了个长椅，学着丁小柔的样子坐下，然后猛地起身，两手护在屁股上。

甄正乐了。

“你笑什么。”迟信有点蒙。

“要么说你不懂女人呢。”甄正更乐了。

“说得好像你很懂女人一样。”迟信怼他。

“你还甭说，遇到明珠以后，我就像是无名小卒打通了任督二脉，变成了武林高手，我现在特别懂女人。”

“那丁小柔到底怎么了？”迟信问。

“痔疮。”

迟信眨了眨眼睛：“……”

甄正自信地分析：“而且是初期，因为她还可以吃少量冰冷的食物，这个时候她最需要的是一管痔疮膏。”

“痔疮膏？”迟信突然笑了，“第一次送礼物，我送她痔疮膏？”

迟信脑补了一下画面：餐厅里，气氛暧昧，迟信把东西递给丁小柔：“送你的礼物。”丁小柔很高兴：“什么啊？”迟信一本正经地说：“痔疮膏。”

“你快拉倒吧，这叫什么事儿啊！”迟信一口回绝。

“你还真是不开窍，知道我媳妇第一次送我什么礼物吗？一盒安全套。”

“你能活到现在，也是幸运。”迟信拍拍他肩膀。

甄正总结：“送礼物就送两种，一种是特别贵的，一种就是对方最需要的。别看只是一管小小的痔疮膏，可是这里面注入了你对她的关心，会让她暂时忘却疼痛，感到温暖。”

“行了行了，你能不能别这么肉麻，我起一身鸡皮疙瘩！”迟信犹豫了一下，“我还是觉得这个有点拿不出手。”

“放心，我有办法。”甄正说，“我这次度蜜月去泰国，发现那里的7-11特别多，里边什么都有卖，我就带了痔疮膏回来，本来是给我爸的，现在你拿去救急吧。哎，说得我把自己都感动了。”

“感动什么？”

“为了兄弟，我连我爸的健康都不要了，你不觉得很感动吗？”

“一点都不觉得，你这种为了爱情连命都不要的人，什么事都可能做得出来。”迟信怼完甄正，又说，“甭管中国的，还是泰国的，不还都是痔疮膏嘛？”

见迟信没明白，甄正又说：“重点是那痔疮膏的包装上全是泰文，你当面给丁小柔都不会尴尬。”

“这样合适吗……”迟信还在犹豫。

“合适！一会儿你跟我回一趟家，拿礼物。”甄正把最后三个字说得特别重。

迟信决定信甄正一回。

翌日。

丁小柔迟到了，赶到的时候迟信已经在艺术展的入口等了半个小时。

空旷厂房改造的展馆里，稀稀拉拉挂着风格压抑的画作，清一色黑白色调，看得让人郁悒。丁小柔心想，郭飒啊郭飒，这种展览让人看了谁还想谈恋爱，想自杀还差不多。

一旁的迟信好像也对展品欣赏不来，两人的视线总是无意中碰到一起，又互相尴尬笑笑，然后再次面无表情移向那些作品上。

丁小柔一个人转到角落里的时候，忽然听到有人叫自己名字。她回头，就看见一对男女朝自己这边走了过来。

丁小柔恍惚一下才认出来，这是她第17号男朋友，一个平面广告设计师。他们相处近一个月的时候，17号男朋友突然决定出家，于是两人分了手。分手的第二天，17号男朋友在一间寺院里当了居士，结识了一个同样有出家意愿的女生。

17号男朋友走到丁小柔跟前，说：“真的是你啊！我还担心认错人了。”

“你好啊。”丁小柔打招呼，顺便对同行的女人笑笑。

女人的目光里带着警觉，她已经嗅出了丁小柔和自己男人曾经不一般的关系。

“这么些年，你一点都没变。”17号男朋友说。

丁小柔笑笑，她并不觉得这是赞美，因为她知道曾经的自己审美实在不怎么样，穿衣打扮包括妆容，都可以用一个“土”字来概括。

“你挺好吧？”丁小柔问。

17号男朋友点头，看看女人的大肚子说：“我结婚了。”

“真好，恭喜你啊。”丁小柔不知道除了恭喜，自己还能说点什么，深深觉得有些人真的是不如不见。

“你们也来看展览啊？”丁小柔又问。

女人明显带了敌意：“是啊，我们来这里进行胎教。”

17号男朋友问：“你呢，还单身吗？”

这话让丁小柔不知该如何应对，她僵在当场，脑子里混乱如麻。就在这时，一只手从后面环住了丁小柔的腰。

迟信问丁小柔：“亲爱的，干吗呢？”

丁小柔感激这个时候迟信的挺身相救，救她于水深火热的尴尬之中。

她介绍道：“这是我朋友。”

迟信得体又亲和地跟对方打招呼：“你们好，我是她男朋友。”

17号男朋友见丁小柔有这么一个高大帅气、气质不俗的男朋友，觉得有些自讨没趣，于是也笑笑，赶紧客套了两句，就拉着妻子离开了。

丁小柔一直站在原地没动，她能感到自己的身子在微微发抖。

迟信问她：“你还好吧？”

丁小柔点点头：“刚才，谢谢你。”

“谢什么啊。”迟信问，“这是多少号男朋友？”

“17号。”

“就是闹着要出家那个啊。这哥们儿可够贱的，装出一副关心别人的样子，然后拼命往别人伤口上撒盐，不知道的以为他善良，其实他巴不得知道你过得不好。这种人，我是绝不会让他得逞的。”

丁小柔知道迟信是想化解自己此刻的心情，于是说：“我想去个地方，一个真正想去的地方。”

迟信转身就走：“快点快点，我早就想离开这儿了！”

5

出租车上，迟信突然接到了主任的电话。

挂掉电话后，他整个人都变得不太对劲。

“你跟节目组签合同了？”迟信问。

丁小柔说：“是啊。”

“为什么不告诉我？”迟信的声音里已然带着怒气。

“我以为你是知道的……”丁小柔说。

之前的展览，丁小柔之所以迟到了半个小时，是因为迟信的主任突然要求见上一面。见面后，主任先是把丁小柔一顿猛夸，见她对出名一类的事情不感兴趣后，就换了一套说辞。他把迟信目前在台里的处境如实告诉了丁小柔，并说如果丁小柔愿意参加十天后的特别节目录制，将会很大程度上帮到迟信的事业。这一招很是奏效，丁小柔听后几乎没犹豫，当场签了合同。

“你现在就跟我们主任打电话，说自己改变主意了，赔偿方面我会帮你想办法。”迟信说。

“为什么啊？”丁小柔问。

“节目播出后，你的生活会被彻底打乱。”迟信说。

“这些我都知道的，我之所以愿意接受采访，是因为我受够了当一个默默无闻的人，哪怕只是暂时的受到关注，也好过从没有闪亮过。”丁小柔说。

迟信有些意外："你真这么想？"

丁小柔肯定地点头："而且，我还有出场费拿哟！所以啊，我一定要去录制节目，我要出名。"

见迟信有些沉默，丁小柔用商量的语气说："今天是周末，咱们能不能别谈工作？好好玩行不行？"

迟信见说不动对方，只好点头表示答应。

两人一起去了宜家。

正逢周日，一楼大厅里人满为患，到处是提着购物袋和推着购物车的人，情侣、夫妻、老人、孩子汇聚一堂。

空气里飘着木质家具和清冽奶油的味道。

两人上楼，进了样板间展厅。

丁小柔对这种场所充满了好感，一会儿在客厅的沙发上坐坐，一会儿又摸摸卧室的窗帘，然后连儿童房也不放过，仔仔细细地观赏一番，才肯进入下一个样板间，之前 17 号男朋友带来的不好情绪已然一扫而光。

在一个日式简约风格的客厅样板间里，迟信问丁小柔："你好像很喜欢这里？"

"是呀，我每年都要来好几回。"丁小柔的声音里透着孩子过节一般的喜悦，"你知道我为什么喜欢来这里吗？"

"一楼有便宜又好吃的甜筒和热狗呗。"迟信说，"嗯，饮料还可以无限续杯。"

"才不是呢！"丁小柔笑道，"我是喜欢看那些客人的表情。你注意没，很多人都是跟最亲近的人一起来的，跟别人可以去任何地方，吃饭啊，看电影啊，但是来家居城一定要跟最喜欢的人才更有意义。"

迟信听着，看上去耐心又认真，他问："跟最喜欢的人来这里？"

丁小柔忽然想到也许自己的话里有歧义，又赶忙解释："我是说，我以前经常跟我妈还有舅舅来这里。"

迟信说："你刚才说，那些客人的表情怎么了？"

"你没发现吗？好多来这儿的人脸上都带着幸福。就拿一些恋人来说吧，他们到这里挑选居家用品，然后运回家，装扮自己的居住环境，这说明他们拥有一份稳定的感情，愿意像搬家的蚂蚁那样，一点一点把人生经营得更美好。"丁小柔说这些话时，脸上也带着笑容，迟信觉得这样的她，可真好看。

"所以，我看到那些购买家居用品的人，会打心眼儿里为他们高兴。"丁小柔说。

"你经历了那么多，还对感情有所期待，真好。"迟信说。

"坦白讲，我这人不太相信爱情。今天爱我，明天爱她，爱情这东西太善变，以后的事情谁都说不好。"丁小柔眼里多了些落寞，"有时候我期待一场成功的恋爱，不过是想证明我跟别的女孩子一样，我不是怪物。"

"你也会有那么一天的。"迟信鼓励她。

"会有哪么的一天啊？"

两人边说着边往外走，正巧遇见要进来的佟亮和蒋媛。

一扇门的宽度，四个人狭路相逢。

迟信对着丁小柔，温和地回答对方刚才的疑问："跟最爱的人，来买家居用品的一天。"

丁小柔只从这突变的氛围和蒋媛脸上微妙的表情，就断定出此前的一段爱恨情仇。还有那个佟亮，丁小柔不光看过他的节目，还关注过他的网络直播。

佟亮并不想就这么收场，握紧蒋媛的手，打招呼："这么巧啊，迟信。"

迟信说："巧啊，你们也来了。"

"我刚才还跟蒋媛说呢，我们的婚房要设计成什么风格，全凭她喜欢。"佟亮最知道话要怎么说，才最能刺痛迟信。

迟信没说话，看着蒋媛。不知是心虚，还是出于别的原因，蒋媛的目光一直有意回避与迟信对上。

“迟信，我们要结婚了。”蒋媛说。

迟信看着她，隔着那么近，他却有一瞬间觉得视线模糊。有时候感情远去了，那些记忆却还在。

迟信说：“祝你幸福。”这话是真心的，也仅仅是祝你幸福，而不是你们。

丁小柔在一旁看得着急，她决定像之前迟信那样，为他出头。她伸手，跟蒋媛打招呼：“你好，我叫丁小柔，是迟信的——”

“女朋友”三个字没说出口，就被迟信抢先说道：“她是我朋友。”

丁小柔顿时有种不知自己身在何处的错觉，像是被从高空抛下，自由落体时大朵大朵的云团触手可及，转眼又加速坠落。

她想要维护他，却被他当面拒绝了。她觉得此刻，自己在对面两个人眼里简直可笑至极，像一个无法摆正自己位置的小丑。

丁小柔深深吸了口气，说：“对，我们是朋友。”

蒋媛伸手，与她握了一下：“你好。”

“丁小柔，你不是还要买些相框吗？咱们去看看吧。”迟信说道。

“好呀。”丁小柔应着。

然后四人就此挥手再见。

佟亮脸上写着得意，蒋媛则是落寞。

因为这偶然的插曲，迟信和丁小柔在这里游逛的兴趣荡然无存，两人颇有默契地坐电梯下楼，一直出了宜家的大厅。

丁小柔在前面走着，迟信在后边跟着。

说不委屈是假的，丁小柔越走越难过，特别想蹲下来大哭一场，可是她连哭都没有名正言顺的理由。

“小柔，刚才我知道你是想为我出头。”迟信追上来，和她并肩走着。不远处，正有商家在做促销活动，大喇叭里传出震耳欲聋的巨响。

丁小柔平复好情绪，满不在乎地说：“你想多了吧，我才不是要为你出头。之前你在 798 展览上当了一回我男朋友，我就想刚才再还回来，咱们好扯平了。”

“小柔，有些事，我不知道该怎么跟你说……”迟信显得心事重重。

“没关系啊，那就等你想好了再说。”丁小柔说，“我突然想起一件很重要的事，一会儿就不跟你一起吃饭了。”

“小柔。”迟信把她喊住，然后从口袋里掏出一个纸盒。

是泰国痔疮膏。

丁小柔接过来，问：“能吃吗？”

迟信赶紧摇头。

“干吗送我这个？”

迟信说：“也许，你用得上。”

丁小柔收起来：“行了，谢谢你的礼物，我一定好好用，虽然我也不知道干吗使的。”

迟信说：“那你不生气了？”

“我没生气啊。”丁小柔心想，我哪有生你的气，我只是生自己的气，对于感情这件事，始终拿得起，放不下。

一旁的商品促销已经趋于白热化，主持人的嗓子从沙哑变成破锣，却仍在卖力地鼓动着人群的购买热情：“一折了！一折了！全场商品一律一折，走过路过不要错过！商品就像爱情，过了这村就没这店儿，您再回来找，对不起，晚了！”

这样荒腔走板又歇斯底里的声音，却在此时，如同一曲魔性的交响乐，刺激着丁小柔的大脑皮层，她接受到一个来自灵魂深处的指令，表白，而且是现在、立刻、马上！

丁小柔突然停下，仰头看着迟信。这个突然的举动让迟信感到意外。

“迟信。”

“嗯？”

“我们恋爱吧！”丁小柔说。

与此同时，大喇叭里传出一阵刺耳的锐响，瞬间盖过了丁小柔的声音。

迟信皱眉，问丁小柔："你刚才说什么？"

丁小柔大声说："我说！"刚才的那股壮志豪情已经荡然无存，她泄了气，无力地说，"我说我走了，再见。"

第七章
关于你的十件事

所以啊，爱过总比没爱过要好，在一起总比没在一起要好，哪怕只有很短暂的时间，只要真心实意地相处，就都值了。

1

迟信坐在民政局走廊的长椅上，有些魂不守舍。

甄正端着两个纸杯过来，递一杯给迟信："我们这儿没咖啡，你凑合喝点热水。"

迟信接过来，看着杯底细小的气泡出神。

"我听到了。"迟信开口了。

甄正说："你先回答我三个问题，第一个，你是从什么时候开始喜欢小柔的？"

迟信说："如果硬要说一个具体的时间，就是从你结婚那天晚上，我跟她一起吃烧烤，后来跟人起了争执，她自己都怕得不行还要拼了命地保护我的时候。我当时就觉得，这姑娘特别值得去爱。"

"第二个问题，你还爱蒋媛吗？"甄正喝了口水，转过脸看着他。

迟信说："如果我说一点都不在意了，是在撒谎，毕竟在一起那么多年，时间在那儿摆着。但我很明确地知道，小柔在我心里越来越重要。”

“如果九年的感情你都能说放就放，你就不是你了，我也不想跟一个薄情寡义的家伙做哥们儿。”甄正说，“不过我以前还撺掇你跟蒋媛复合，现在特后悔，想想就觉得对不起小柔。”

“没事儿，那是因为你还不了解内情。”迟信说，“第三个问题是什么？”

“我觉得你跟我没以前那么交心了。”甄正说。

“这话怎么说的？”迟信有些意外。

“记得大学那会儿，你跟蒋媛在一起后，第一个告诉的人就是我。蒋媛那会儿可是校花，我也觉得倍儿有面子。反倒是现在，你喜欢上丁小柔，反倒对我藏着掖着，问你还死不承认。”甄正的话里带着伤感。

“兄弟，我承认我是对你隐瞒了。你又不是不了解你自己，那么爱说，我这边要是透露一丁点儿自己对小柔有意思，回头你准告诉你媳妇儿。你媳妇儿要是知道了，丁小柔也就知道了。”迟信说。

“小柔知道又怎么了？正好她也喜欢你。”甄正又说，“还有你为什么假装没听到她的话？”

迟信闭上眼，长长吐了口气，重又睁眼说道：“我至今在为当初那个决定后悔……我打了佟亮以后，受到了台里的处分，一夜之间，我什么都没了。我不甘心，发誓要混出头，就主动找到我们主任，提出接手‘被诅咒女孩’的新闻，还提供了小柔的信息。每隔几天，我都会写一份报告给台里，记录发生在小柔身上的离奇事情。台里对这条新闻越来越看好，意识到它在收视上的无限潜力，甚至已经要专门为此录制一期特别节目。我承认原本只是想利用小柔，但我却在这个过程中喜欢上了她。”

甄正认真听着：“所以你假装没听到小柔的话，也是因为怕她知道你最初的目的？”

迟信点头：“我总觉得我不配。除了这个，还有一个原因，我怕小柔说想跟我恋爱，只是为了让我得到幸福。”

“你是说，小柔想跟你恋爱，然后分手，想通过这种方式让你找到一生挚爱？”

迟信再次点头，神色沉重。

“别说，她还真可能做出这种事来。”甄正说。

“还有一件事，我觉得挺对不起小柔。在宜家撞见佟亮和蒋媛的时候，小柔原本想假装我女朋友的，被我拒绝了。我知道她肯定会多想，但我当时没有别的选择了。”迟信说。

“为什么这么说？”

“你可能不知道，小柔被诅咒的事情现在网上越来越火，我怕佟亮误以为小柔是我女朋友后，会做出对她不利的事情。”

甄正叹了口气：“你俩真是一对冤家，都在替对方考虑，又都在互相折磨对方。我问你，你还打不打算跟小柔表白？”

迟信点头：“我打算录制节目当天，跟小柔把所有事情说清楚，然后在节目上当场向她表白。”

甄正感叹：“你这够有诚意的啊！哥们儿挺你！”

公司休息室，女同事们叽叽喳喳，都在商量今天的七夕情人节要怎么过。

Lucy 端着咖啡，有意无意地露出手指上那颗闪闪发光的“鸽子蛋”。

小钰凑过来，发出惊呼：“好大的钻戒！”

同事们一听，都围了上来，嘴里连连发出惊叹。

小钰说：“Lucy 姐，这个好像不是你的婚戒吧？”

Lucy 晃了晃右手上的钻戒，说：“这个才是婚戒。”

一个女同事问：“又是你老公买给你的吧？”

Lucy 笑笑：“我说都结婚了还过什么七夕情人节呀，王特偏要过，还送了这个给我。”

同事们纷纷羡慕不已，说 Lucy 真是嫁对了人。在这些艳羡的目光中，

Lucy 内心得到了一种满足。其实，这枚钻戒是她自己买的。因为婚礼的事情，让她觉得很没面子，疑心病日益加重，总觉得别人在背后七嘴八舌。她要证明自己是幸福的，哪怕在别人眼中自己是幸福的。

丁小柔从门口路过，小钰眼尖，立马把她叫住。

“小柔！”小钰意味深长地问，“情人节有没有收到礼物啊？”

丁小柔原本不想加入这种没意义的讨论中，见 Lucy 也在，于是鬼使神差地说：“当然收到了。”

“哦？你收到什么礼物了？”小钰问。

“追我的人从泰国带回来的，可惜我不知道干吗用的。”丁小柔说。

Lucy 显然不信，给小钰使了个眼色。

小钰心领神会：“张靖在泰国留学过，她懂啊！”

迟信送她的礼物还在包里放着，丁小柔对它还是蛮好奇的，想着迟信第一次送自己东西，应该是拿得出手的，于是回道：“好呀，让张靖帮我看看。”

一群人又跟着丁小柔回到工位前，看着丁小柔从包里掏出一个长方形的小盒子。

“张靖，你快过来！”小钰招呼一个戴眼镜的女同事。

“来了来了！”张靖走过来。

丁小柔特意说：“我这位追求者说了，这个礼物是我特别需要的，我觉得特别贴心。”

张靖从丁小柔手里接过礼物，打眼一看，“扑哧”就忍不住笑了。

张靖的笑声引来了不远处 Lucy 的注意。

张靖说：“这是痔疮膏。”

大厅里安静了片刻，然后哄堂大笑。

丁小柔感觉平地里起了十级大风，把她吹得头昏眼花。

“你真的特别需要它吗？”张靖问。

大厅里再次爆发出无法阻止的笑声。

2

拜迟信所赐，公司里关于丁小柔的讨论已经从“被诅咒的女人”，变成了“年纪轻轻就得了痔疮的女人”。

丁小柔脸上实在有些挂不住，想要跟同事们解释一下，又觉得会越描越黑，她只好躲回座位上熬时间，正在度秒如年的当口，前台妹子走过来说：“丁小柔，有人在楼下找你。”

真是好时机，丁小柔都顾不上问对方是谁，起身就走了出去。

来到楼下，丁小柔刚要搜寻来访的人，就看见佟亮迎面走了过来。

丁小柔很快认出他来。

“丁小姐，你好，我们又见面了。”佟亮说道。

“你好，是你找我？”丁小柔现在不太喜欢这人，总觉得对方很油滑，跟网络直播中的表现大相径庭。

佟亮点头：“我们能聊一聊吗？”

“我们？我们之间有什么可以聊的吗？”丁小柔觉得纳闷。

“别误会，我只是不希望看到你被人骗。”

丁小柔诧异：“你这话什么意思啊？”

佟亮不再继续这个话题，转而做了个手势：“街对面有家咖啡店，我们去那儿说吧？”

十分钟后，两人坐在了咖啡店里。

丁小柔开门见山：“你刚才说不希望我被人骗，到底是怎么回事？”

佟亮笑得温文尔雅：“丁小姐，在我跟你聊这件事前，我先介绍一下自己的身份。”

“你是《民生播报》的主持人，我看过你的节目，还有你的网络直播。”丁小柔说。

佟亮一笑，补充：“也是迟信的同事。”他坐直身子，“你真的了解迟信吗？”

丁小柔心里一惊：难道是蒋媛让他来试探自己的？想摸清自己跟迟信的关系？

“我还真不太了解他，毕竟我们只是刚认识不久的朋友。”丁小柔把话说得滴水不漏。

“也难怪你会被骗。”佟亮声音里透着可惜。

“我被骗什么了？”丁小柔问。

“我不知道迟信是怎么跟你讲的，但是你跟他来往的所有细节，我全部都知道。”佟亮看着丁小柔，“他以债主的身份去过你家；你用斧子砍坏了他好朋友的房门；你因为猝睡症发作吓跑了一群找麻烦的小混混。”

佟亮的话让丁小柔感到惊愕。

“你跟踪我们？”丁小柔反问。

“我每天工作那么忙，哪有时间跟踪你们。”佟亮笑，“是迟信告诉我的，确切点说，是迟信把你们相处的每个细节都写在报告里，节目组的每个成员都能看到。”

佟亮递过来自己的手机：“如果你还不相信，就看看这些。”

丁小柔滑动页面，看着迟信所写的报告。那些字符，恣意地组合成一根根银针，刺向她的眼睛，她只好把眼睛睁得再大一点，眼泪才不会掉下来。

她把 iPad 推回去，稳定情绪问：“你为什么要告诉我这个？”

佟亮笑笑：“我是看不惯他的这种做法，要知道，你的事情一旦报道出来，会很有新闻价值。迟信一直想要升职，他决定假意和你做朋友，来获得他想要的素材。”

佟亮问：“如果我没猜错的话，台里已经邀请你参加录制一期特别节目，是吗？”

丁小柔点头。

“这就是他最终的目的，靠这个爆炸性的新闻记者身份，来换取自己的职场高升。”

佟亮的眼睛始终没离开过丁小柔，他在观察对方的心理起伏，知道自己的计划就要得逞了。

这段时间，佟亮心里一直不踏实。想当初，“被诅咒的女孩”这条新闻还是由他提出的，本想要用来难为迟信，不料却让迟信重新得到了主任的器重。他绝对不允许迟信再有出头之日，于是决定从丁小柔这里下手，只要丁小柔不“成人之美”，拒绝参与节目录制，迟信就别想东山再起。

“丁小姐，你作为新闻当事人，完全有权利拒绝接受采访的。”佟亮“善意”提醒。

丁小柔清楚，这个佟亮，就算他所说的都是事实，迟信只是在利用她，他的出发点也绝不是看不惯迟信的所作所为，一定是带着某种个人的目的。她丁小柔还没笨到被人轻易利用。

丁小柔将万千思绪收回，说道：“佟亮，谢谢你告诉我真相，但是节目录制我是一定会去的。”她又做了补充，“我接受采访，只是为了我自己。”

佟亮万万没想到对方会是这样的答复，一时愣在了那里。

离开咖啡店，丁小柔没再回公司，她一个人沿路边走着，茫然无目的。这种状态她以前是有过的，忘记了是哪一场感情结束后，她独自走到一个天桥上，无非是南北两个方向，她却不知该往哪儿走，于是一个人在桥上站了三个多小时，直到远处的大裤衩大楼再看不清晰，隐入了茫茫夜色。

本就是个路痴，开启了暴走模式的丁小柔一路走走停停，她觉得北京太大了，大到一个人的悲伤在它面前显得微不足道，甚至是无意义的矫情。

最后，双脚酸痛的她进了一家酒吧。

原本想要打电话给飒飒和贺明珠的，手机号都快要拨出去的时候，她看了眼酒吧里节日的装扮，想起来今天可是七夕，遂作罢。

她决定一个人喝点酒，最近发生的事情让她觉得疲惫，酒里才有乾坤，至少能让她换来少许的内心安宁。

迟信有些心不在焉。下午的时候，他给丁小柔打过一个电话，她没有接。要是在以前，等丁小柔看到未接来电，一定会打过来，但是直到傍晚，他的电话都没响起。

他今天跑外景，车子已经等在了单位地下车库。他一边朝车库走一边又给丁小柔打了个电话，人工提示说对方正在忙。

“信哥，咱们得出发了。”随行的摄像师大有在车上喊。

迟信冲他点头，收起手机，紧走几步上了车。

酒吧里，丁小柔挂断了迟信的电话，又端起杯子喝起酒来。她清楚心里为什么如此难受，是因为在这段关系中，她全力以赴，把最好的自己交了出来，而迟信却利用了她这仅有的赤诚。

从酒吧里出来，天色已经黑下来，整座城市灯火璀璨，车流不息。

丁小柔已经有几分醉意，她步履有些踉跄，好不容易走到一个垃圾桶跟前，就开始狂吐，直吐得天昏地暗，感觉心肺都快跟着倾泻而出。

好不容易缓过劲来，她从包里掏出纸巾，把嘴巴擦干净。一转身，就看见一对年轻情侣迎面走来。女生打量一眼丁小柔，眼神里满是嫌恶，用手捂住鼻子，拉着男友远远地绕开了丁小柔。

丁小柔扯了扯自己衣服，用鼻子嗅了嗅，一副不解的神情。忽然，她转身，对着已经走远的情侣喊道：“有男朋友了不起啊！哼！”

走了几步，丁小柔甩了甩胳膊，魔怔一样嚷嚷：“对啊，有男朋友就是了不起！怎么样？丁小柔，你就是嫉妒。”

她沿着小区外的围墙继续走路，围墙是那种城市里常见的金属栏杆设计。走到某处，她觉得累了，就靠着铁栏杆停下来，她把脸靠在栏杆上，获取一点点凉意，结果一个不小心，脑袋直接钻进了金属栏杆里，她迷迷糊糊想再钻出来时，发现头被卡住了。

她两手握着相邻的金属栏杆，想要把头拖出来，皮肤紧蹭着金属的痛感终于让她选择了放弃。

路过的人们对这个突然出现的场景感到好奇又好笑，很快纷纷围了上来。

丁小柔压根不知道自己身后站了一群人，迷迷糊糊还以为自己被绑架了，稀里糊涂喊着："来人啊，快放我出去！"

另一边，迟信刚跑完一条新闻，从一幢居民楼里出来。他快步上了车，又顺手把车门拉上，扭头问坐在副驾驶的同事："接下来去哪儿？"

"青年路。"同事说。

车子开动了。

"离我家不远。"迟信说，"什么事儿啊？"

"刚才我们接到热心群众电话，说青年路一个小区外边，有个女的把头卡在了栏杆里。"

迟信一听就有些想笑："什么人，笨成这样？"

同事也笑："据说是喝了不少酒。"

短短几分钟后，丁小柔的身后已经围了一大群人。有个小男孩问妈妈要了自拍杆，然后伸进了栏杆里跟丁小柔来了张自拍。

丁小柔从包里摸索出手机，给飒飒打了过去。

几分钟前，飒飒刚从医院下班，车子今天限行，她准备步行坐地铁回家。

刚出医院大门，就看见郑泽的车子在身后摁响了喇叭。

飒飒装作没听到，头也不回走着，车子就在身后一直跟着。她终于忍无可忍，走回去，对车里的郑泽说："你就死了这条心吧，我郭飒要是坐你的车，我就是狗！"

她给了郑泽一个白眼，转身又要走，这时丁小柔的电话打了过来。

"喂，亲爱的？"飒飒说。

"快来救我。"电话里，丁小柔有气无力。

飒飒吓一跳："你被绑架了？"

"差不多。"

"什么叫差不多啊！"飒飒担心。

"我脑袋被栏杆卡住了。"丁小柔说，"好多人看着呢，太丢人了，你快来救我，我现在就把位置发给你。"

飒飒挂了电话，紧走两步，突然想到什么，急匆匆转身朝郑泽的车子走来。

她伸手想要开车门的时候，郑泽迅速从里边上了锁，然后抱着双臂，幸灾乐祸地看着她。

人在屋檐下，不得不低头，飒飒对着郑泽就“汪汪”叫了两声。

郑泽这才把门打开。

他问：“去哪儿啊？”

飒飒没好气地看了眼手机：“青年路！”

事发地点，火星四溅。

消防员手中的电锯嗡嗡作响，另一个消防员正不时往电锯上倒着水。

丁小柔就在电锯底下，头发已然十分凌乱，目光也透出呆滞。

一下车，迟信就迅速进入了工作状态。

迟信手持话筒，面对着摄像机镜头。

迟信开始播报：“观众朋友们，我现在是在青年路附近的某小区外，刚才我们接到热心群众提供的线索，说他们小区外边有个年轻女子，头部被金属栏杆卡住，无法脱身。”

镜头转向围观的人群。

迟信继续：“我们可以看到，现在事发地点挤满了围观的市民。刚才已经有好心的市民叫来了消防员，我们现在就去现场看看！”

这时，人群爆发出一阵掌声。

金属栏杆被成功锯断，丁小柔得以从里面释放出来。

长时间的站立，让她重心失衡，一屁股坐在了地上，消防员们赶忙把她扶了起来。

丁小柔重新站好，诚心诚意地挨个给消防员们鞠躬，嘴里说着：“谢谢你们，谢谢。”

她像个知道自己做了错事的孩子，诚惶诚恐，又不失可爱。迟信从人群里挤进来，想要采访一下当事人，结果就看见丁小柔正弯着腰向消防员鞠躬。

丁小柔鞠躬完毕，站起身，正好看到手持话筒的迟信，然后整个人瞬间就清醒过来，转身就走。

迟信见状，眉头一皱，把话筒塞给了身后的摄像，赶忙追了上去。

丁小柔开始还是快走，后来干脆小跑了起来，她来到路边，发现自己已然无路可走，再往前，便是疾驰的车流。

管不了那么多了，她一脚踏进了车流之中。

迟信大惊，快步闯进车流中，伸出手，一把将丁小柔拉到自己身边——一辆车子飞驰而过，险些撞上丁小柔。

迟信喘着粗气，用播音腔吼道："你不要命了！"

丁小柔呆住，眨巴着眼睛："你，在紧张我？"

迟信死不承认，依旧播音腔："没有！"

丁小柔仰头看着他，两人的目光对上，世界仿佛安静下来。两人站在滚滚的车流中，身边充斥着鸣笛声和司机的叫骂声。

丁小柔的心里顿时释然了，哪还有必要再去追问对方接近自己的真实目的，只消刚才那一瞬间的真心，就已然足够了。

"我们恋爱吧？"迟信说。

丁小柔吃惊，说不出话来。

迟信也很紧张，他努力掩饰着："这种话不是应该由男人来说吗？所以，请和我恋爱吧？"

丁小柔还是没有说话，只是定定地看着迟信。

她的心里再次退缩了，因为她明白，一旦开始就意味着结束，意味着会永远地失去她爱着的这个男人。她到底还是个自私的人啊。

郑泽的车子在路边停下，飒飒和郑泽跑了过来，看见丁小柔和迟信正站在车流中，迟信还在紧紧抓着丁小柔的胳膊。

这一幕，让飒飒觉得感动。

身旁的郑泽突然一把拉过飒飒，吻了上去。飒飒瞪大眼睛，一巴掌甩过去。郑泽捂着脸，眼神里有孩子一样的委屈，不知该如何是好。

飒飒喃喃着："小柔，我对不起你！"说完，她深吸气，一把拽过郑泽的衣领，疯狂地吻了上去。

丁小柔到底没有答应迟信。

3

杜丽丽知道女儿"被诅咒"，绝非事出偶然。

下午的时候，她刚送走一位店里的老顾客，就见Lucy推门走了进来。

杜丽丽一时不知道该如何是好，Lucy倒显得从容，她摘下墨镜，打量着杜丽丽，然后装出刚认出来的样子："呀，这不是杜女士吗？"

杜丽丽笑笑："是我。"

实际上，Lucy已经盯这家店有几天的时间了。从第一次跟杜丽丽见面，她就觉得这女人身上藏着秘密，况且对方还是丁小柔的母亲。

凭着女人特有的嗅觉，Lucy断定杜丽丽身上有事情可以深入挖掘。几天前，她终于发现了对方的秘密：杜丽丽只是一家毛线店的老板娘。

Lucy打量一下店里的装修："您这是来买东西吗？"

杜丽丽说："不是，这是我开的店。"

Lucy诧异："您在说笑吧，这么小的店怎么会是您的生意？"

"是我的生意。"杜丽丽笑着说，"而且是我唯一的生意。"

Lucy说："不可能啊，我听郑总说起您，说您的生意做得特别大，所以您就别跟我开玩笑了。"

Lucy心里一阵暗爽，她就是要好好地羞辱一番这个女人，谁叫她爱慕虚荣又是丁小柔的母亲呢？

"我根本不是有钱人，就是一个普普通通的人。"杜丽丽说。

Lucy有些失望，她以为对方会死不认账，厚着脸皮说自己是有钱人。那样的话，会让Lucy激发出更大的热情，她会告诉郑总，让他看看这个女人的真面目，然后连同她的女儿一起赶出公司。

“阿姨，其实我挺可怜你的，一把年纪了还做着嫁入豪门的梦。”Lucy说。

“你说得对，所以我的梦已经醒了，还是过普通人的日子更踏实。”杜丽丽说。

Lucy不明白对方话里的含义，嘴角露出一丝嘲笑：“其实呢，比起你来，你女儿更加可怜，谈了几十场恋爱都没结果。”

杜丽丽一怔：“你这话什么意思？”

“您还不知道？”Lucy说，“现在关于丁小柔的新闻满天飞，她是个‘被诅咒’的人，一辈子都别想得到幸福。”

“放屁”两个字马上要从杜丽丽嘴里吐口而出，她还是忍住了，依旧用不卑不亢的声音说：“这是我们的家事，还轮不到你一个外人说三道四。没事的话，就回去吧。”

Lucy嘴里哼了一声，想着，这可是你要我走的，回去我就报告郑总，看你怎么收场！

Lucy转身就走，到门口的时候，杜丽丽突然说：“你们郑总已经知道了我的情况，所以，想揭发告状的话，可以省省了。”

就在一天之前，杜丽丽找到了郑大业，原原本本把自己的一切都告诉了他。预料之中，郑大业很震惊，也许在他的婚恋观中，即便是再婚，也要找一个门当户对的女人。

看着沉默的郑大业，杜丽丽知道这段感情要结束了，但是她并不后悔，心里甚至觉得轻松，至少是她主动选择了坦诚。离开的时候，郑大业突然叫住她说：“杜女士，这件事情对我来说有些突然，但我想告诉你的是，小柔可以继续在我公司好好发展，请你放心。”

看着眼前的杜丽丽，Lucy感觉自己败下阵来，这个年近五十依然美丽的女人，有着岁月所馈赠的强大气场和力量。

Lucy离开后，杜丽丽试着用手机搜索相关本地信息，当她输入“被诅咒的人”时，界面上出现了女儿丁小柔的照片。

她决定向女儿摊牌。

这天晚上将近十一点的时候，丁小柔带着一身酒气回到家中。

因为被金属栏杆卡住过的原因，丁小柔的脖子酸痛无比，她打开家门，愣了一下，只见母亲和舅舅都坐在客厅沙发上，齐齐看向自己。

丁小柔走过去，看看两人的表情，就知道有事情发生了。

杜丽明说：“小柔，你可不要怪舅舅，我什么都没说。”

母亲的脸上几乎没有表情，也看不出喜怒：“你的事情我已经都知道了。”

丁小柔还带着一丝侥幸，笑着装傻：“什么事情啊？”

杜丽明说：“小柔，你被诅咒的事情，我们已经都知道了。”

丁小柔听到心里一声低低的叹息，她想她终于可以不再演戏了，不再让家人误会自己的感情经历还是一张白纸。

丁小柔笑笑：“妈，对不起啊。”

她做好了被大骂的准备。

杜丽丽上前，伸开双臂，把女儿紧紧地搂住。眼泪从眼角迸出，顺着皱纹，流到腮边。

“妈妈生气的是，你瞒了我这么久……”杜丽丽说，“一想到我的宝贝女儿失恋的时候那么痛苦，还要在我面前装着没事一样，而我还一天到晚凶她，我这心里就像针扎一样难受。”

丁小柔的眼泪也流了下来。

“妈，我也不想瞒着你，可是我遇到了这样的事情，怕自己得不到幸福，所以拼命地想要找到一个对的人。我想等我找到幸福了，再来告诉你，可是这么多年，我都没有成功。”

“就算这个诅咒是真的，你在我们眼里也不会有任何改变，因为你是我们的家人。”杜丽明说。

杜丽丽给女儿擦了擦眼泪：“是妈妈以前做人做事都有问题，让你充满了顾虑。这种事情就要告诉家里，那些压力，分一部分给我和你舅舅，你的负担就会轻一些，人生也不会那么累了。”

丁小柔一边哭一边不停地点头，她再次抱紧妈妈。

“还有啊，以后再找男朋友，一定要告诉家里。”杜丽丽告诉女儿，“不管有没有钱，只要有真感情，妈妈都欢迎。”想了想，她又补充，“当然也不能太穷。”

丁小柔听了，破涕为笑。

这天晚上，丁小柔和妈妈睡在一起。

杜丽明在自己卧室跟迟信聊微信，最近这段时间，他一直从迟信这里获得关于迟姗的消息。迟信告诉他，最近姐姐的小区里，有变态男人出没，迟姗为此晚上回家都提心吊胆。

虽然这些年母女俩都生活在同一屋檐下，但长大后丁小柔很少有跟母亲同睡的时候。

靠在床头，母亲回忆了自己的青春，也顺便盘点了自己交往过的男人们。破天荒地，母亲聊到了父亲。

“其实，我也有很大的责任，年轻的时候觉得自己长得漂亮，嫁给你爸一个穷小子，他就应该对我好，对我百依百顺，而就是那些无理的吵闹，让我们之间的裂痕越来越大。”杜丽丽说，“我知道你一直在心里埋怨他，没有像别的孩子那样享受到父亲的爱，他临终前也说过，要撒一捧骨灰在那棵银杏树下，想要陪着你。”

两年前，父亲是在母亲身边离开这个世界的。父亲一生漂泊，临到死也没留下多少积蓄，母亲找到他时，他已是病入膏肓。他原本打算独自离开这个世界的，母亲跟舅舅一商量，还是把他接了回来，悉心照料。丁小柔知道，母亲对父亲早已不再是爱情，只是不忍心看着曾经爱过的人老无所依。

丁小柔对父亲的态度始终不冷不热，纵然他有再多无奈，没有履行过父亲的职责也是真的，她始终没有叫过他一声“爸”。父亲被接回家里一个月的时间还不到，就去世了，一直到葬礼结束丁小柔都没掉一滴眼泪，但是她的心里好像空了一块，有难过，也有遗憾。遗憾的是，她始终没有跟父亲达成和解。

“好了，我说了这么多，你也跟我讲讲你的事情。”母亲慈爱地看着丁小柔。

“您还有个人没说呢。”丁小柔怼母亲说，“就是我们郑总。”

“怎么说呢，郑大业和你爸是我这辈子真正动过感情的男人。”杜丽丽的脸上浮现出微微的笑意，“人生就是这样，往往你越给了真心的人，最后越是没办法在一起。”

“你后悔跟他说自己的真实情况吗？”丁小柔问。

“也后悔，也不后悔。”杜丽丽说，“后悔的是，说出实情后，我跟他的感情就算是结束了，以后我想再碰到一个这么喜欢的男人，会很难。不后悔的是我对他选择了坦诚，以后回忆起来，对这个男人，至少心里是坦荡的。我也得谢谢他，给了我那么多的回忆。所以啊，爱过总比没爱过要好，在一起总比没在一起要好，哪怕只有很短暂的时间，只要真心实意地相处，就都值了。”

听到这里，丁小柔的心又揪起来，她问母亲：“如果明知道最后不会在一起，还要开始吗？”

“当然。”杜丽丽说，“如果你真的爱那个人。”

母女俩的手握在了一起，而丁小柔的心里已经有了答案。

4

餐厅。

丁小柔和迟信相对而坐。

她端起酒杯，说：“我们恋爱吧？”

迟信也端起酒杯：“好呀。”

两人碰杯。

丁小柔喝了口葡萄酒，又说：“该你了。”

迟信再次举杯：“我们……可以不用这么着急的。”

丁小柔一怔：“你可没有按照台词来啊，咱们不是说好的嘛，这时候你要说‘我们分手吧’。”

迟信把酒杯放在桌上：“小柔，我们真的可以不用这么着急的。”

丁小柔问他：“那你想干吗？”

迟信说：“我记得第一次看你那个小本子的时候，上面除了你那些编了号的前任，还有一页纸上写了‘想跟男朋友一起做的十件事’，那些事你都做了吗？”

“一件都没有。”丁小柔说。

“就这么定了！”迟信突然兴奋起来。

“你到底想干吗啊？”丁小柔不知道对方葫芦里卖的什么药。

迟信看着她，眼里是少有的温柔：“我们，能不能以恋人的名义，去做完这十件事，然后一直到节目录制当天？”

“再分手？”丁小柔问。

迟信点了点头。

丁小柔有隐隐的失望，但她很快想起母亲跟自己说的话，只要自己认为值得，就去做，哪怕只能在一起度过短暂的时间。

于是，她装作无所谓的样子：“好呀，我同意。”

迟信说：“能跟我说说你为什么想跟男朋友一起做那十件事吗？”

丁小柔说：“这你就别问了。”

迟信皱眉:“那不行,我现在可是你男朋友,我连这点权利都没有吗？”

丁小柔问他：“上回一起吃烤鱼的时候，我跟你说过高中时我喜欢过一个男生，还记得吗？”

迟信点头：“记得。”

“这十件事就是当时想跟他一起做的。”丁小柔说，“我把它们小心地写在网络日志里，后来又抄在了本子上。可是自始至终，他连我的名字都不知道。”

“这人挺幸福的。”迟信说，“有个女孩在青春里这样默默地喜欢过他，不张扬，不激烈，他如果知道的话，也会觉得感动。”

“你真这么想？”丁小柔问。

“是啊。”迟信说。

丁小柔有些动情，血液在心脏里汩汩流淌，她仿佛得到了时光的回复，告诉她那些消逝的岁月里，自己做了一件多么了不起的事情。

按照“十件事”的顺序，迟信首先带丁小柔参加了“枕头大战”。这是一个商家组织的宣传活动，地点就在世贸天阶，一百对男女拿着羽绒枕头疯狂作战，只一会儿工夫，羽绒便漫天飞舞。

开始丁小柔还追着迟信打，后来有人一枕头差点把丁小柔打蒙，两人立刻联起手来一致对外，把对方打得连声求饶，扔了枕头说要弃赛。丁小柔见大仇已报，又两眼放光看向迟信，迟信暗叫不好，赶忙逃命。

第二件事，是去欢乐谷的“鬼屋”。迟信心里暗爽，去这种“人吓人”的地方正好可以挫一挫丁小柔的嚣张气焰，他光是一想到丁小柔被吓得哇哇叫的样子，就乐不可支。

没想到丁小柔拒绝了：“我不要按照顺序来，感觉像是在完成任务，没有新鲜感。”

“那你想怎样？”迟信问她。

“不如我们就随机选择呗？”丁小柔说。

在丁小柔的坚持下，两人驱车去了平谷。一路上迟信都在问，他们到底要去干什么。丁小柔却无论如何不肯说，只说要给迟信一个惊喜。开着导航，两人到了石林峡景区。当丁小柔拽着迟信来到玻璃栈道的入口处时，迟信的腿突然软了一下。

透明玻璃下，就是几百米的悬崖，他能看到深渊下一片苍翠。

接过工作人员派发的鞋套，迟信无论如何也不肯套上。

“小柔，我们要不要换个地方？”迟信商量，“我们可以去欢乐谷坐大摆锤——”

“不行。”丁小柔一口回绝，然后一把夺过迟信的鞋套，亲自为他穿上。

“走吧？”丁小柔说。

迟信还是迈不开腿，两只手死死抓着入口处的栏杆，说什么也不肯走上高空栈道。

“你信任我吗？”丁小柔突然问。

“不信任。”迟信也回答得干脆，“你都把我骗来这里了，我还怎么信任你？！”

丁小柔说：“你既然不信任我，那干吗还要跟我谈恋爱，走了，不玩了。”

迟信赶忙改口：“我信任你！”

“这可是你说的啊。”丁小柔指挥，“现在把眼睛闭上。”

“干吗？”

“你不是害怕嘛，我牵着你从栈道上走一圈就好。”丁小柔说，“你什么都看不见，就不会害怕了。”

“什么都看不见，才会更害怕！”迟信抗议。

“哎呀，你到底还玩不玩？”丁小柔说。

迟信眼看没得选择，只好把眼睛紧紧闭上，伸出一只手。

丁小柔牵起他的手，两人缓缓走上了玻璃栈道。

走了好一会儿，迟信问：“还要多久走完啊，这路怎么这么长？”

“快了快了，”丁小柔又牵着迟信向前走了几步，又说，“好啦，你已经安全了，睁眼吧！”

迟信缓缓把眼睁开，首先看到空中刺眼的太阳，又向下，看见丁小柔微笑的一张脸，再向下——他发现自己正站在玻璃栈道的最中央！

迟信想要发火，但此时全然没那个多余的力气，只觉得两腿又是一阵酥麻，那么大的个子竟然缓缓瘫在了玻璃上。

过往的游客都在看着他笑，一个调皮的小孩子竟然围着他转起圈来。

迟信根本顾不上旁人的眼光，他仰视着丁小柔，伸出手用播音腔说：“快……快把我带走！”

丁小柔已经笑得不行，学着迟信的播音腔说：“我……我也想把你带走，可是你得先站起来啊！”

迟信努力试着爬起来，膝盖刚要使力，又无意中看了眼玻璃下的“风景”，顿时又坐在了地上。

迟信说：“丁小柔，快……快把我拖走。”

丁小柔笑得肚子疼，实在不忍心看他这么可怜，于是伸出手，连拉带拖地把他带离了玻璃栈道。

下山的路上，迟信一直没说话，无论丁小柔怎么逗他，他都是板着脸。

“能不能别这么小气啊，我也没想到你这么恐高。”说着，丁小柔又忍不住笑了。

“你还笑。”迟信充满怨念地看她一眼，“刚才连几岁的孩子都在看我笑话。”

“这算什么，上回我头被栏杆卡住，还有个小孩儿拿了自拍杆跟我合影呢。”丁小柔说，“好啦，你说吧，要怎样你才不会生气？”

迟信突然把车停下，看着丁小柔。

迟信很认真地问：“不管我有什么要求，你都会答应？”

丁小柔想了想：“只要我能做到。”

迟信开心了，重新发动车子：“你一定能做到。”

听着迟信的话，丁小柔有了一种不好的预感，迟信要对她展开一场丧心病狂的报复行动了。

回到市区的时候已经是晚上七点多，迟信带着丁小柔进了一家商场，他们径自坐直梯上了顶层。丁小柔知道，顶层就是电影院，迟信原来是要带自己去看电影，看电影有什么好怕的。

想到这里，丁小柔更加有恃无恐：“说吧，是不是想带我去看恐怖片？对不起，这回可能要让你失望了，我天生对恐怖片免疫。”

“到了你就知道了。”迟信没多说，嘴角的一抹坏笑，让丁小柔心里又打起了鼓。

出了电梯，丁小柔轻车熟路地就往电影院方向走，却被迟信拉着朝另一个方向走去。当迟信把丁小柔带到另一边的电玩城入口的时候，丁小柔不祥的预感又加重了。

不等丁小柔开口，迟信就和工作人员一起，在她身上套上了VR设备——头戴头盔，手臂和腿上绑上传感器，各种电线与主机屏幕连接。

一番忙碌后，迟信温柔地问：“你准备好了吗？”

“还没准备好呢。”丁小柔有点害怕。

“好的，开始吧。”迟信转头就对工作人员说。

游戏开始。

丁小柔只觉得身临其境，自己漫步在原始大森林中，不时有各种猛兽出没，并朝自己狂奔而来。

丁小柔吓得哇哇叫，扯着电线就往后跑，所幸被工作人员挡住。

“蛇啊！啊啊啊！”丁小柔大喊大叫，两只脚跟着跳起来。

眼看一个人摁不住丁小柔，工作人员又叫来一名工作人员——两人一个防止丁小柔跌倒，一个防止丁小柔把电线扯断。周围的人很快被丁小柔惨绝人寰的叫声吸引过来，她抓狂的样子逗得大家直乐。

迟信只做了一件事，打开手机，把这段精彩的过程录了下来。

十分钟后游戏结束，又跑又跳又喊的丁小柔已经累到虚脱，当她摘下头盔，发现身边围了那么多看热闹的人时，简直无地自容。

迟信在一旁看着她乐：“怎么样？好玩吗？”

丁小柔不愿承认对方报复成功，仍旧嘴硬：“反正刚才戴着头盔，我也看不到自己什么样，无所谓。”

“没关系，我都帮你录下来了。”迟信说着就要点开视频。

丁小柔扭头就想溜，被迟信一伸手提着衣领拎了回来。

“你真不看？”迟信问她。

丁小柔赔笑：“得饶人处且饶人嘛。”

“下午在玻璃栈道上你可不是这么对我的啊。”迟信一本正经地说，“你不看也行，一会儿我就发给飒飒和贺明珠她们。”

“别别！”丁小柔咬牙切齿地说，“我看！”

第八章
当你幸福的时候

人生一世，顺风顺水的只是少数，多数人光是努力地生活着就已经很了不起，在强大不息的生命力面前，丁小柔心生悲悯，过往种种，连同那些爱恨都已经在心里放下。

1

人工湖边的夜晚很安静。

湖水如黑色的镜子,不时被风吹皱,波纹绵绵延延荡向远处,直至不见。

“你一下午不见人影，打电话也不接，干吗去了？”丁小柔问。

“我有事在忙。”迟信回答得很敷衍。

今天是她和迟信“恋爱”的第六天。

“我可告诉你，‘十件事’我们还有最后一件没做完呢。”丁小柔说。

“就是一起穿着高中校服，在众目睽睽下牵手那个？”

“你知道就好。明天就要录制节目了，再不完成这件事就来不及了。”丁小柔说。

她说“来不及”，而没说“我们就要分手了”，是不想把这件事渲染得太过悲情，更不想迟信看出来，她有多么多么不舍。

迟信没回答，继续赶路。

“你走那么快干吗？”丁小柔说。

迟信没理她，反而加快了脚下的速度，一小会儿工夫，人就没影了。

四周寂静，一点杂音都没有，丁小柔有点害怕了。

“迟信，你出来，你可别吓我。”丁小柔一边走一边朝前打量着，“虽说我不怕恐怖电影，但我没说不怕别人装神弄鬼。”

没有回答，丁小柔有点气：“你再不出来，我可真的走了！”

她做出要转身回去的样子，这时，前面突然出现了星星点点的光亮——那棵熟悉的银杏树上，此刻正有无数的小灯闪烁，像是奇幻童话中会发光的神奇树木。

迟信从树后走了出来，微笑地看着她。

丁小柔上前，看见树上还垂下一根绳子，上面拴着一个盒子。

迟信冲她使了个眼神，示意她亲自打开。

丁小柔取下盒子，抱在怀里，又看了迟信一眼，这才把盒子打开来看。

里面躺着一本有些破损的诗集，封面写着名字《四惠站是换乘站》。

丁小柔吃惊地说：“你是怎么找到的？”

迟信故作轻松：“偶然间找到的，没费什么事。”

“少来了。”丁小柔笑。她知道，这书得来不易，即便是母亲，也没有见过父亲这本唯一出版过的诗集。

丁小柔翻看着诗集，里面露出一张光盘。

“当时你爸还随书发行了这张光盘，他把这本诗集里的诗歌都读了一遍。”迟信说。

丁小柔又惊又喜，父亲死后，她心里一直有个地方空荡荡的，回想起这个人的时候，又觉得无所凭据，就好像从未有过这个人一样。

哪怕，今后能听一听他的声音，也是好的。

“真够自恋的，还随书赠送光盘。”丁小柔说。

“里边最后一首诗，叫作《给女儿》。”迟信指了指她手中的诗集。

丁小柔翻到最后，看见那三个字，心里有种不可抑制的情绪开始翻涌。

“这首诗，我请同事转换格式传到了我手机上。”迟信说着，拿起手机，点击音频播放。

手机里传来父亲带着沧桑的声音：“下辈子，我愿化作一棵银杏树，枝繁叶茂，任你依靠。你失意的时候，我默然不动；你高兴的时候，我全身摇摆；你幸福的时候，我就开心地落叶。”

丁小柔眼睛酸酸的：“就说他这人不靠谱呢，我现在明明很高兴，也没见树枝摇晃。”

再也忍不住了，丁小柔背过身去，擦眼睛。迟信在她身后，心疼地问：“你还好吧？”

丁小柔忍着不哭：“我就是太久没听到他的声音了……”她转过脸，重又现出笑容，声音里还带着哽咽，“谢谢你啊。”顿了顿，她又补充，“是真心的。”

她眼中星星点点，就像今晚这树上的璀璨灯火。

话说甄正跟贺明珠夫妻俩的关系，最近变得越来越微妙起来。虽说感情一如往日地亲密，但因着丁小柔和迟信的事情，二人世界变得有些风云诡谲起来。

晚上九点多，两人原本窝在家里看球赛，贺明珠先接了个电话，紧接着甄正的电话也响了起来。

“老公啊，我一会儿要下楼买点零食。”贺明珠说。

“去吧去吧，”甄正大度地说，“多买一点儿，不要不舍得花钱。”

“老公你真好。”贺明珠起身就准备换衣服。

“老婆啊，我今晚吃得有点多，一会儿想去散散步。”甄正说。

“去吧去吧，多走一会儿，不要不舍得走路。”贺明珠很是通情达理。

“MUA！”两人肉麻地一吻。

半小时后，贺明珠赶到了一家快要打烊的 COSTA，丁小柔和飒飒已经等在那里了。

贺明珠刚坐下就嗅了嗅鼻子：“什么味儿啊这是？”

“咖啡厅能有什么味儿啊？”飒飒不解。

“不对，这味道不好闻。”说着，贺明珠又凑过来，在飒飒身上闻闻，然后顺手把她拨开，又凑近丁小柔一嗅鼻子，锁定目标，“就是你身上的，恋爱的酸臭味儿！”

丁小柔笑了，把她推开。

“你那‘恋爱的十件事’我可是看过了，真是不敢恭维，没有任何亮点。”飒飒说。

贺明珠也说：“就是啊，小柔你这是浪费资源知道嘛，要是换成我，上来第一件就写接吻，第二件就是做不可描述的事。”

丁小柔说：“你俩能不能正经点儿？”

飒飒一笑：“那就说点正经的，说说吧，你跟迟信恋爱什么感觉？”

丁小柔咂了咂嘴唇，眼神有些黯然，她轻声说：“怎么形容呢，就是越幸福的时候，就会越难过。会觉得这些都是跟老天爷那里偷来的，早早晚晚要还回去。而且明天，我们就会按照说好的那样分手了。”

她头一歪，靠在贺明珠的肩膀上，继续说下去：“每次见面前，我都跟自己说，丁小柔，这个人不属于你，你要少喜欢他一点，多想想他讨厌的地方，这样分开的时候难过就会少一点。可每次一见到他我就把那些话都忘了，不顾一切地想对他好，把最好的都给他，想要跟他再多些时间在一起。你们说我是不是太贪心了呀？”她说着，眼泪就涌出来，在眼眶里兜兜转转，终是决堤，泛滥开来。

贺明珠爱怜地摸摸她的头：“感情这种事儿，有谁不贪心呢？尝过一点甜头，就拼荆斩棘地想获取更多，最后却弄得一身伤痕。”

飒飒有些动情：“丁小柔，我见过你太多次失恋的样子了，说实话我都看腻了，我特别想看一回你幸福的样子。每回这么想，我就特讨厌我们家郑泽，更讨厌我自己，我当初要是意志坚定，不为美色所迷惑，兴许你那该死的诅咒就被破解了。”

丁小柔拉过飒飒的手，又拉过贺明珠的手，欣慰地说：“有你们陪着，我丁小柔总会有幸福的那一天。”

相隔不远的一家二十四小时茶楼，甄正愁眉不展。

“我真的得好好批评你一下。”甄正说，“你既然准备录制节目的时候向小柔当众表白，为什么之前还要跟她恋爱一个星期？你说你跟她恋爱又不表白，对小柔公平吗？”

迟信并不急着解释：“我知道，她心里还以为我跟她恋爱，是为了分手后自己能得到幸福。”

“你知道还这样？”甄正有些生气了。

“如果说，我想到了破解小柔那个所谓诅咒的办法呢？”

甄正一愣：“你……你说什么？破解诅咒的方法？”

“我之所以想提前跟小柔恋爱，是想在明天的节目录制中跟她分手，然后再跟她表白，如果小柔答应了我，就意味着我找到了最爱的人！”迟信目光炯炯。

2

早上，丁小柔焕然一新。

这是人生中第二次她将自己打扮得如此隆重。

第一次是在贺明珠的婚礼那天，丁小柔有点庆幸，在她最好看的时候，都能被迟信看到。

拿了包，打开卧室门，丁小柔吓了一跳：母亲和舅舅同样盛装，一脸笑容地守在门口。

“小柔，今天我跟你舅舅休息一天，跟你一起去录节目。”母亲说。

杜丽明晃了晃手里的门票：“这是节目组送的。”

杜丽丽爱怜地拍了拍女儿的脸：“我闺女今天真好看！”

杜丽明乐呵呵跟着竖起一根大拇指。

“走吧？”舅舅做了个请的手势。

“等一下。”丁小柔说着回到屋里，对着墙上那些银杏树的照片说，

“爸，我出门了！”

三个人打车去了节目组。

演播厅里，观众已经来得七七八八，飒飒、贺明珠、甄正还有那几个在“我不能恋爱的原因”小组聚会认识的朋友，都聚在了一起。

让丁小柔有些意外的是，此次节目的主持人居然是佟亮。在后台，化妆师为丁小柔补妆的时候，她从镜子里看见西装革履的佟亮经过。佟亮也看到了她，脸上没有表情，就如同不认识一样。

佟亮最近的日子也不好过，主持的节目收视率总是上不去，而且他自己也不断接到观众的投诉，说他形象跟节目气质不搭，主持功底差，纷纷要求他下课。主任也当面警告了他：“别以为你私下里搞的那些小动作我不知道。”

然而，最让他心烦的是蒋媛的态度，她越来越不愿跟他交流，两人动不动就陷入冷战。最后一次争吵是在前天，蒋媛竟然跟他提出了分手。

演播厅的灯打开，舞台亮起。

在佟亮简短的介绍后，丁小柔上台。掌声中，她看见了一张张熟悉又亲切的笑脸。

采访的内容丁小柔已经提前知道，也想好了该如何回答。佟亮的采访也足够专业，没有掺杂一丝一毫个人情绪，他们就像是两个初见的陌生人，在舞台中央一问一答。

佟亮问：“我很好奇，丁小姐每次恋爱都以分手结束，这要是换成别人，会是不小的打击。请问你是如何调节自己心情的？”

“记得那会儿我刚失恋，自暴自弃，想着学车过程中猝睡症发作出车祸死了算了。结果我真睡了过去，还撞了别人的车，这下不但没死成，还要赔好多钱。”

台下一片笑声，母亲笑得最是灿烂。

“然后呢，我就遇到了一个人，”丁小柔想了想措辞，继续说道，“一个对我来说很特别的人。我就想老天爷肯定有他的安排，我得好好活着。”

台下掌声连连，飒飒转身，对着后面的人不停地说：“她是我姐妹儿！”

佟亮问：“丁小姐，我们八卦的节目组听说你正在恋爱中，是吗？”

台下，杜丽丽一愣，扭过脸看着弟弟杜丽明，眼神里充满询问。杜丽明心虚，故意目不斜视地盯着舞台。

丁小柔点了点头：“准确地说，我们是恋爱关系，但又不是真正的恋人。”

佟亮说：“难道，你是想通过自己的‘诅咒’，分手后让对方得到幸福？”

丁小柔说：“是啊，他是一个很好的人，应该得到幸福。”

同一时间，导播间里，主任正盯着屏幕。他下达指令：“把人请上来。”

佟亮从耳麦里接到指示，他当然知道接下来要请上台的人是谁，于是说道：“丁小姐，相信你们之间还有很多话要说，我们节目组把他请到了现场，有请这位先生！”

丁小柔有些意外，因为之前的节目流程中，是没有这个环节的。

伴着全场的掌声，丁小柔的目光扫向台下，只见打扮帅气的迟信迈着轻快的步伐走到了台上。

全场安静下来，都在拭目以待接下来的剧情。两人隔着大概两米左右的距离，定定地看着对方。

佟亮说：“我在这里跟大家说一下前情提要，这位先生姓迟，也是我的同事，他跟丁小姐是在采访中认识的，继而发展出了现在的感情故事。”

台下，杜丽丽说：“现在想想，这个迟信也蛮不错，跟咱们小柔挺配的。”

杜丽明故意说：“他可不是北京户口，也没房子。”

杜丽丽说：“只要小柔喜欢就好。”

杜丽明笑：“姐，我觉得你现在越来越漂亮了，迟信这孩子不错。”

“是呀，比他那姐姐好多了。”杜丽丽说。

杜丽明扭头，一脸惊悚看着姐姐。

“你不知道吗？小柔告诉我迟信还有个姐姐，我跟小柔还去她火锅店吃过饭，服务态度特别不好。”杜丽丽说，“你以后娶老婆可不能找这样的。”

杜丽明一脸生无可恋。

“姐，你当时带着小柔和别人相亲，人迟信他姐看了能高兴吗？”杜丽明说。

“你不说我还真想不到，原来是这样。”杜丽丽恍然大悟。

杜丽明赶忙说：“对啊！”

杜丽丽又问：“可是你怎么知道我是带着小柔去相亲的？”

“我……”杜丽明只好目视前方，“还是看节目吧！”

舞台上，佟亮把话筒递给了迟信：“你一定也有什么话想对丁小姐说吧？”

迟信把话筒移到嘴边，目光始终看着丁小柔。

“看来你有些不好意思啊，来，大家给他一点鼓励！”佟亮开始活跃现场气氛。

现场又是一阵掌声。

迟信终于开口了：“丁小柔，我们分手吧？”

一瞬间的鸦雀无声过后，全场又开始议论纷纷。纵然丁小柔知道，今天将是分手的日子，也绝没想到迟信会在众目睽睽下说出这句话。

所有人都在等丁小柔的回答。

她尽量让面部表情不至于太过僵硬、不至于太挫败，用平静的声音说：“好呀。”

台下，杜丽丽已经有些坐不住了，杜丽明死死把她拽住。

迟信突然面向台下：“接下来，我有更重要的话要说！”

佟亮眉头禁不住一皱。

导播间里，主任紧盯着演播室的画面，他不知道接下来迟信要说什么，但他肯定对方要说的话不在自己给出的剧本内容范围内。

主任迅速下达命令："把人请上台！快！"

演播室台下，工作人员一阵骚动，很快，就有人从隐蔽的角落走了出来。

不光迟信和丁小柔吃了一惊，佟亮也被吓了一跳——只见走上台的人正是蒋媛。

蒋媛从工作人员手中接过话筒："迟信，这些年我做了很多让你难过的事情。仗着你对我的爱，变得越来越任性。我以为我只需要爱情，对方是谁不重要，可是我发现我错了，我的人生不能没有你。原谅我，好吗？"

迟信站在两个女人中间。

此时对他来说，做出选择一点都不困难。如果说蒋媛曾是自己的一场旧梦，那丁小柔就是醒来后窗外明晃晃的阳光，人生在世，终是要学会割舍，从沉溺的梦中苏醒，在现实中收获新生。

而佟亮也终于明白，自己那些小聪明有多么滑稽可笑，到头来自己还是沦为了主任提高收视率的一颗棋子，主任才是运筹帷幄的下棋人。

导播间里，主任说道："迟信，答应她，《民生播报》新任主播的位置就是你的了。"

声音通过耳麦传到了迟信耳中。他曾经无数次地想要坐上主播的位置，在镜头前从容不迫地串起一条条新闻，向所有人证明自己存在的价值，让那些小瞧自己的人感到自惭形秽。

主任的声音又在耳麦中响起："这不是你一直以来的梦想吗？你快答应她啊！"

迟信看着丁小柔，丁小柔也看着他。她发现迟信眼中的光芒在渐渐褪去，仿佛要将过去的所有都一并掩去。

迟信的身子近乎坍塌，他觉得自己随时会在这舞台的中央轰然倒地，然后如同石膏一样摔成块，化为粉末。

蒋媛冲上来，抱住了他。

全场惊诧。

迟信也不挣扎，任由她抱着，像一块沉寂千年的朽木。

丁小柔低低垂下眼来，丝丝缕缕的抽痛，那是心碎的声音。

“我他妈非得揍死这娘们儿！”贺明珠的暴脾气上来，眼看就要冲上去，被甄正拼命抱住。

导播间里，主任终于露出笑容，一切都尽在自己的掌握。凭借多年的从业经验，他知道本期的节目会是同时段收视率的最高峰。

佟亮苦笑一下，像是对蒋媛的一场告别，又像是完成节目的结束语，他举起话筒面向全场，用振奋的声音说道：“太不可思议了！这位先生刚跟丁小姐分手，就跟他的前女友破镜重圆了！”最后，他看着蒋媛，一字一字地说，“让我们一起祝福他们吧！”

迟信一直那样站在原地，蒋媛就那么紧紧地拥抱着他。过了好一会儿，他才稍微缓过一些神来，却发现丁小柔已不在台上。

他下意识地看向台下，嘈杂退场的观众里，也寻不见丁小柔的身影。

3

丁小柔又恢复了一个人的生活。

早上，她会跟母亲去菜市场，拉着一个超市赠送的二轮小车，采购最新鲜的食材。

白天，她是工作最专注的那个，反复跟同事们讨论橱窗的定稿方案。

晚上，她会跟舅舅去广场上跳舞，那些舞蹈动作她渐渐熟练起来，一招一式舞起来像模像样。

夜里……她最怕夜里，特别是临睡前洗漱的时候。一个人站在卫生间的镜子前，鼓励自己：“加油！加油！加油！”

然而，她再没像以前那样斗志昂扬，而是重重地垂下了头，连颤动的睫毛上都仿佛压了千斤的重物。尽管她告诉自己，人生还在继续，可是心里很明白，有些东西不一样了。

唯一让她欣慰的是，自己参与设计的橱窗改造方案得到了公司上下一致的认可，并且在董事会议上全票通过。丁小柔的设计方案叫《恋爱的瞬间》，就是通过某个场景，来展现恋爱的氛围。

实体橱窗完工的那天，郑大业带领设计部的同事和公司一些高层前去验收。有一个橱窗设计，郑大业非常喜欢：一棵人工绘制的银杏树做背景，男女模特穿着公司最新的秋装，并肩站在树下。

隔着一尘不染的橱窗玻璃，丁小柔有一刹的幻觉，她好像看见银杏树下，那个模特变身为迟信，嘴角漾起温暖的微笑，眼睛冲她一眨。他缓步朝她走来，轻声地问：“你好吗？”

“小柔？”

郑大业叫了她的名字，她这才从一场幻觉中回过神来。

他把她叫到一边，似乎有话想说：“小柔，你妈妈最近好吗？”

丁小柔笑着回答他：“这话，您为什么不直接去问我妈呢？”

杜丽明每天在广场舞结束后不再急着回家，而是坐地铁去相隔九站地的一个小区蹲点。实际上，如果不是为了陪伴情绪低潮期的外甥女丁小柔，最近他连广场舞都懒得去了。

火锅店的生意忙，迟姗每晚回家时都将近凌晨，杜丽明就在小区车库外等着她。远远看见迟姗的车开过来，杜丽明也不现身，等她从车库里出来，便不远不近地跟随。然后一直看着她上楼，看见她客厅的灯亮起来，才放心地离开。

这天晚上，迟姗照例把车停好，要是在以前，她会直接顺着地下室弯弯曲曲的小道坐电梯回家，但是那段路太黑了，而且小区里最近频频出现变态的猥琐男，专门捏女人屁股，她只好放弃近路，每天都从车库步行出来，绕远路从地上走回家。

她明显感觉身后有个人在跟着自己，自己快，对方也快，自己慢，对方也慢下来。她很害怕，她知道自己遇上了变态，便悄悄从包里掏出来一包辣椒油，这是店里的外卖产品，味道特别辣。自从知道小区晚上不安全后，她总随身备着一袋辣椒油。

她撕开包装，猛地转身，将辣椒油甩了出去。

杜丽明就觉得眼睛一阵刺痛，疼得蹲了下来。

迟姗也愣住：“是你！”

杜丽明嚷着：“我的眼睛！水！”

“你在这里干什么？”迟姗问。

“我听说你门小区晚上不安全，你一个独身女人，回家又那么晚，我怕你有危险。”杜丽明话都说不利索。

迟姗翻遍全身，连张湿巾都没有，只好把杜丽明带回了家。

杜丽明把眼睛洗干净后，迟姗看着他一身狼藉，让他在家里冲个澡再走，又顺手找了身女士服装叫他换上。

杜丽明坚决不肯：“我真要穿上了，一会儿下楼，就真被人当成变态了。”

“我家又没男人，那怎么办？”

“我还是将就穿我这身衣服吧。”杜丽明说。

洗过澡后，杜丽明跟迟姗道了谢，就要走。

“是我该谢谢你才对。”迟姗说。

来到走廊，灯没有亮。

迟姗抱歉地说：“灯坏了有一阵子了，小区换了物业公司，打了好几回电话，都没人管。”

“你家有备用灯泡吗？”杜丽明问。

“有。”迟姗说。

于是两人又回屋，取了灯泡，又搬来凳子。

杜丽明踩着凳子站上去，动作娴熟地换上灯泡。

“把开关打开。”杜丽明说。

迟姗照做。

漆黑的走廊里，瞬间变得明亮。

迟姗仰头，看着这个男人，他周身散发的光芒，恍然间就照进了她的心里，那扇幽居多年的心门，“吱”的一声敞开了。两个人就这么一高一低互相看着，忽然，又都笑了。

“明晚你有空吗？”迟姗问。

“我每天晚上都有空。”杜丽明说。

“直接去我店里等我下班，好吗？”

“好。”杜丽明说。

迟信没想到蒋媛会选在这里见面。

中午的烤鱼店，客来客往。

看着面前摆上的麻辣烤鱼，迟信有种恍如隔世的感觉，不久前，他还和丁小柔来过这里，就坐在此刻他身后的那个位置。

“你以前不吃辣的。”迟信说。

蒋媛说：“我愿意为了你，喜欢上吃辣。”说着她吃下一块鱼肉，随即就忍不住咳嗽起来。

迟信递纸巾给他。

蒋媛接过来：“迟信，我以前太自私了，总觉得你爱我，就什么都要按照我的喜好来。其实不只是吃东西，就连买衣服，周末的娱乐项目也全是我说了算。这些年，我被你宠坏了，所以真的没办法再跟别的人一起生活。但是从今以后，我要试着对你好，照顾你。”

“配菜差不多可以吃了。”迟信岔开话题。

没得到对方的回应，蒋媛有一点失落，但很快她又重整旗鼓：“迟信，还记得我们以前去看过的那套婚纱吗，我最喜欢的那一款？”

迟信点头。

“之前我和佟亮都快要结婚了，试婚纱的时候，我故意避开了那一套婚纱。那时候我心里突然觉得，如果对方不是你，那么我情愿不穿最喜欢的那套婚纱。”蒋媛望着对面的迟信，“迟信，我们结婚吧？”

迟信深深吸了一口气。和蒋媛结婚，曾被他看作是人生必定会发生的里程碑事件，那时候的他愿意一直陪伴她，直到世事变迁沧海桑田，直到生命终结的尽头。

“对不起，蒋媛。”迟信说。

蒋媛努力笑着：“没关系，我应该给你一点时间，是我太着急了。”

“我是说，我已经爱上了别人，我不能没有她。”迟信的话无比干脆。

“丁小柔？”蒋媛问，眼中强忍着泪水，有不甘，有嫉妒。

迟信点头。

“你能告诉我，她好在哪里吗？”

“她值得我爱。”迟信说。

“好，我知道了……”蒋媛喃喃地说。

“我先走了。”说罢他起身，准备离开。

“等等。”蒋媛把他叫住。

蒋媛凝望着他，这个曾陪伴过她九年光阴的男孩子，终于还是要跟他告别了。

“祝福你们。”她说。

迟信从她身边经过，头也没回地离开了。

出了烤鱼店，他立刻给丁小柔打了电话，无人接听。迟信开车去了丁小柔的公司，同事告诉他，丁小柔已经在昨天办理了离职手续。

迟信又去了丽丽毛线店，杜丽丽见了迟信还在生气，对他爱答不理。杜丽明把他拉到一边：“我们也不知道小柔去了哪里，她昨晚就没回家。不过她给家里打了个电话，说自己很好，要我们不要记挂。”

随后，迟信又去了医院，飒飒和贺明珠虽然还因为之前的事情耿耿于怀，但看着迟信着急的模样，心里的气也就消了大半，于是告诉迟信，她们确实也不知道小柔去了哪里。

丁小柔就这么消失了。

4

一周前，丁小柔接到了高中母校的邀请。

丁小柔的橱窗设计被发到了网上，正巧有学生发现设计者是校友，于是想邀请丁小柔回来开讲座，为即将参加艺考的高三学生做一场报告，特别是在未来的职业选择上给一些建议。

丁小柔义不容辞地答应了。

离开多年，学校的主体建筑还是老样子，丁小柔特意去了以前上课的教室，看着里边的课桌椅，她有种恍然隔世的感觉。教学楼顶层的涂鸦依旧还在，丁小柔上去的时候，正撞见一个男生和女生正牵着手说话，两人见到丁小柔，还以为是老师，吓得仓皇而逃。那一对单薄又年轻的背影，让丁小柔忍不住感叹：青春真好。

八点的时候，丁小柔准时走进了阶梯教室。

满满一大教室的人已经等在了里面，清一色穿着校服，大家看着这个穿着浅色风衣外套的年轻女人，眼神里充满了好奇。

黑板上挂着横幅——“热烈欢迎优秀校友丁小柔做返校报告”。

丁小柔信步上台，环视全场。

第一排的角落里坐着两个女生，正是曾经在烧烤摊上跟丁小柔发生冲突的两个小太妹。只见一个对另一个说：“你还真把她请来了。”

另一个说：“那是。借着做报告的名义，让她回来满足一下咱们的好奇心，再说上回的仇还没报呢。”

台上，丁小柔说话了：“大家好，我是丁小柔。很荣幸能重回母校，今天跟大家聊一聊艺考的专业选择，希望对高三面临艺考的同学们有所帮助。”

台下忽然有人嚷：“我们不听这个！”

那个把丁小柔“请”来的小太妹低声笑道：“等着丢人吧，好戏开始了。”

丁小柔一怔：“那你们想听什么？”

小太妹站起身：“丁小柔师姐，我们想听你聊聊关于你被诅咒的事情，你现在可是名人。”

全场哄然大笑，有顽劣的男生起哄：“我们都是为了八卦才来的！”

又是一阵大笑。

丁小柔克制住情绪：“你们都是为这个来的？”

“是！”全场齐声回答，嗡然作响。

丁小柔说：“好，那我今天就跟你们讲讲我的恋爱故事。”

台下倒是一下安静了，原本大部分人都是来看热闹的，想看看这个因为诅咒而无法得到幸福的女人的庐山真面目，却没想到对方如此坦然地答应了他们近乎无理的要求。

两个小太妹也有些意外，她们都做好了看着丁小柔狼狈离开的准备。

丁小柔说话了，声音平静：“我今年二十七岁，在我跟你们一样大的时候，幻想自己以后会多么了不起。后来，我成了一个最普通的人，不漂亮，也没钱，前途就像北京的雾霾一样模糊不清。就是这样的我，喜欢上了一个人。他嘴巴有点贱，脾气也不怎么好，但是在我需要的时候，他就会变成一个温暖的人，告诉我人生总会有希望，谁都不会一直倒霉下去。我们一起经历了一些事情，有过很多美好的回忆。后来的事，你们应该也猜到了，我们还是分开了。人生不同，有人会收获很多很多的财富，有人会收获很多很多的爱，也有人，会收获很多很多的回忆。”

她说这些的时候，眼前一直闪现出自己和迟信在一起的那些画面，他们在小组聚会上重逢，迟信吐槽她像猪一样笨；因为撞车的缘故，两人坐在咖啡店里讨价还价；跟甄正“约会”时，她替他化解了失恋的尴尬；他谎称在她不省人事的时候吻了她；他们站在闪闪发光的银杏树下四目相对；舞台中央，他任由蒋媛抱住，而她，孤单黯然地离场……

接下来，丁小柔把自己和迟信的事情，娓娓告诉了在场的每一个人。

“在你们眼中，我可能是个一事无成的人，但我不这么看待自己，因为我真真正正地爱过一个人。爱他，是我平庸琐碎的人生里做过最好的一件事。”

全场都在静静听着，再没有嬉笑声，再没有年轻气盛的挑剔非议，一张张年轻的脸都还原本真，倾听一场有关爱情的故事。

丁小柔沉默了一会儿，说：“当年，因为爱上的那个人，我写下了十件事，想要跟他一起完成，多年后机缘巧合，我们重新遇见，决定一起完成它们，最后一件事，是想和他穿着校服回到学校，在众目睽睽下牵手。遗憾的是，最后一件事还没来得及做，我们就分开了。但是我想把这件事做完，哪怕只有我一个人，也想完成这个承诺。”

说完，她下了讲台。她一边走，一边将头发束成高高的马尾，又将裹在身上的风衣脱下来。在场的人发出一声惊呼——他们看见丁小柔露出了多年前的高中校服。

她嘴角的笑容，走路的风姿，还有周身洋溢的气息，此刻宛如少女。

全场爆发出热烈的掌声，经久不息。

同一时候，《民生播报》的后台一片忙碌。

造型师正抓紧最后时间为迟信打理发型，化妆师见缝插针为迟信补妆，导播则在一旁跟迟信对着最终的台本。

主任走进来：“时间到了，我们过去吧？”

迟信起身，在一众同事的簇拥下朝演播厅走去。

这样的情形，这些年他憧憬过不知道多少次，他甚至清楚地知道从化妆间到演播厅一共要走多少步，而就在今天，几分钟之后，他会心想事成，得偿所愿。

前面右拐，再向前走一百米，左拐，十五米，就是演播厅的入口。

迟信在心里计算着，脸上没有一丝表情。

“迟信啊，好好表现，一会儿节目结束，我们再来一场网络直播。”主任说着，从身后拿出一个自拍杆。

迟信没说话。

演播厅的入口近在咫尺。

还有五步的距离。

三。

二。

一——

迟信的脚止步于门前。

“主任，这个主播我不当了。”

一句话像是重磅炸弹，把所有人都吓傻了。

主任皮笑肉不笑：“开什么玩笑啊你。”

“没开玩笑。”迟信看表，“距离节目开始还有二十分钟，节目组来得及重新安排人选。”他说完，站定，向所有人鞠了一躬。

“你想好，踏出节目组的门，以后都甭想回来。”主任撂下狠话。

迟信走上前，拿过主任手里的自拍杆，然后步履坚定地走了。

民政局。

甄正看着面前的一男一女，有些晃神。

“你们想好了吗？”甄正问。

Lcuy 把脸侧向一边：“不用想了，这个婚必须离！”

王特也很是愤怒：“我也受够了，这婚离定了！”

一周前，Lucy 发现对方背着自己偷腥，还把人带回了家。她彻底厌倦了这样的生活，无休止地原谅，永远都感动不了一个嘴馋的渣男。

甄正说：“要不，你俩再好好想想？”

“不用。”二人齐声说。

于是签字，盖章，发离婚证，一气呵成。

两人一走，甄正就迫不及待给迟信打去了电话。

迟信正在开车，接通了电话。

“Lucy 和王特刚在我这儿办了离婚手续！”甄正有些幸灾乐祸，“真是活该！”

“知道了。”迟信说。

“你知道什么呀？我跟你说，这对极品一离婚，就足以证明小柔的诅咒是根本不存在的！因为王特找到的根本不是什么挚爱！而且两人的婚姻也迅速破裂了。自始至终，小柔的诅咒根本就没存在过，完全是一个数学上的概率问题！”甄正又问，“你还没找到她吗？”

“没有。”

“你现在这是去哪儿？”

“欢乐谷。”

迟信真的去了欢乐谷。

坐在大摆锤上，迟信开始紧张，他用播音腔开始网络直播：“大家好，我叫迟信，之前我做了一个错误的选择，而伤了一个女孩的心，我现在已经彻底联系不上她了。我一直有个不愿告诉别人的秘密：一到特别紧张的时候我说话就会变成播音腔，但是今天，为了求得对方的原谅，我愿意让所有人看到我不完美的一面。如果可以，请大家送我上首页，让我喜欢的人能够看到！”

大摆锤启动，像钟摆一样前后摆动，在最高点的时候，迟信握紧自拍杆，对着镜头用播音腔喊：“丁小柔，我喜欢你！”

从大摆锤上下来，迟信一阵呕吐，他顾不上调整，又奔赴了下一个项目：过山车。

在飞驰的过山车上，迟信继续喊：“丁小柔，我喜欢你！”

这一天，北京的地铁、街上、写字楼里，男男女女都在议论“男主持人用播音腔向心宜女孩表白”这件事，议论之余，纷纷点赞送上祝福。

然而这一切，丁小柔都无缘得知。

此刻，她已经跟团登上了前往多哈的飞机。此行的终点站是坦桑尼亚，大概要经过十几个小时的空中颠簸才能抵达。

刚在座位上坐好，一位外国乘客走过来。

“Excuse me.”

丁小柔收收脚，让对方进到临窗的座位。

这时，她不经意看了眼前排座位，两个年轻女孩正在兴致勃勃看着手机——画面上，迟信正在做着直播。

丁小柔一把抢过前排女孩的手机，看着。

画面里，迟信正从跳楼机上下来，腿还在发软，他用播音腔大声地说着："丁小柔，我喜欢你！"

而后，迟信又来到餐饮店门口，拿起一串油炸蝎子，喊道："丁小柔，我喜欢你！"

说完，他一口将炸蝎子吞下。

紧接着，迟信又进了"鬼屋"，阴森可怖的环境下，迟信一边逃命，一边用播音腔大声喊着："丁小柔，我喜欢你！"

随即镜头一晃，迟信摔在了地上。

手机跌落，镜头里一片黑乎乎，丁小柔看得揪心。

很快，手机被捡了起来，迟信重新面对镜头，他的鼻子在流血，嘴角也泛着青紫。

一身狼狈的他，忽然眼角泛光："小柔，我好想你。"

丁小柔已是泪流满面，她怅然中将手机还了回去，不住对前排的女孩说着："对不起呀，对不起。"

我要去见他。

一个声音在心里回响，而且变得无比强烈，难以控制。

丁小柔解开了安全带，她要下飞机，恨不能插上一对翅膀，立刻飞到他的面前。可是，她刚要起身，久违的倦怠感再次席卷而来。

丁小柔靠在座位上睡了过去，她一边打呼，一边流着眼泪。

飞机起飞。

5

飞机落地的刹那，透过机窗，丁小柔看到了白雪皑皑的乞力马扎罗山。

下榻的酒店，据说是全世界排名靠前的无边泳池酒店，然而丁小柔根本无暇顾及，几乎是倒头就睡。

旅行团的日程很满，太多的时间是在车上度过。就这样，丁小柔去了景色绝美有成群火烈鸟的曼亚拉湖，在东非大裂谷至高点的酒店露台上喝下午茶，在恩戈罗恩戈罗火山口看白犀牛那孤独远去的背影。她没看到旅行手册上所说的河马，只远远望见河马池水面上吐出的汩汩气泡。为什么说是远远望见呢，因为那味道实在是太难闻了，听说这些家伙怕热，只在黄昏时才肯浮出水面。

在塞伦盖蒂国家公园，丁小柔看到了成群结队的大象和长颈鹿，当黄昏来临时，草原的上空如同被一只大手撒下火种，红色火烧云一直绵延到视线的尽头，她的心里既有明亮的感动又隐隐地悲伤，这样的景色适合分享，如果是两个人站在这里，那该有多好。

一直到第五天，丁小柔才有了私人活动时间。她特地找了会中文的当地导游——一个叫旺角的年轻人。坦桑尼亚的人名很有意思，起得比较随心所欲，有的人叫“闪电”，寓意速度飞快，有的人叫“仓库”，寓意富贵有余，丁小柔在民俗商店里还遇到过一个叫“星期五”的姑娘，她说一周七天，母亲最喜欢周五，那是她出嫁的日子。旺角名字的来历更有趣，他出生那年，父亲正好在中国香港打工。

丁小柔告诉旺角，现在正逢旱季，她想亲眼看看藏身泥土中的非洲肺鱼，是否像传说中的那样神奇。旺角听后大笑，露出白白的牙齿，用蹩脚的中文告诉她：“做好防晒，中午我来接你。”

午后，旺角准时在酒店外等候，他不知从哪儿弄来一辆三轮摩托车。见丁小柔出来，旺角帅气地一甩头，示意她上车。

沿途风光大好，目之所及，是各种叫不上名字的高大树木，耳畔刮过干热的风。路上遇到的人们都很和善，一个微笑，都会让他们停下来，朝你挥手，展露欢颜。

旺角带着丁小柔来到河滩，放眼望去尽是干涸的地面，稀稀疏疏长着杂草，一群当地人正在上面寻找着什么。

旺角停车，指着那群人的方向对丁小柔说："你要见的肺鱼，就藏在这里面。"

丁小柔几乎是从车上跳下来，雀跃着狂奔过去。

一个当地年轻人挥舞锄头，在干裂的土块上奋力翻找，很快，土坑里就露出了一个不大的洞口。年轻人将手指探入洞中，慢慢地拖出了一条足有三十多公分长短的鱼。

"这就是肺鱼！"旺角兴奋地说。

年轻人将肺鱼从洞口中拖出，放在了地面上。

丁小柔观察着它，黏糊糊的身上滚满了干土和草屑，一动不动，丝毫没有传说中极具忍耐力，在土中熬过漫长旱季的英雄形象。

"它是不是死了？"

丁小柔话音刚落，就见那条肺鱼大力地甩动了一下尾巴！在场的人们发出欢呼声，他们共同见证了这场生命的奇迹。

丁小柔蹲下来，双手将它捧起，又让旺角摘下她的帽子为肺鱼挡住炙热的光照，她指尖能感受到它那蓬勃的生命力。

人生一世，顺风顺水的只是少数，多数人光是努力地生活着就已经很了不起，在强大不息的生命力面前，丁小柔心生悲悯，过往种种，连同那些爱恨都已经在心里放下。

未来不管是好是坏，都请放马过来吧，我愿逆风而战。

一个月后。

北京。

一辆被鲜花装点的婚车在路上疾驰着。

身穿红色旗袍的飒飒边开车边抱怨："我容易嘛我，刚当完新娘，又给你当司机。我们家郑泽还等着我入洞房呢。"

丁小柔眉头紧皱："你那消息可靠吗？"

“你就放心吧，错不了。”飒飒说，“你家附近那俩公园是同一个拆迁队负责的，那棵银杏树被移走后，马上就被一个老板买走了。”

“那老板是干什么的？”

“听说开了家咖啡店。”

丁小柔有些担忧：“你说到时候人家老板不卖给我怎么办？”

“就是买回来你也没地方种啊。”

“那我也不能把我爸扔了啊！”丁小柔反驳。

飒飒笑：“这也容易，一会儿见了面那老板要是不卖给你，你就实话实说，说这树底下埋过你爸，看他还敢不敢要。”

已经是十一月了，秋天的气息随处可见。

飒飒把车停在了胡同口，两人朝里边走去，远远就看见一对情侣牵手从一扇门里走出，手里拿着未喝完的咖啡。

丁小柔走上前，看见朱漆斑驳的大门敞开着，高处悬着咖啡的图标。再往里看，干净清幽的小院里，摆着几套原木桌椅。那棵银杏树就立在院子的东南角，满树的叶子已经变作金黄，遮出了小院一半的阴凉。

飒飒说：“你在这儿等我会儿，我去里面找下老板。”

“好。”

丁小柔默默上前，仰头，望着它。她轻轻地伸出手，触摸银杏树粗糙的躯干和那些依旧熟悉的纹路。

她又想起了父亲那首《给女儿》的诗，于是喃喃说着：“下辈子，我愿化作一棵银杏树，枝繁叶茂，任你依靠。”

“你失意的时候，我默然不动；你高兴的时候，我全身摇摆……”一个熟悉的声音在身后响起。

猝不及防，光是那声音，就让她先红了眼眶。她定在原地，连呼吸都变得小心翼翼。她只是静静听着，身后窸窣的脚步声越走越近。

丁小柔回过头，看见迟信就站在身后，穿着白色衬衣和黑色长裤。他那么安静地看着她，把最后的诗句说完：“你幸福的时候，我就开心地落叶。”

丁小柔不知道该说点什么，于是指着身后的银杏树说：“我来买树的。”

迟信粲然一笑：“我就是这儿的老板。”

她有些意外，看着他朝自己走过来。

“小柔。”他柔声道。

“嗯？”

迟信说：“以后，让我来照顾你好吗？”

她未作回应。

迟信有些不安了，他不知所措地伸手，想要拥抱她。

丁小柔迎着对方炽热的眼神：“对不起，我还是很难相信爱情。”

迟信伸展的双臂慢慢垂落，像遨游的鸟儿被斩去双翅，眼中曾因她而起的灯火，又一盏一盏次第熄灭。

“可是我相信你。”她接着又说，眼睛起了笑意，跟着一眨一眨。

迟信一把将丁小柔箍在怀中，紧紧拥抱。

丁小柔忍不住皱眉：“你搂得太紧了……我都喘不上气儿来了！“

他并未松开，雕塑一般维持一个动作。

“我不管。”迟信说，“反正你再也跑不掉了。”

“那可不一定。”丁小柔话里带着点置气的意味。

迟信很认真地回答：“你真要是想跑也可以，你去哪儿，我就去哪儿。”

丁小柔听了，心里软软的，也不再抗议，任由迟信这样蛮横地抱着。她心里生出久违的踏实的感觉，觉得自己像一个流浪多时的小女孩，兜兜转转又回到了心心念念的家中。

丁小柔仰头，看到迟信的目光从未有过的坚定，又携着一万分的小心翼翼，他嘴巴在微微翕动着，似是有话要讲。

想来是他的老毛病又要犯了，丁小柔在心里嘀咕。

果然，就见迟信按捺着紧张，用播音腔说：“小柔！我……”

这份情意她已全然接收到，她有些难为情，又有些急不可待。

丁小柔忽地笑了，说：“可以。”

他长舒一口气，随即俯下身子，将脸慢慢靠了过来。

她闭眼，感受着对方因为紧张而微微颤抖的身体。

伴着午后的大好时光，两人吻在了一起。

高处，那棵原本一直静默的银杏树，叶子开始扑簌簌翩然坠落。

6

十一年前。

德外中学的操场上，放眼望去是清一色身穿校服的学生，两千多号人动作整齐划一，做着广播体操。

阳光真好。

丁小柔站在班级队伍里，脸上是显而易见的稚嫩。她今年十六岁了，有着自己的小烦恼，她嫌弃自己的头发太卷，胸部太小，母亲太爱唠叨。因着人生刚刚开始的缘故，这个年纪的人都有着旺盛的精力，班上的男生们喜欢打传奇、聊 NBA，而女生们讨论的是东方神起和 Super Junior。

广播里，标准的男声喊道：“第九节，体转运动！预备起！一二三四！二二三四……”

随着一个动作，丁小柔转身，她看见了拿着考勤表例行检查的迟信。这个高高瘦瘦的少年，五官分明，就连松松垮垮的校服穿在他身上都是那么好看。他擦身而过，如一瞥惊鸿，照亮了丁小柔的世界。

“小柔，你看到什么了？”身后的飒飒碰了碰丁小柔。

丁小柔的目光仍追随着那个少年，他的眼波流转，像一汪澄澈的湖水。

丁小柔就那么傻傻地看着，嘴角漾起了微笑。

“未来。”她说。

——全书完——

后记

全世界喜欢你的人里我排第一

比起说“爱”，我更愿意用“喜欢”来表达情感。

爱是大人世界的称呼，听着就肃然起敬，带着强烈的仪式感，虽然有时真假难辨。喜欢更像是一种状态，青草露珠般蓬勃，浑然天成的少年感。

以年龄算，我自然是大人世界的成员，偏偏厚着脸皮去强调心理年龄。总觉得，我的外在随着时间，逐日有了岁月的痕迹，但是一颗心却扑通扑通还在多年前的时光里跳动。比如，在剧本会上，听着那些激烈讨论的声音，我会忽然想：我怎么在这儿？我不是应该还在读大学吗？

最早有这种想法的时候，我觉得有些丢脸。我早已是大人了，要有大人的样子才对不是吗，要勤恳工作、努力生活。可是后来，类似的想法总会不期而至，我甚至会听到心里有个声音在碎碎念：你们这些个大人怎么都这样啊，真没劲！

（黑人问号脸）What？！

再后来我就习惯了，让那颗心时不时回到十几岁的现场，即便岁月更迭，四季交替，我还小心翼翼保护着年少时的那份心性，也是一件很酷的事情。

我有试着分析过自己的这番心理，最后得出结论：大抵是我的大学时代太美好了。

年少得志过。

找到了一生的好友。

和爱的人。

何德何能，又何其幸运，人生的那个阶段对我展现了最大的善意，让我留恋，让我梦回，也给了我一颗自由切换的少年之心，敏感又强大，足够对抗来自大人世界的风暴。

就像这个故事里的丁小柔。

她有赤子的情怀，尤其在爱情上。始终相信爱情，是出自她的本能，任凭途中遭遇各种人事，丝毫不会折损这份信念。

她喜欢迟信，不觉间就是一整个青春。这种喜欢，始于少女时代，像一颗深埋的种子。此后她忍受命运挑拣，熬过人海茫茫，又重逢他。迟信啊，我喜欢过你许多年，后来各自远航，如今你不复少年，我亦添了新岁，可我还是忍不住想告诉你一个秘密：我这个人吧，很普通的，从小到大没什么好炫耀的，不漂亮，学习工作都一般般，我仔细想了想，我唯一像样的事情就是认认真真地喜欢过你。说出来可能有些难为情，一见你我就会更加热爱生活，胃口也更好了。真的好喜欢你呀……喜欢到觉得全世界喜欢你的人里我排第一。

最后，还是说点客套又真心的话。

张小萍、美琪娘娘、晓楠姐、木卫四、猫郎君、胡小帅、队长、曹驰、金姐、今今、霄霄，这个故事因为有你们，变得更加美好。

多谢。

暖小团

2017年7月6日

你得坚持下去，
总会等来那么一个人，
弥补以前
那些王八蛋
对你的亏欠。

/ 祝你们都能和喜欢的人在一起 /